谨以此书献给重庆理工大学建校八十周年

北美敌托邦文学的
环境想象与叙事研究

谭言红 ◎ 著

中国社会科学出版社

图书在版编目(CIP)数据

北美敌托邦文学的环境想象与叙事研究 / 谭言红著 . —北京：中国社会科学出版社，2020.9

ISBN 978-7-5203-6916-9

Ⅰ.①北…　Ⅱ.①谭…　Ⅲ.①文学研究—北美洲　Ⅳ.①I710.6

中国版本图书馆 CIP 数据核字(2020)第 141189 号

出 版 人	赵剑英
责任编辑	慈明亮
责任校对	王佳玉
责任印制	戴　宽

出　　版	中国社会科学出版社
社　　址	北京鼓楼西大街甲 158 号
邮　　编	100720
网　　址	http：//www.csspw.cn
发 行 部	010-84083685
门 市 部	010-84029450
经　　销	新华书店及其他书店
印　　刷	北京明恒达印务有限公司
装　　订	廊坊市广阳区广增装订厂
版　　次	2020 年 9 月第 1 版
印　　次	2020 年 9 月第 1 次印刷
开　　本	710×1000　1/16
印　　张	14.5
插　　页	2
字　　数	223 千字
定　　价	86.00 元

凡购买中国社会科学出版社图书，如有质量问题请与本社营销中心联系调换

电话：010-84083683

版权所有　侵权必究

前　言

　　本书主要探讨了北美敌托邦文学作品中对环境灾难的想象及叙事。国外对敌托邦文学的研究热情较高，*Utopian Studies*，*Science-fiction Studies* 等都是主要刊载此类文学批评文章的期刊，对敌托邦作家、敌托邦作品进行分析的专著较多，但相关研究主要是从政治、社会层面等着手，也有部分研究是从叙事学、语言学、女性主义等角度展开。近来已有不少专著和评论文章从生态主义视角来阐释文本，但目前还没有专著系统讨论北美敌托邦文本的环境想象及叙事策略。因而本书在此方面的研究便具有了一定创新性。

　　国内对单部反乌托邦文学作品展开的研究较多，尤其是集中于三大经典作品。对北美敌托邦文学作品的研究聚集于少数几部译成中文的作品：《使女的故事》《羚羊与秧鸡》《饥饿游戏》等，而还有一些经典作品，如《华氏451》《记忆授予人》《颂歌》《长路》等这些既有可读性又有思想性的文本虽已被翻译过来，但它们的文学价值还没有得到充分体现；还有一些尚未被译成中文的作品，如《让开些，让开些》《天钩》《播种者的寓言》等由于语言障碍，知者甚少，只存在于个别爱好者的阅读视野中，尚未形成研究场域。笔者希望通过此书能引起人们对于这些被忽略的优秀作品的重视。

　　本书在结合文本内部、外部研究的基础上，力图多向度地展现北美敌托邦文学中的环境想象及书写策略，使读者对北美敌托邦文学的经典作品及其环境书写有初步了解。在多元文化交流日益加强的今天，如果本书能为中外文学文化的交流提供一些参照，丰富文学批评的园地，也就不失写作初衷了。

目　录

绪　论 ………………………………………………………………（1）
　　一　北美敌托邦文学的研究背景及研究意义 ……………（1）
　　二　北美敌托邦文学研究现状综述 ………………………（7）
　　三　北美敌托邦文学研究框架 ……………………………（15）
第一章　界限模糊的天堂与地狱：乌托邦文学相关概念的
　　　　辨析 …………………………………………………（16）
　第一节　西方乌托邦文学简述 ………………………………（19）
　　一　科幻与乌托邦文学 ……………………………………（20）
　　二　推测小说与乌托邦文学 ………………………………（22）
　　三　乌托邦文学的定义与分类 ……………………………（25）
　第二节　西方反乌托邦文学/敌托邦文学简述 ………………（28）
　　一　反乌托邦文学与敌托邦文学之联系 …………………（33）
　　二　乌托邦文学与反乌托邦文学 …………………………（34）
　　三　科幻与敌托邦文学 ……………………………………（36）
　　四　末世小说、后末世小说与敌托邦文学 ………………（36）
　第三节　敌托邦文学面面观 …………………………………（37）
　　一　敌托邦的各种分类 ……………………………………（37）
　　二　敌托邦的叙事对象及文本立场 ………………………（42）
　　三　敌托邦小说的形式特征 ………………………………（43）
　　四　敌托邦文学的功能 ……………………………………（54）
　第四节　乌托邦文类的发展轨迹 ……………………………（60）
第二章　敌托邦文学与生态思想的链接 ……………………（65）
　第一节　唯科学主题中自然的祛魅 …………………………（71）
　　一　技术统治下对象化的自然 ……………………………（72）

二　被剥夺的自我身份与被僭越的自然 …………………… (76)
　　三　褪色的想象力与被遗弃的自然 ……………………… (78)
　　四　诗性话语/极权话语与自然的契合或背离 ………… (81)
第二节　欲望与享乐主题中对自然的隔离 ………………… (83)
　　一　欲望：自然与社会异化的根源 …………………… (84)
　　二　娱乐时代无人倾听的自然 ………………………… (88)
第三节　浮出地表的自然之爱 ……………………………… (92)
　　一　传统文明中承载的生态智慧 ……………………… (92)
　　二　自然对人类的拯救 ………………………………… (96)
　　三　向自然敞开的家园意识 …………………………… (100)

第三章　"我"与"你"和我与"他"的伦理选择及美学
　　　　内涵 ……………………………………………… (106)
第一节　"我"与"它"：生物/电子技术暴政对自然的
　　　　凌驾 ……………………………………………… (108)
　　一　生物/电子技术时代第一自然/第二自然/第三自然的
　　　　对立 ……………………………………………… (109)
　　二　药品敌托邦中自然生命价值的丧失 ……………… (114)
　　三　基因敌托邦对生态伦理的挑战 …………………… (116)
　　四　机器敌托邦：人机关系中被抽空的自然 ………… (120)
第二节　"我"与"你"：诗意栖居的美学 ………………… (122)
　　一　诗意栖居与环境想象中的伪生态景观 …………… (124)
　　二　诗意栖居与断裂的超空间 ………………………… (127)
　　三　诗意栖居的肯定美学与敌托邦城市环境的否定美学 … (129)
第三节　人性与神性中的自然精神 ………………………… (132)
　　一　自然与神性的缺席和异化 ………………………… (133)
　　二　自然的伤痕和彼岸的模糊 ………………………… (135)
　　三　质疑困境：异世界搁浅的方舟 …………………… (136)

第四章　敌托邦语境下的环境叙事 ………………………… (140)
第一节　女性视角下的环境书写 …………………………… (141)
　　一　女性视角下被看的客体：对象化的身体与对象化的
　　　　自然 ……………………………………………… (143)

二　《无水洪灾》的叙事时间设计与生态主题 …………… (155)
　　三　女性敌托邦文本中的循环/整体时间观 ……………… (162)
　　四　《使女的故事》中环境性象征符码的运用 …………… (164)
　第二节　青少年视角下的环境书写 …………………………… (172)
　　一　绿色的陌生化：成长叙事中的叙事视角与身份解读…… (174)
　　二　青少年视角下的地方经验 …………………………… (181)
　　三　模拟自然中的生死历程：《饥饿游戏》叙事序列
　　　　分析 ………………………………………………… (182)
　　四　美与快乐/自然与自由的两极预设：《丑人》的叙事
　　　　判断 ………………………………………………… (186)
　第三节　自然/人工意象与叙述话语 ………………………… (194)
　　一　自然意象与叙述话语 ………………………………… (194)
　　二　故事空间中的自然意象 ……………………………… (197)
　　三　故事空间中的非自然和模拟自然意象 ……………… (199)
　第四节　中国的敌托邦文学创作与批评 ……………………… (201)
　　一　北美敌托邦文学译介情况 …………………………… (201)
　　二　沉默的本土敌托邦文学 ……………………………… (202)
　　三　血腥与优雅：韩松的《红色海洋》 …………………… (204)
结　语 …………………………………………………………… (207)
参考文献 ………………………………………………………… (211)
后　记 …………………………………………………………… (221)

绪 论

一 北美敌托邦文学的研究背景及研究意义

（一）题解及其限定说明

本书主要分析北美敌托邦文学作品中的环境想象及叙事，以北美敌托邦文学知名文本为依托。选题需要廓清以下几点：第一，文类界定。敌托邦文学又被称为"反乌托邦""废托邦""未来小说""推测小说"等，[1]不管有多少形，其实质都是对未来社会的否定或是消极的文学描述。但否定不是目的，其终极目标是在对否定的批判中以穿透历史的眼光来观照现实，用文字帮助世人从盲目的乐观主义中摆脱出来，正视现实，以理性而又充满人文关怀的姿态去构建未来。敌托邦文学是一门亚文类，但它又融合了一些相关亚文类，如批判乌托邦、末世小说等的特点。它的表现状态较为复杂，如何界定至今仍有争议。

它与现实主义文学有内在联系，是幻想与现实的有机结合。时间轴不与读者的"现在"重合，而是指向某个不存在的未来或是假定的遥远的过去，文本中即使给定了历史上的具体时间，但往往是将作者的真实写作时间后移，即作者在描写想象中的未来会发生的事件，而空间背景有可能是一个实际地点，也有可能是一个假想的外星球等。文本中往往是一个与现实相脱离的"现在"，它与读者的现实经验形成反差，使读者能认识到作者的特意虚构；但它的幻想基于一个原则：在幻想中影射现实。各种事件反映出黑暗的社会现实和各种危机，这是敌托邦文学的出发点，秉承着现实主义的一贯原则。它与科幻小说的联系也相当紧密，文本常具有科幻性质，新浪潮派、赛博朋克是构成敌托邦文学的重

---

[1] 这些称谓之间的差异和联系，详见第一章。

要力量。后现代主义不仅提供写作手法，某些后现代主义作品在内容上含有敌托邦文学因子，如冯内古特的《五号屠场》被一些评论家认为是敌托邦小说，无独有偶，荒诞派作家塞缪尔·贝克特的作品《迷失的人》(The lost ones) 也被认为是一部敌托邦小说。[1] 除此之外，它不仅与严肃小说有关联，与通俗小说也有一定联系。斯蒂芬·金的惊悚小说也常含有敌托邦元素，如《手机》(Cell) 也可被看成为一部敌托邦小说。但概念的泛化不利于深入的研究，因此在本书中，并未将具有敌托邦因子的作品都囊括进来，为了充实地展现此类文本的特性，只选择了较为典型、影响广泛、被读者和评论家一致认可为此文类的作品。

借鉴前人观念的基础上，笔者对"敌托邦文学"所下的定义是：此类文本一般是处于预设的时空框架中，作者对异世界各种社会、环境危机及创伤心理进行个性化想象，并融合哲理性思考，以充满人文关怀的姿态，从不同角度批判问题丛生的现实世界。这类文本往往体现出政治语言、科学语言和文学语言之间的紧密联系，强调文本的意识形态功能，同时也运用各种写作手法来呈现文学自身的表现力。它鲜明的意识形态功能通常表现在：对极权政治的批判、对人类精神危机的根源及表现的揭露等。在它鲜明的意识形态功能背后，隐藏着作者对人类生存方式的深刻思考：人与他人、人与自然、人与社会、身体与心灵之间应有着怎样的平衡，才会减缓各种危机对未来人们的冲击？其中，人与自然之间的关系涉及对自然生态的探讨，人与社会之间的关系触及对社会生态的分析，而人的身体与心灵又与精神生态相互渗透，[2] 这样，敌托邦文学与生态批评之间便出现了契合点。

第二，"生态批评"概念界定。本书中的环境想象属于生态批评的范畴，因此它是对与环境问题相关的文学作品的研究。文学并不是一个封闭的自足系统，它与真实世界的联系是它赖以生存的重要支柱，不管是物理真实还是心理真实，都是构成文学感染力的主要来源。它对现实

---

[1] Keith M. Booker, *Dystopian Literature: A Theory and Research Guide*, London: Greenwood Press, 1994, p.83.
[2] 鲁枢元在《生态批评的空间》（华东师范大学出版社2006年版，第92页）中指出，生态学可以按照三分法划分：以相对独立的自然界为研究对象的"自然生态学"，以人类社会的政治、经济生活为研究对象的"社会生态学"，以人的内在的情感生活与精神生活为研究对象的"精神生态学"。

社会的观照，必然将它引向一条通往生态关怀的新路。20 世纪以来，生态危机作为一场席卷全球的危机威胁着人类的生存，《沙乡年鉴》《寂静的春天》等对人类行为所造成的自然生态的破坏作了真实而富有文学性的描述。如果说生态书写的核心是反思人与自然、生命与非生命存在物之间的关系，反对人类中心主义、科技至上主义和唯理性主义，关注自然内在价值，强调从生态整体利益的角度去表现自然与人的关系，重估价值观和世界观，那么，生态批评的理论基础则是来自现当代西方哲学家和文论家，帕特里克·穆菲、劳伦斯·布伊尔等生态诗学研究者运用巴赫金、海德格尔、怀特海和罗兰·巴特等人的批评理论来构建当代生态诗学，把生态文学批评理论研究推向了一个新的阶段。生态批评这一概念可回溯至 1972 年。约瑟夫·米克在《生存的喜剧：文学生态学研究》中提出"文学生态学"的概念："对出现在文学作品中的生物主题进行研究。"[①] 1978 年，威廉·鲁克特在其论文《文学与生态学：一次生态批评的实验》中首次使用了 ecocriticism 这一批评术语，提倡"把生态学以及相关概念运用到文学研究中"。[②] 美国生态文学批评的主要倡导者和发起人格罗特费尔蒂指出，如果说女性主义批评是从性别意识这个角度来考察语言与文学之关系，马克思主义批评是把生产、经济、阶级的意识归入文本阅读中，那么生态文学批评则是把以地球为中心的思想意识运用到文学研究中，探讨文学与自然环境之关系。由她与弗罗姆主编出版的《生态批评读本》是美国第一本生态批评论文集，这部论文集探讨生态学及生态文学理论、文学的生态批评与生态文学的批评，这标志着作为文学批评分支的生态批评正式在学界中出现。

生态批评将文学与生态精神融为一体，"生态批评把人与自然的相互关系作为自己的研究对象，尤其关注文化中的语言和文学作品"。[③] 生态批评有利于人们提高生态素养，而"这种生态人文素养将是使人和

[①] Joseph W. Meeker, *The Comedy of Survival: Studies in Literary Ecology*, New York: Scribner's, 1972, p. 9.

[②] William Rueckert, "Literature and Ecology: An Experiment in Ecocriticism", in *Iowa Review*, Winter 1978, pp. 71–86.

[③] Cheryll Glotfelty & Harold Fromm (ed.), *The Ecocriticism Reader: Landmarks in Literary Ecology*, Athens: University of Georgia Press, 1996, p. xix.

自然共同走出危机的必经之路"。①这是对生态批评的社会意义的显在说明。而就其涉及对象来说，生态批评并不局限于"环境文学""自然写作"等狭义的文学题材，随着生态运动的持续开展，这一术语的概念越来越复杂，其批评的空间也不断扩大。鲁枢元采用三分法来概括，"以相对独立的自然界为研究对象的'自然生态学'、以人类政治、经济生活为研究对象的'社会生态学'、以人的内在的情感生活与精神生活为研究对象的'精神生态学'"。②这样，生态批评不仅是文学艺术的批评，也可以是涉及整个人类文化的批评。有鉴于此，本书对所涉及的文学作品从生态批评的视角作文本内部和外部分析，文本并非全以生态为主题，但在其中蕴含了对生态危机的关注、对危机根源的文学性的阐释，并对未来社会中自然环境、城市环境的异化展开了文学想象。本书结合生态美学、生态伦理学、女性生态主义、叙事学等相关理论，希望能从生态批评的角度对北美敌托邦文学中的生态书写进行尽可能全面的阐述。

第三，地域界定。敌托邦文学作品卷帙浩繁，欧美亚各洲作家皆有涉及。英国作为敌托邦文学的发源地，其代表作品已被不少学者作为研究对象。20世纪下半叶随着科幻小说的繁荣，北美涌现了众多优秀敌托邦作品。为了缩小研究范围，本书参照文本仅限于北美地区，即以美国、加拿大的作品为解读依据，其中大部分是在各个阶段较有影响的作品。

(二) 敌托邦语境下的生态研究具有重要的理论意义

敌托邦文学作为文学史上仍处于发展期的一种文学类型，具有重要的文学史意义。韦勒克、沃伦认为，文学史除了描述对文本进行解释、批评和鉴赏的过程，另一项任务是"按照共同的作者或类型，风格类型，语言传统等分成或大或小的各种小组作品的发展过程，并进而探索整个文学内在结构中的作品的发展过程"。③敌托邦文学是一种具有自

---

① Michael P. Branch (ed.), *Reading the Earth*，转引自王茜《生态文化的审美之维》，上海人民出版社2007年版，第12页。
② 鲁枢元：《生态批评的空间》，华东师范大学出版社2006年版，第92页。
③ [美] 勒内·韦勒克、奥斯汀·沃伦：《文学理论》，刘象愚等译，江苏教育出版社2005年版，第305页。

己独特类型的亚文类，探讨这个文类的整体特征，对于统观文学的发展规律，促进此文类的发展是不容怀疑的。"低估类型概念的影响力量仍然会是一个错误。"① 考虑它的类型力量时，既要参考它自身的风格特征，以及与其他文类的相同性、相异性，同时也应将社会时代背景纳入思考范畴。只有这样，才能充分体现出它的文学史意义。

吴岩曾指出："在当代，科学幻想小说已经无可置疑地在文学领域中占有了一定地位。研究科幻小说的兴衰与繁荣，不但有利于认识西方当代文学的全貌，更重要的是，可以为更好地发展中国的科幻小说创作提供借鉴。"② 与科幻小说有紧密联系的外国敌托邦小说同样可以为中国敌托邦小说提供借鉴。外国敌托邦作家所关注的生态危机意识也应有中国作家在此类文本中表达出来。我们生存的这个全球化的时代，是生态环境被嵌入人类整体关注的时代，这个时代新的写作动力之一便是由生态文学提供，它也蕴含着传统的文化精神及相关哲学、宗教思想。人类对自然的描写和关注，并不限于当代，可追溯到人类几千年的文明史中去。不同民族的文学史里都看得见它若隐若现的身影。今天，当精神荒原似乎又要弥漫人类心灵之时，与自然、环境相关的文学正在试图将这个身影清晰地呈现在读者眼前。要解决我们面临的意识危机、信任危机、生存危机，是否可以通过自然、环境的优美真实，人与环境的和谐，来洗清人类精神上的迷惘和失落？文学正在向一个新的写作高度出发。在对生态伦理、生态美学、自然内在价值的探索中我们看到了精神复原的希望，看到了从欲望和享乐中摆脱出来的可能。敌托邦文学的社会批判性正在于此：对于生态危机、环境破坏、自由、选择、权利与责任、伦理与道德、政府治理限度、思想的禁锢与解放等的探讨构成了此类文学的重要一极，而另一极则是文学话语的运用，这两者并不是相对立的，而是互相渗透融合的。作家用文学话语的方式表达对特定的政治观念、意识形态的反对，使抽象枯燥的伦理、美学观点被赋予文学意义上的感染力。

从生态书写入手解读敌托邦文本体现出文学研究的时代意义，有其

---

① [美] 勒内·韦勒克、奥斯汀·沃伦：《文学理论》，刘象愚等译，江苏教育出版社2005年版，第313页。

② 吴岩：《西方科幻小说发展的四个阶段》，《名作欣赏》1991年第2期。

理论上的必要性。敌托邦文学向来是以描述未来社会或某个历史上不存在的社会的黑暗面为其出发点，突出人的生存困境，学界对这一亚文类从意识形态、社会结构、哲学思想等方面已有了卓有成就的研究，但整体性、系统性地对其进行环境解读还处于刚起步的状态。本书在敌托邦语境下展开对环境书写的研究，从哲学背景入手，结合文本中的技术极权，对断裂的人类文明中体现出的各种自然生态危机、社会生态危机、精神生态危机进行探讨，进而从叙事学的角度作文学层面上的分析，也从女性主义等社会思潮的角度作文本外部的解读。本书力求将文本内部分析与外部分析统一起来，在考虑到历史背景，社会思潮对文本创作的影响的同时，也将内部研究纳入讨论范畴。对此文类进行生态角度的研究，有利于深化读者的理解力和鉴赏力，给读者提供不同的解读方式，实现理论批评与阅读快感的有机整合。

（三）国内对敌托邦文学缺乏必要的重视，系统分析此类文本生态意识的著作较少

国内对敌托邦文学主要局限于对三大经典著作的研究之中，而对北美的此类文学作品的探讨集中在当代个别有影响力的文本上，如玛格丽特·阿特伍德的《使女的故事》《羚羊与秧鸡》等，但不少名作，如布拉德伯利的《华氏451》等都少有研究者问津。在国内学界敌托邦文学作为一个文类受到的重视不够，与其在西方的社会影响力有较大差距，这与国人的意识形态构成有直接联系。[①] 江晓原在《羚羊与秧鸡》序言里提及"西方人普遍对未来充满忧虑，而中国人普遍对未来抱着幼稚的乐观"[②]；而从生态问题对此类文本进行整体分析的论文就更少了。国内作家创作的此类文本数量不多，国人对敌托邦文学的了解往往限于改编的电影电视等媒介形式上，止于画面的视觉冲击力、情节的曲折，缺乏对危机的思考，对文学意义上的敌托邦作品认识不够，无法触及文本作者思想的闪光点。相关的研究文章存在系统性和整体性不够这一问题，对单篇文章进行解读不能充分体现出这一亚文类的概括性、代表性特征，因此在本书中，所选文本为影响广泛、涉及不同创作年代的一批

[①] 关于国内敌托邦文学创作的困境，详见本书第四章第四节。
[②] 江晓原：《未来的天空：有没有阳光？》，[加拿大] 阿特伍德《羚羊与秧鸡》，江苏出版集团2004年版，"序"第4页。

作品，对这些作品进行整体讨论，希望有助于对此类作品的全面了解。但本书内容并非面面俱到，主要围绕环境问题，从这个角度来讨论极权政治或无政府主义社会中的环境想象与表达，以及替代世界中自然异化的主题和叙事策略。

(四) 从生态批评的视域下进行敌托邦文学研究的社会意义

对很多读者来说，阅读是为了体验另一种生活，一种可能永远不会出现在真实人生中的生活。在敌托邦文学中，他们感受到对未来社会的恐惧，危机意识增强，由此能对现存的社会更批判性地加以思考。站在异化的对立面，人如何与自然、与他人、与社会和谐相处，并以此为原则调整自己在现实生活中的行为规范与思维模式，是此类文本的一个重要主题。生态问题作为一个全世界共同面对的问题，人们应承担怎样的责任，应在思想上产生怎样的转变，在这方面敌托邦文学对大众起到了启迪作用。如果说文学作为影响大众的艺术形式作用渐趋缩小，局限于对某些群体产生反思和激励，而在它被改编成电影后，对大众具有更广泛的社会影响。如果大众在电视电影的影响下引发对文本的兴趣，然后转回对文本的阅读，从视觉冲击力的图像回归文字阅读，也是其社会意义显现的一个方式。

通过想象的未来生态危机，此类文本鼓励人们在自然生态恶化的时代培养环保意识，净化社会生态和精神生态，发展生态伦理观和价值观，塑造人类命运共同体观念，来改变人类与自然、人类与环境的对峙局面。同时，从中挖掘人与环境的新的结合点，发现改变现状的契机。敌托邦文学虽然为读者挂起了一张黑色的大幕，但幕后又隐约透露出绿色春天的信息。

二 北美敌托邦文学研究现状综述

(一) 国外对北美敌托邦文学作品及其生态角度的研究状况

1. 北美敌托邦文学作品的历时性回顾

敌托邦小说可由英国女作家玛丽·雪莱的《弗兰肯斯坦》(1818)算起，它也是第一部科幻作品。第一部现代敌托邦小说是福斯特的《机器停转》(1909)。敌托邦三大代表作中有两部是英国作家所作——《美丽新世界》《1984》，还有一部《我们》是由苏联作家扎米亚京所作，这三大代表作是研究热点。而20世纪下半叶以来，北美的敌托邦文学创作呈喷发之势，不仅是数量还是作品质量都在文学史上占据了一席之地。

杰克·伦敦的《铁蹄》可以算作北美敌托邦文学的雏形，之后不同时期各有其代表作品，例如厄休拉·勒·奎恩[①]的《倾述》《天钩》，前者讲述政治极权社会对传统文明的否定、对自然的摒弃，描写了黑暗的未来，后者转换视角到技术极权，而对自然的漠视是同样的。斯科特·维斯特费尔德的《丑人》则从改造人类身体和人类意识入手来建立一个整齐划一、消除差别的极权社会，突出自然与文明的绝对对立。玛格丽特·阿特伍德的《羚羊与秧鸡》《使女的故事》，以及《无水洪灾》《疯癫亚当》等从宗教极权、技术暴政等角度描绘专制社会对自然生态、社会生态和精神生态的扼杀，对道德伦理和传统价值观的彻底颠覆。布雷德伯利的《华氏451》主要从割裂历史、毁灭传统文化的角度来描绘异化的社会中自然审美感知的缺席和人类精神生活的扭曲；而在凯特·威廉的笔下，《迟暮鸟语》则综合了资源枯竭、生态系统崩溃、基因技术改造、极权统治几种因素，从女性的视角来聚焦理性至上社会对自然生命力破坏和自我意识消解的决定性影响。科马克·麦卡锡的《长路》的叙事背景是在地球经历浩劫之后，一对幸存的父子跋涉在灰尘密布的山路上，主题是对生态破坏的绝境体验。哈里·哈里森的《让开些，让开些》描述一个人口爆炸的社会，温室效应严重影响气候、地球资源，人类精神已到了几近崩溃的地步。罗伊斯·劳利的《记忆授予者》则想象一个无季节差别、无色彩变化的极权国度，这是一个一切处于控制之下的"完美国度"。为了免于忧伤、免于人们心中唤起贪婪的欲望，极权政府连人们的记忆都剥夺了。环境的单一正对应着生活的单一，科林斯·苏珊妮的《饥饿游戏》从少年对极权社会的反抗与对自然的亲近为写作背景展开。美国黑人女作家奥克塔维娅·巴特勒的《播种者的寓言》则描写一个十五岁的少女如何创建带有传统生态观点的教派"地球之籽"，在信仰中净化心灵，躲避社会环境的灾难。本书即是以这些不同年代、不同叙事视角的文本作为参照对象，来探讨敌托邦语

[①] 厄休拉·勒·奎恩也被译作厄秀拉·勒奎恩、厄秀拉·勒·魁恩、厄休拉·勒奎恩，本书采用厄休拉·勒·奎恩。

境下自然生态、社会生态和精神生态的全面异化。

2. 文学评论与研究

对敌托邦文学的专著讨论较多，生态批评的专著也较多。凯什·布克的《敌托邦文学——理论与研究》（1994）对反乌托邦文学作品作了历时性的整体梳理，指出此类文本中的社会往往是未来的乌托邦型社会，而敌托邦作家的任务是揭露这些理想社会中的黑暗面。这本书对敌托邦文学作品进行了综合式分析，开篇便提供了整部文本的理论框架，集中讨论了8部较典型的敌托邦文学作品。文化研究学者弗里德里希·詹姆逊的《后现代主义与文化理论》《时间的种子》等都讨论到反乌托邦文学，并对乌托邦文学与反乌托邦文学之间的区别进行了论述。他认为，这两者的区别在于，反乌托邦文学是一种叙述，它对一个具体的主体或人物发声。它基本上是科幻小说批评语言中所说的关于未来的小说，它叙述某种即将到来的灾难的故事，这些灾难将在我们自己最近的未来出现和转化，而在小说的时间里则迅速的提前。他把乌托邦文学看作是对现实的否定和批判，他自己也说过对未来有一种失落感和挫败感，因此他所理解的乌托邦是经历挫败而最终获得成功的乌托邦，反乌托邦文学是乌托邦文学的一种特殊形式。詹姆逊特别指出在乌托邦与反乌托邦之间，还有一种新的类型——生态乌托邦，其代表作家便是勒·奎恩。奎恩的作品《被流放者》（*The Dispossessed*）是在乌托邦与反乌托邦之间采取的一条中间路线，既不反对科学技术，也不支持前工业社会那种原始而单调的生活。生态乌托邦强调了人类社会关系和个人生活质量的进步。詹姆逊主要是通过文学的角度，兼以政治的立场对奎恩的小说进行分析。如果说生态乌托邦着眼于后工业的未来，而不是前工业的过去，那么生态反乌托邦同样是对未来的绝境预设。

莎伦·特灵顿在对《迟暮鸟语》的评论中提到，如果人类失去了个性，不能自主思考，如何还能作为一种物种幸存和发展？这便是克隆体所面对的困境。他们习惯了由他人代为决定，失去了所有的创造力和解决问题的能力，依赖于他们并不了解的机器，一旦机器故障，他们甚至缺乏足够的创造力去修复器械。只有那些能忍受脱离团体的孤独并形成自己个体认同的人才能学会幸存。这实际涉及基因工程的伦理问题及如何平衡个体与集体的关系。克尔·格拉夫在《每周出版信息》上评论麦卡锡的《长路》时提及文本的叙事背景：在一个城市被毁、动植物灭绝、只有几人幸存的末世中，阳光被无所不在的灰烬遮蔽，虽然引起灾难的原因没有说明，但正是缺席的解释警示人们阴郁梦魇的到来。简短准确的语言蕴含着丰富的含义：绝望中的希望，人类存在的短暂性，我们曾生活过的世界的消亡。他特别强调麦卡锡与贝克特在语言形式上的相似之处：在重复与否定中显示毁灭性的力量。叙事视角虽然一直聚焦于这一对父子，但实际表达的是作为整体的人性。这本表达人类末世情结的书适合于深夜静读。另有学者在畅销书推荐榜上把麦卡锡比作美国文学中最接近《圣经·旧约》里先知的人物，通过描述人类在失去能源后文明的缓慢消亡来构筑一部让人扼腕叹息的小说。

约华·恰普林斯盖在评论玛格丽特·阿特伍德的《无水洪灾》时指出，这本作品与2003年出版的《羚羊与秧鸡》互相渗透，人物、情节有交叉之处，可以被合视为敌托邦文学作品中的一部当代史诗，但《无水洪灾》并非续集，而只能算是作家新近创作的《羚羊与秧鸡》的姊妹篇。在这部新作中，叙事视角由吉米转为瘟疫爆发后的两位女幸存者，当她们在试图求生的过程中，叙事时间不断在现在和过去间进行跳跃式的切换，直到过去和现在合二为一，两位叙事者的人生道路也融汇在一起。这两部作品有相似的叙事背景：贫瘠的土地，以及土地上那些奇形怪状的经过基因改造的生物。在作家紧凑的情节安排下，这些奇特的想象更能起到刷新读者记忆的功能。这本书可以被看成是一部未来生态危机的启示录，而我们现在对这些危机似乎已无动于衷。它以文学的话语评价着威胁未来人类生存的各种因素：臃肿的政府、科学至上主义、宗教狂热、环境灾难以及自身被玷污的人性。这位才华横溢的作家将人物放置于一个怪异而现实世界的背景里，更能引起读者对于自身生存环境的反思。

巴特认为斯科特·韦斯特费尔德的《丑人》对整容后人类的精神空虚进行了生动的描写，对如何权衡人类的自由选择权与责任提出探讨，凸显出作品的道德力量。城内统治者对居民的思想和身体层面的控制和监视完全可和奥威尔《1984》里的极权政府"老大哥"相提并论。个性化的人物性格、惊险的动作场面均符合以青少年为阅读主体的预设。文本中封闭的人工环境、高科技的生活方式、贫瘠的思想与广阔的野性自然、原生态的生活方式、自由的思想形成鲜明的对比。斯德·大卫在《战后美国反乌托邦作品》中指出,《华氏451》的人物生活在消费文化对他们的严密控制中,而这种消费文化只有在人们的房间内、汽车里,或是烧毁书籍的消防站才有效存在。一旦人们走到户外,远离给他们带来安全幻象的各种媒介,社会就对他们失去了控制力。这其实已涉及对自然与文化之关系的讨论,当文化与自然成为对立物,文化不再从自然中汲取营养,人们身心的内在自然与作为生存家园的外部世界的隔绝将会导致人的生命内涵的枯竭以及个体与社会的全面异化。

麦克吉文在《华氏451中的旷野》里提及野性自然对后工业时代萎缩人性的拯救。与《华氏451》相类似的是苏姗妮·科林斯的《饥饿游戏》,这本书同样对流行电视文化进行了深刻批判。麦根·韦伦·特纳在《每周出版信息》上发表的评论文章中提出,这部文本里的电视文化是人性失落的主要根源之一。人性的扭曲体现在通过电视媒体直播置对手于死地的残酷游戏。自始至终,文本都在追问这样一个问题:当娱乐凌驾于人性之上,世界会退化成什么样的形态?居住在与自然隔绝的区域中,沉溺于电视节目里的居民们对自然完全失去敬畏之情,自然审美感知被视觉图像的冲击力和娱乐的欲望撕得粉碎,正如《娱乐至死》中提到的,奥威尔害怕的是那些强行禁书的人,赫胥黎担心的是失去任何禁书的理由,因为再也没有人愿意读书;奥威尔害怕的是那些剥夺我们信息的人,赫胥黎担心的是人们在汪洋如海的信息中日益变得被动和自私;奥威尔害怕的是真理被隐瞒,赫胥黎担心的是真理被淹没在无聊烦琐的世事中;奥威尔害怕的是我们的文化成为受制文化,赫胥黎担心的是我们的文化成为充满感官刺激、欲望和无规则游戏的庸俗文化。正如赫胥黎在《重访美丽新世界》里提到的,那些随时准备反抗独裁的自由意志论者和唯理论者"完全忽视了人们对于娱乐的无尽欲望"。在《1984年》中,人们受制于痛苦,而在《美丽新世界》中,人们由于享乐失去了自由。简而言之,"奥威尔担心我们憎恨的东西会毁掉我们,赫胥黎担心的是,我们将毁于我们热爱的东西。这本书想告诉大家的是,可能成为现实的,是赫胥黎的预言,而不是奥威尔的预言"。[①] 这

---

① [美] 波兹曼:《娱乐至死》,章艳、吴燕莛译,广西师范大学出版社2009年版,第4页。

些对敌托邦文学作品的评论从各个角度探讨此类文本的文学与思想特征。

至于生态批评的专著,有切丽尔·格罗特费尔蒂的《生态批评读本》,批评家们在书中向读者呈现了现代工业文明世界中的人类对待自然的复杂态度;哈佛大学英文系教授劳伦斯·布伊尔也在其著作《环境想象:梭罗,自然书写和美国文化构成》中将生态精神贯穿到文学和文学理论的更为深入的层面里,是一部堪称"生态文学批评的里程碑"的著作;《环境批评的未来》将环境概念扩展到超越纯自然的范畴,挖掘生态批评与后结构主义、地方理论、生态女性主义、环境正义等理论的关系;英国生态批评的主将乔纳森·贝特在《浪漫主义生态学:华兹华斯与环境主义传统》中通过对华兹华斯诗歌的重新解读开启了从政治意识形态批评向生态批评转变的道路。另外值得一提的是生态女性主义对生态批评的贡献,薇尔·普鲁姆德的《女性主义与对自然的主宰》中描绘了生态女性主义的困境与疑惑,阐释了社会生态学的框架,及深层生态学存在的问题。

总的来说,国外对敌托邦文学的研究热情相对较高,*Utopia*,*Extrapolation* 等都是主要刊载此类文学批评文章的期刊,但相关研究主要是从政治层面着手,强调集体意志对个人自由的严苛管制,对自我意识的扼杀,而越过此层面专门致力于生态解读的研究专著较少。也有文章集中于从叙事方法、女性主义、美学观念等多角度对作品进行解读。少数文章从生态方向来阐释文本。但还没有系统讨论北美敌托邦文学的生态叙事专著。

(二) 国内对敌托邦文学作品及其生态角度的研究状况

国内对单部反乌托邦文学作品展开的研究较多,尤其是集中于三大经典作品。对北美敌托邦文学作品的研究聚集于少数几部译成中文的作品:《使女的故事》《羚羊与秧鸡》,而还有一些也被译成中文的作品如《太空商人》《华氏451》《迟暮鸟语》《丑人》等却几乎无人关注。这些作品在国外具有较广泛的影响,是典型的敌托邦文学作品,它们以充沛的想象,对现实问题的深刻思考,从不同主题来警示人们未来社会可能的黑暗面,但这些即有可读性又有思想性的文学作品没有充分体现出它们的文学价值,笔者希望通过本书能引起人们对于这些被忽略的优秀作品的重视。还有一些尚未被译成中文的作品，如《无水洪灾》《让开些，让开些》《天钩》等由于语言障碍，知者甚少，更无影响可言，只存在于个别爱好者的阅读视野中，远未形成研究场域。

目前对于敌托邦文学作品的研究主要是从叙事学、语言学、伦理价值观、女性主义等角度进行文本内部和外部的探讨。生态批评文章主要集中于《羚羊与秧鸡》，但从生态批评角度系统地展开对此亚文类的研究专著还没有。傅俊、陈秋华在《南京师大学报》1999年第2期上发表的《从反面乌托邦文学传统看阿特伍德的小说〈女仆故事〉》中提到作家将女性生存问题与人类社会的前途命运联系起来，把现实社会中存在的人类两性关系的隐患加以夸张和放大，描绘了一幅两性生存的困境图，被赋予了强有力的暗寓现实的功能。并论及反面乌托邦社会是由于人为原因造成的灾难性世界，作家以此给人们敲响了警钟。[①] 陈秋华在《外国文学研究》2004年第2期上发表的《阿特伍德小说的生态主义解读：表现、原因和出路》指出生态危机已经成为21世纪人们关注人与自然关系的热点。文章以玛格丽特·阿特伍德的三部长篇小说《可以吃的女人》《浮现》《使女的故事》为参照，对生态问题、人与自然的关系问题进行了深刻的反思，并对人类在与自然界共同发展的过程中迷失方向的行为发出警示，提出关怀其他生命也就是关怀人类自己。人类只有摒弃"人类中心主义"的思想行为模式，自觉维护生态平衡，才可能摆脱生态危机。张冬梅、傅俊在《外国文学研究》2008年第5期上发表的《阿特伍德小说〈使女的故事〉的生态女性主义解读》中提到阿特伍德在小说中再现了女性与自然之间独特的联系：如女性在被污染的环境中要承受更大的伤害，这一现象已成为近年来生态伦理学中探讨的环境正义问题之一；女性对自然的天然亲近也可以被解读为女性幸存于男权社会的一种策略；对动物惨境的描述暗示了女性所处的类似境况。这篇文章旨在通过分析小说中女性与自然的这些独特联系，揭示其中所蕴含的深刻的生态关怀和女性意识。高彩霞在《山东师范大学学报》2008年第4期上发表的《生态预警小说的科学性与文学性——兼评阿特伍德的小说〈羚羊与秧鸡〉》提到生态预警小说是工业和后工

[①] 傅俊、陈秋华：《从反面乌托邦文学传统看阿特伍德的小说〈女仆故事〉》，《南京师范大学学报》1999年第2期。

业时代以来，作家们面对人类掠夺和侵害自然所带来的愈演愈烈的全球性环境问题而做出的现实回应。由于特定的产生背景与动因，从创作伊始它便立于现代科学的基础之上，即预测和猜想的合理性以现有的科学技术成果和发展水平为凭依，而言说方式又是文学的（小说的），这两者的契合所产生的生态警示作用便成为此类文学作品的鲜明特色。并以加拿大女作家玛格丽特·阿特伍德的小说《羚羊与秧鸡》为个案，观察和分析科学性、文学性所构成的生态预警小说的结构内容，进而探讨生态预警小说创作和研究的视角和途径。杨莉馨在《南京师范大学文学院学报》2005年第2期上发表的《反乌托邦小说的一部杰作——试论玛格丽特·阿特伍德的新作〈羚羊与秧鸡〉》中谈及《羚羊与秧鸡》黑色幽默般的冷峻风格，并通过对人类末日图景的惊人描摹，表达了作家对文明异化人性的深切反思，流露出作家对后现代社会人文艺术走向沦落的可悲现实的惋叹之情。

　　讨论乌托邦及反乌托邦哲学思想的专著有谢江平的博士学位论文《反乌托邦思想的哲学研究》，其中对乌托邦实践所造成的奇特颠倒做了哲学分析，并总结了反乌托邦思想的四大特点。在此基础上，论文对当代乌托邦运动的具体特点做了描述。欧翔英2007年的博士学位论文《西方当代女权主义乌托邦小说研究》认为要理解女权主义乌托邦著作，鲁斯·利维塔斯的观点值得借鉴，即从功能的角度引入一种意义宽泛的乌托邦主义概念，以便对文类形式、文本内容和社会背景作综合性的讨论。研究生态美学思想的有博士学位论文《生态审美之维》，此文试图在哲学美学层面和审美文化现象研究层面论述生态文化的审美之维，通过阐释中西方哲学美学理论中的生态文化资源，对生态审美精神进行建构，提出天、地、人、神共在的生态价值和谐论。李小青2010年在四川大学出版社出版的《永恒的追求与探索——英国乌托邦文学的嬗变》系统地评述了英国乌托邦文学的产生、发展和影响，尤其是在不同历史时期不同作家笔下的乌托邦元素，具有文学史和教学和研究的意义；张艳玲2013年在天津大学出版社出版的《美国乌托邦文学的流变》对美国乌托邦思想和文学的发展轨迹进行系统论述；方凡2012年在浙江大学出版社出版的《美国后现代科幻小说》以弗列德里克·詹姆逊文化视野中的乌托邦理论等为理论依据，剖析了美国后现代科幻小说发展的历史背景和文学地位。这些文章及书籍对笔者很有启发。

三 北美敌托邦文学研究框架

对北美敌托邦文学的环境想象及叙事的研究思路和框架，总的来讲，是在总结国内外研究成果的基础上，通过大量阅读不同时期北美敌托邦文学经典读本，从对敌托邦文学相关概念的辨析切入，继而从伦理和美学角度梳理出此类文本中未来环境危机的两个根源：生物技术极权对唯理性主义的鼓吹和专制社会割裂历史链条、绝对否定传统文明的统治方式，并从女性视角和青少年视角入手来详尽讨论未来社会环境危机的文学性描述，最后以此类作品对当代生态建设的现实意义终篇。本书结合文本外部解读和内部研究，力图多向度、全面地展现出这一文学类型概念中的环境想象及书写策略，使读者对北美敌托邦文学的历史演变及环境书写有初步掌握，希望能借此丰富文学批评的园地。本书最终目的是在多元文化交流日益加强的今天能为中外文学文化的交流提供一些参照。

第一章

界限模糊的天堂与地狱：
乌托邦文学相关概念的辨析

敌托邦文学作为乌托邦文学的一个分支，与乌托邦有着不可分割的深层联系，因此，本章先从对乌托邦这个大概念的分析开始。乌托邦现被作为贬义词使用，一方面，许多人认为它只是一个白日梦或不可能实现的完美，只存在于虚构作品中；另一方面，乌托邦又是个复杂多义的概念，它包含了文化中的各个方面：即可指政论著作、小说、诗歌等文字作品，也可指宗教里的极乐之地、人间的桃花源、理想社会的实验田等地理空间，亦可指心理愿景、精神冲动、政治设想等精神和思想活动，如恩斯特·布洛赫所认为的那样，乌托邦"不仅指人对现存世界的反对，乌托邦的精神还是人之为人的根本"。[1] 这样一个多义的词语，它的使用也颇为复杂，具有很强的主观性和独断性，不同的人心中有不同的乌托邦设想，对它的理解也各不相同。

鲁斯·利维塔斯从内容、形式、功能三方面论述了乌托邦的不同定义："仅从任何一方面去定义都是不恰当的，应将三方面结合起来，因此，一个宽泛的含义是重要的；虽然这样会使边界显得模糊，但比从狭隘定义中引发的问题要好得多。"[2] 利维塔斯对功能的重视获得了许多研究者的认同，他拓展了研究视野。詹姆逊吸收了布洛赫的思想，他认为布洛赫把乌托邦分为：第一，乌托邦精神，它洋溢于乌托邦文本和乌托邦冲动中；第二，乌托邦冲动，它强调欲望的表达；第三，乌托邦文本和乌托邦阐释方法。可以从愿望满足和社会安排这两方面来理解乌托

---

[1] 李仙飞：《国内外乌托邦研究综述》，《社会科学评论》2008 年第 1 期。
[2] Luth Levitas, *Concept of Utopia*, New York: Philip Ahhan, 1990, p.179.

邦的单意义。① 在布洛赫的研究基础上，詹姆逊将乌托邦划分为乌托邦形式（被写成的文本、文类）、乌托邦内容（包括日常生活中的乌托邦冲动和用于阐释乌托邦的方法）和实现乌托邦的形式。② 这种划分法接近于乌托邦学者萨金特的分类：他将乌托邦归属为文学类、社区实践类和理论类。③

从学科边界来看，乌托邦既是一个哲学概念，也是一个文学概念。作为哲学概念，可追溯到古希腊。在柏拉图的《理想国》中，它的字面意义是指"美好但虚无之地"，但它不是幻想，库马尔在区分乌托邦与幻想时，就指出："乌托邦似乎一直有意想与人们心中更狂野的幻想划清界限……它想要保持在可能的范围内——根据现实中的人性和物质条件这种想象是可能实现的……然而乌托邦接受了人类社会的心理学的和社会学的实际……（因此）它虽然疆域辽阔，但并非毫无边际。乌托邦既解放想象，又限定想象。"④ 同时，他也指出，乌托邦的两大源头——古典（希腊）文化贡献出一个空间的乌托邦，其中的理想城市是一个凝固时间观念的空间；犹太基督教阐释出一个时间的乌托邦，弥赛亚的预言和千禧年的期盼集中于即将到来的那个终极时间。

而完整乌托邦思想的建立是由托马斯·莫尔完成的，他在《乌托邦》的第二卷中勾画了一个美好未来社会的蓝图，描绘了理想化的公有制社会模式；还有学者认为，恩斯特·布洛赫的希望哲学拓宽了莫尔的乌托邦概念并使之真正上升为哲学范畴：希望的主观层面是梦的解释学，是"世界改善之梦"，客观层面是历史趋势学，即在现实可能性中构成的历史乌托邦。布洛赫认为乌托邦是人类与社会发展的原动力，他既重视医学乌托邦，更重视政治乌托邦和社会乌托邦，还考察了地理乌托邦、建筑乌托邦、艺术乌托邦、文学乌托邦等。⑤ 这样，乌托邦就不

---

① 梦海：《一个更美好生活的梦》，[德]布洛赫：《希望的原理》，梦海译，译文出版社2012年版，"序"第17—21页。

② 李世涛：《重构全球的文化抵抗空间：詹姆逊文化理论与批评研究》，社会科学文献出版社2008年版，第244—245页。

③ Tom Moylan, *Scraps of the Untainted Sky: Science Fiction, Utopia, Dystopia*, Boulder: Westview Press, 2000, p.74.

④ Krishan Kumar, *Aspects of the Western Utopian Tradition. Thinking Utopia*, Edited by Jorn Rusen, Michael Fehr and Thomas W, Rieger, Berghahn Books, 2005, pp.17-32

⑤ 夏凡：《恩斯特·布洛赫的乌托邦范畴再评价》，《学习与探索》2006年第2期。

只是对一个物理空间的想象,而与人的心灵空间发生了直接联系。乌托邦学者库马在《乌托邦主义》一书中指出了它历史语境下的基督教和哲学渊源,指出基督教的千禧年(贝拉基主义与奥古斯丁教义的冲突)、哲学上的理想城市都是构成乌托邦思想的重要基础,同时,他坚持乌托邦起源于我们所置身的世界的冲突,并非源于对消失的黄金时代的回忆或对美好未来的承诺。① 卡尔·曼海姆认为乌托邦思想的四种形式是千禧年主义(实质是一个静态的空间的乌托邦,表达一种宗教理想)、自由主义—人道主义思想(逐步形成的、线性进化的乌托邦,是经由人类努力可以实现的)、保守主义思想(此时此地具有最高价值和含义)、社会主义—共产主义思想(历史决定论的、有意识条理化的想象时代)。②

詹姆逊更从晚期资本主义文化逻辑的视野,来分析了乌托邦在现代的衰落,乌托邦学者雅各比将乌托邦思想分为蓝图派和反偶像崇拜派,尤其指出在当今的图像时代,反偶像崇拜派的乌托邦思想是对消费主义盛行、视觉符号独霸天下、想象力匮乏的现代社会的反拨,与极权主义、专制主义并无瓜葛。莫兰更为强调乌托邦的批判功能,他认为:"乌托邦起源于我们所生活的世界的冲突,并非源于对美好时代的消失的记忆或对完美未来的承诺。"③ 从莫兰的解释来看,完美只是这种思想的外在轮廓,而非内核,他强化了它的现实批判功能,减弱了它的消极的"补偿(现实)"的功能。乌托邦思想作为改革社会的必要因素,是推动社会发展、历史进步的基本动力,是凝聚人类希望与信仰的灯塔,激励人们不断向最高目标迈进。同时,它的行动意义还体现在被压制的时代往往是社会梦想最火热的时代,激发人们对于可能前景的思考,从这种意义上来说,乌托邦不是制造一份计划,也不是指明一条道路,而是告知人们这条道路可用怎样的方式,一步步地以反抗与希望去想象,去铺筑。莫兰的话再一次重申了作为过程的乌托邦的重要性,它

---

① Tom Moylan, *Scraps of the Untainted Sky: Science Fiction, Utopia, Dystopia*, Boulder: Westview Press, 2000, p. 274.

② [德]卡尔·曼海姆:《意识形态与乌托邦》,中国社会科学出版社2009年版,第200—235页。

③ Tom Moylan, *Scraps of the Untainted Sky: Science Fiction, Utopia, Dystopia*, Boulder: Westview Press, 2000, p. 274.

与那个"虚妄的幻想"已经完全背道而驰。

在当代语境下,乌托邦不断地被赋予新的内涵和意义,学者不断地从新的角度切入研究,吸收各种社会思潮,对后工业社会提出尖锐批判,展现了它丰富的生命力。比如,有学者创造出与乌托邦相关的新词,表达出对乌托邦领域的关注,如奥尔森认为《第三次浪潮》中托夫勒提出的"普托邦"(practopia,笔者赞同译为普托邦),既不是乌托邦,也不是敌托邦,或者说,在可能的世界中既不是最好的,也不是最坏的,它是最实际的,比人类曾经历过的世界都好,它具有现实价值[1];福柯的异托邦思想关注真实的另类空间……这些研究从思想、理论等层面不断赋予乌托邦思想新的时代意义。

本书主要涉及的是文学层面上的乌托邦文本。为了对北美敌托邦小说进行深入的文本研究,笔者认为有必要划定边界线,将不是乌托邦,或不是典型乌托邦的区域排除出去,使之成为一个清晰的、有其存在意义的范畴。当然,在文本阐释中,也会关涉文本蕴含的乌托邦精神及乌托邦冲动。

第一节 西方乌托邦文学简述

作品既体现乌托邦思想,又具有文学特征,如虚构性、想象性、叙事性、艺术性等,在主题设定、人物安排、场景设置等方面融合乌托邦因子的作品,称为乌托邦文学作品。古希腊赫西俄德的《工作与时日》中对于理想的黄金时代的描述便成为一个乌托邦范本。而较有自觉意识的第一部乌托邦文学作品是莫尔的《乌托邦》,以文学的形式完整地体现了乌托邦思想,开创了文学乌托邦的纪元。早期的乌托邦文学作品哲学及政治意味浓厚,作品的中心内容就是作者的哲学观点的具体呈现,以至于对它们究竟属于哲学还是文学众说不一,《乌托邦》《新大西岛》《太阳城》皆是如此。但库马尔认为:"乌托邦首先是虚构作品,非历史书写;它们描绘的是可能世界,非现实世界。"[2] 因而不同于各种社

---

[1] Lance Olsen, "The Shadow of Spirit in William Gibson's Matrix Trilogy", *Extrapolation*, Fall 1991, pp. 278-289.

[2] Krishan Kumar, Utopianism. Buckingham: Open University Press, 1991, p. 25.

会和政治理论,这些早期的乌托邦作品,均具有小说的基本元素,属于文学范畴。而乌托邦文学与科幻文学、推测文学的关系一直是学界探讨的对象,以下对这三者关系进行简要论述。

一 科幻与乌托邦文学

科幻小说,英文为 Science Fiction,是随着科学而产生的,它属于整个世界。这种体裁的创始人是美国通俗杂志编辑雨果·根斯巴克,1911年后他在主编的《现代电气学》中刊登了一些类似科学推测的小说,1927年他将 Science Fiction 这个词改为 Science-Fiction,此后便成为这类小说的名称,后又被缩写为 SF。尽管英国的威尔斯早就在使用"科学的幻想小说"(scientific romance)这个词语来表达此类作品,但从对创作及读者的影响来说,SF 的流传远比它广泛。SF 与当时指称该体裁的一个极为通俗的词"fantasy"即"幻想"形成对照,但二者间是有极大区别的。[①]

最早的科学小说是玛丽·雪莱于 1818 发表的《弗兰肯斯坦》(又译为《科学怪人》),此后,不同民族、不同时代的作家在她开创的道路上奋力前行,但并没有大的突破,直到威尔斯 1895 年发表了《时间机器》,在科幻这个文类的通俗标签上又融进了哲理性和政治性,成为第一部为大众接受的现代科学幻想小说。究本溯源,"按年代来说,儒勒·凡尔纳创立了科学的幻想,体现了科学的乐观主义,技术对他来说是至高无上的;但事实上,当今的科学幻想起源于威尔斯"。[②] 在他的努力下,诞生了一种新的文学形式,而那时凡尔纳还在忙于撰写历险小说。威尔斯的作品吸收了埃德加·爱伦·坡的心理推测与哲理思考,标志着现代科学幻想小说的最早成就。《时间机器》中对第四维——时间的想象,使得未来的旅行已经成了新异的历险。

在美国,早期科学小说与通俗小说密不可分,是典型的类型小说,

[①] [法]让·加泰尼奥:《科幻小说》,石小璞译,商务印书馆 1998 年版,第 20 页。至于科幻小说与幻想小说的区别,具体可见第 121 页,加泰尼奥宣称科幻小说中有一种理性的力量,触及读者及作者兴趣的原动力,以不容置疑的价值标准为准则,是信仰的客体,道德的回归,而幻想小说的基石是恐怖,描绘的是超自然的不可理解性,因此,认为科学幻想小说继承自幻想小说是不够的,宣称它是科学时代的幻想小说则是错误的。

[②] 同上书,第 3 页。

因而不同于英国的科学性较强的科学小说。尤其是由于浓厚的超自然主义的幻想色彩，使它与幻想小说难以区分开来。直到 1926 年根斯巴克的《奇异故事》的创办，科幻小说渐渐进入注重科学严肃性的所谓的硬科幻时代。此后至 20 世纪 60 年代，占据霸主地位的是以实验性写作为特征的新浪潮科学小说，与乐观的科学主义相比，它充满了黑色的悲观思索，与敌托邦文学有深层联系。至于科幻与乌托邦文学的联系，布克尔认为："培根的乌托邦作品《新大西岛》描绘了飞行机器，潜水艇，威力强大的毁灭性武器，因而预见了二十世纪复杂机械的出现，是现代科幻小说的先驱。"① 对于早期的乌托邦作品，主要是从各个角度描绘未来的理想社会蓝图，现实的推测很少，对于科学的幻想也较少，在讽刺中隐藏着批判；18 世纪后的乌托邦文学作品，随着科学的崛起，与科幻有了联系。建立在科学基础上的推测，向现实靠得更近，更反映出一些敏感的现实问题。尤其是近几十年来作为乌托邦文学分支的敌托邦小说的创作势头旺盛，在整个科幻小说创作中独树一帜，兼容了通俗性与严肃性，从内容和形式上试图找出路径突围人类可能的困境，具有鲜明的价值倾向，体现出文类的时代变化。

值得注意的是，不管是从 20 世纪 20 年代以来所谓重科学原理的"硬科幻"，还是重人文关怀的所谓"软科幻"（软科幻可以被理解为更注重"对人的信仰"，对人类的基本德行的捍卫使其宣告科学进步并非是人类进化的动力），都能找到乌托邦作品的影子。罗宾逊的《火星三部曲》，厄休拉·勒·奎恩的《被放逐者》《黑暗的左手》都是具有科幻因子的乌托邦作品。

同样出于对科学这种新宗教及理性的信仰或批判，以及对未来的美好愿景或否定，现代乌托邦小说借力科幻，以新的样式出现在文学殿堂。它们与科幻密切相关，文本中充满了描绘未来高科技时代的生活与生产画面，并往往伴随对科技至上主义的批判；库马尔曾指出，"在最广泛的意义上来说，（乌托邦小说）是科幻小说的亚类"。② 知名乌托邦学者如莫兰、达克·苏恩文、希利加斯等持相似看法，角度又略有不同。莫兰赞成苏恩文将乌托邦、反乌托邦、敌托邦在逻辑上划入科幻的

---

① ［法］让·加泰尼奥：《科幻小说》，石小璞译，商务印书馆 1998 年版，第 43 页。
② Krishan Kumar, *Utopianism*, Buckingham: Open University Press, 1991, p. 20.

亚文类，但认为同时需考虑历史视野，如优托邦兴起于现代性早期，而科幻和敌托邦出现于现代性发展阶段，在历史框架中才能更准确地理解其性质和影响。但他认为至少在 20 世纪下半叶，这三种亚文类都在科幻的麾下被认知、创作和销售。[①] 尽管有着不同的时代条件，但这些作品都借助对未来高科技社会的想象，以其为叙事背景或主题，展开批判或表达期待，阐发乌托邦冲动或对其的否定。19 世纪既是科幻小说独立成型的时期，也是乌托邦创作的高峰期，融合这两种倾向的佳作不断涌现。其中，较有代表性的是威廉·莫里斯的《乌有乡的消息》、塞缪尔·巴特勒的《埃瑞璜》、爱德华·贝拉米的《回顾2000—1887》等。当然也有例外，如霍桑的《福谷传奇》是描绘一个乌托邦团体的实践，以事实为基础来想象的，基本没有什么科幻因子。在《回顾2000—1887》中，贝拉米将塞巴斯蒂安·梅西埃的历史幻想现代化，使星际施行和乌托邦的题材以适合今人口味的形式重新出现。开启现代科学幻想传统的威尔斯，他的另一部作品《当睡者醒来时》（1899）中的格雷汉姆在蜡样状态下冬眠二百年后醒来，他所处的星球使人联想到莫洛克人的星球，这本书，同《时间机器》一样，"完全吻合由威尔斯开创，被扎米亚京、赫胥黎以及奥威尔发扬光大的反乌托邦潮流，虽然稍许有些脱轨，然而与科学幻想小说的精神是基本一致的"。[②] 这句话也清楚表明，作为乌托邦分支的反乌托邦文学，同样是科幻文学的亚类。至于反乌托邦文学与敌托邦文学的关系，将在本章第二节详叙。

除了科幻与乌托邦文学的渊源不易厘清外，还有一个常用词"speculative fiction"，译为悬测小说/推测小说，也常常指代乌托邦、反乌托邦文学作品，有必要专门论述。

二 推测小说与乌托邦文学

如果从严格的词源学意义来分析，科幻小说是关于科学发现或技术变化的文学，但这既遗漏了部分目标也限制了范围。科幻小说当然是与这些有关的，但变化才是其真正本质。从其字面意义来解释，当今许多

[①] Tom Moylan, *Scraps of the Untainted Sky: Science Fiction, Utopia, Dystopia*, Boulder: Westview Press, 2000, p. 312.

[②] ［法］让·加泰尼奥：《科幻小说》，石小璞译，商务印书馆1998年版，第10页。

学者宁愿采用"悬（推）测小说"（speculative fiction），因为在科幻小说中比科学更重要的是推测。对他们来说，这是对科幻小说更准确的命名，它根据变化的轨迹来推演未来，但这变化不仅限于科学技术，还包括社会、政治、伦理、文化等方面。就其变化的意义来说，这两者是相同的。但推测小说提出问题，但并不寻求答案。它的核心任务是提出下一个问题。①

虽然就其意义与内容来说，科幻小说与推测小说有相同之处，都是想象未来，提出问题，不寻求答案，它们的根本功能都是在想象中展示关于未来（或者是过去）的历史。但二者并不等同。它们的范畴不同，是包含与被包含的关系，科幻小说是推测小说中最具代表性的一部分，是属于推测小说的亚文类。维基百科提到，推测小说是一种小说类型，通常包括科幻小说、幻想小说、恐怖小说、超自然力小说、超英雄小说、乌托邦和反乌托邦小说、末世小说、后末世小说、虚构历史小说。在这个松散的文学概念的帐篷下，不同作家面向各自针对的读者群，采用个性的叙事手法，或注重情节设计，或注重思想内涵，吸引了不少读者，这是当代值得关注的文学现象。而究竟什么是推测小说，下面作简要论述。

"推测小说"这个词语的产生通常要归因于海茵莱茵，他于1947年在《星期六晚报》发表的文章上使用了这个词语，近义于科幻，后来他又清楚阐明这个词语不包括幻想小说。但实际上这个词语早在1889年出版的《利品科特月刊》（*Lippincott*）里已经出现过，它专指的是贝拉米的《回顾：2000—1887》，是海茵莱茵使这个词语流传开来。其变体是推测文学，同科幻的新浪潮相联系，表达对传统科幻或科幻既定规则的不满，20世纪60年代和70年代早期的很多作家使用这个词语。它在文学创作和现代主义的维度上突破了科幻小说的旧框架，以此回应主流批评家对科幻小说的歧视。但海茵莱茵的初衷是将这个词语近义于科幻小说，而如今这把大伞下汇聚了魔幻现实主义小说、超自然力小说、超人英雄小说等，近年来尤指反乌托邦作品。

兰斯·奥尔森甚至认为："推测小说是唯一系统地讨论当今最根本

---

① Christopher McKitterick, "The Literature of Change", *World Literature Today*, 84.3, May-June, 2010, p.18.

的政治、哲学、道德、文化问题的文类,包括基因工程、计算机的跨国控制网络、人工智能、化学武器、全球的原教旨主义、有毒废物等。"① 他将推测小说作为一种最具时代特色的小说形式来极力肯定,认为这种文类符合当前历史语境,包含各种重大问题,突出时代精神,叙事对象的全面性有利于文本展开全方位的批判,不是简单的通俗作品,应给予恰当的评价。从他的观点来看,此类小说远远超过类型小说的范畴,而是展现整个时代的创作特征、具有文学史意义的作品,但对其重要性人们还没有足够的认识,虽然有些作家在这方面已先行一步。

正因如此,对有些注重自己作品的思辨性和哲理性更甚于无边无际的幻想的作家如玛格丽特·阿特伍德来说,不认为自己的作品是科幻作品,而称之为推测小说,实则是不想把自己的作品归入通俗一类,对他们来说,"科幻"一词具有类型小说的倾向。她将自己作品从科幻中划出,是因为作品中并不涉及太空旅行、心灵感应、火星冒险之类,她希望她的作品被作为直接的推测形式来理解,是对当代社会和技术的批判,她解释道:"推测小说以质疑、批判的眼光看待未来是为了反映现实,而科幻更关注对未来的想象。"②

从字面意义上解释,科幻强调科学幻想,推测小说注重演绎和探索,对于严肃的,思辨意味浓厚的作品来说,"科幻"的能指似乎不能充分表达它们的内涵。确实,不少具有后现代写作特征的科幻作品注重深度的人物刻画,跌宕的情节安排,丰满的语义内涵,多变的叙事手法,突破了传统类型小说的局限,对作者来说,科幻只是一种手段,非主要表现内容,作品主题在于批判现实社会,批判人们已视作惯例的各种生活经验与思维模式,同时也在于关注人类作为整体的命运,超越对个体生命的思考,因而不能简单地说它仅是一部通俗读物。但这些对科幻有偏见的作家们忽略了科幻也有严肃的一面,诸如阿西莫夫的"严肃科幻"小说,同样关注现实社会。科幻的"贬义化"揭示出科幻文学资源的流失:文学技巧高超、思想内涵丰富的科幻作品似乎已在主动地

---

① Lance Olsen, "The Shadow of Spirit in William Gibson's Matrix Trilogy", *Extrapolation* 32.3, Fall, 1991. pp. 278–289.

② Grayson Cooke, "Technics and the Human at Zero-hour: Margaret Atwood's Oryx and Crake", *Studies in Canadian Literature*, 31.2, Summer, 2006, p. 105.

渐渐摆脱这个大本营。其实，科幻本属推测的一种，推测作为一个松散概念（umbrella term），是很多类型小说的聚合，对科幻这个词的拒绝说明主流文学仍然对科幻持有偏见。

坎蒂指出："推测小说与现实小说或模仿小说相比的一个显著特征是元小说性，尤其注重对语言功能的运用，语言在叙事的功能中起着冲突源泉的作用。"[1] 对于语言功能的自觉运用，尤其体现在敌托邦小说中，此类文本往往具有鲜明的语言策略，不同的语言形式既是对信仰的坚守，对传统权力的反抗，也是或显或隐的对整体意识形态的顺从或对立，同时，对极权语言的颠覆还进入文本内容中，成为反抗的一部分。

就 speculative fiction 所包含的内容而言，赵毅衡先生在《中国的未来小说》中认为选用"futurist novel"（未来小说）来替代更为恰当，因为"推测小说"思辨意味过浓，与艺术作品不符。笔者赞成赵先生的观点，在众多和科幻并列的亚文类中，并不是每个子类都体现了推测意味，或者说近似于推测的哲理思索，尤其是对于那些具有鲜明的"类型化"的通俗作品。有其历史渊源的这个英语词语的词义现在已经被扩大了，不限于海茵莱茵使用这个词语时的含义，"推测"，已不仅仅是指"科学的推测"，而这个直译的汉语名并没有体现这种词义的扩展。无论词义如何变化，这种文类根本的功能——"关于未来的历史"并未发生改变。因此，"未来小说"能够更准确地覆盖这个词语。但因"推测小说"已被广泛接受，故在本书中仍采用此词语。

三 乌托邦文学的定义与分类

乌托邦文学的具体定义至今纷繁芜杂。比较早地系统区分各相关概念的是萨金特，他于1994年在《乌托邦研究》期刊上发表了《重访乌托邦的三张面孔》一文，划分出乌托邦文类的各种变体，给出定义：[2]

---

[1] Ildney Caval Canti, "Utopias of /f Language in Contemporary Feminist Literary Dystopia", *UtopianStudies*, 11.2, Spring, 2000, p.152.

[2] Tom Moylan, *Scraps of the Untainted Sky: Science Fiction, Utopia, Dystopia*, Boulder: Westview Press, 2000, p.74.

乌托邦：以大量细节描绘一个不存在的社会，通常位于时空中。

优托邦或正面乌托邦：以大量细节描绘一个不存在的社会，通常位于时空中，作者试图使同时代读者相信文本中世界比置身的现实世界好得多。

敌托邦或否定乌托邦：以大量细节描绘一个不存在的社会，通常位于时空中，作者试图使同时代读者相信文本中世界比置身的现实世界糟糕得多。

讽刺乌托邦：以大量细节描绘一个不存在的社会，通常位于时空中，作者试图使同时代读者认识到对所置身社会的批判。

反乌托邦：以大量细节描绘一个不存在的社会，通常位于时空中，作者试图使同时代读者认识到对乌托邦主义的批判或对一些特定优托邦的批判。

批判乌托邦：以大量细节描绘一个不存在的社会，通常位于时空中，作者试图使同时代读者相信文本中世界比置身的现实世界好得多，但社会内部仍有可以，或不可以解决的难题，这样，给乌托邦文学提供了一个批判的角度。

萨金特重视作品的阅读主体，从读者反应的视野来划分了敌托邦、反乌托邦、讽刺乌托邦等。费尔姆斯同萨金特一样，认为读者的批评视角是极重要的，"乌托邦与敌托邦之间的区别最终归结于（广义的）观点"（这个词既指人物视角，也指读者观点）。莫兰同样强调读者体验，认为早期的乌托邦作品以"美好的"和"不可能的"作为其特征。从莫尔的《乌托邦》开始，同类作品层出不穷，以旅程、航行为中介，描述叙事者在别处的离奇经历，表达对美好社会的期盼，但它同时也是不可能实现的梦想，在两相对照中讽刺现实。此后，随着地理大发现及科学技术的发展，对空间的关注转向时间，开始书写"未来的历史"，如贝拉米的《回顾：2000—1887》；此后与科幻和各种社会思潮的结合，使其更加呈现出多元色彩，对未来不只是消极的等待，或只是勾画一个空中楼阁，而是上升为变革现实的力量，如吉尔曼的《她乡》，这样，乌托邦文学的功能从批判和逃避式的补偿跃升为批判和积极的变革。在乌托邦文学的发展过程中，有几个趋势需加以指出。

女性主义乌托邦：当代乌托邦文学的发展特征为女性作家的积极加

盟，并成为中坚力量之一。她们突出女性意识觉悟，注重女性情感经验和女性话语的表达，在女性身份和未来社会间架起一座桥梁。它的兴起归因于贝拉米的畅销书《回顾：2000—1887》中的女性形象，此后对此形象作出精神层面的回应形成了一股创作潮流。美国女权主义作家，社会主义者吉尔曼受到此书的激励，深感有必要从性别角度来纠正社会失衡状态，借鉴了摩根作品中关于原始社会的观念，于 1915 年创作出了乌托邦作品《她乡》，讲述一个温和的母权社会。在吉尔曼的影响下，女权主义乌托邦作品相继问世，乔娜斯·罗斯的《女男人》（1975）刻画一个没有男人的乌托邦社团中女人们的幸福生活；女性主义乌托邦往往将女性与自然的它者身份联系起来，关注生态环境的破坏或重建，因此常常又同时是生态乌托邦。北美乌托邦小说与社会思潮联系得极为紧密，这也是一个例证。

批判乌托邦：它强调对乌托邦文学自身局限性的认识，对蓝图乌托邦的虚幻性的批判，莫兰把勒·奎恩等的作品归为这一类。在《不可能的渴望：科幻小说与乌托邦想象》（Demand the Impossible: Science Fiction and the Utopian Imagination, 1986）一书中，他把拉斯、德兰尼、勒·奎恩等人的创作看作"批判的乌托邦"，其特征包括"挑战反乌托邦对乌托邦思想和实践的拒绝，反对将现存社会看成完美世界；直面乌托邦文类自身的局限性，在拒绝蓝图的同时保留乌托邦梦想；聚焦于乌托邦世界内在的困难和缺陷，着力揭示清晰可辨的动态变革等"[1]。传统的乌托邦描述是静态的，一成不变的，可望而不可即，"它的特点是理性，它的标志是计划……理想城市试图包含和控制城墙内的每个可能性"[2]。批判乌托邦则讲述各种变化中的现实问题。文本的自觉性不仅体现在先前乌托邦文学传统的文类规则中，还是关于自身乌托邦"别处"的建构。坎蒂指出它的批判性在于从政治到形式，再到读者的转变。这样，对父权的否定和对立融合进乌托邦原则，此外，正如利维塔斯指出的，批判乌托邦的重要特点是其"自反性"，这是它鲜明的文本

---

[1] 欧翔英：《西方当代女权主义乌托邦小说研究》，四川大学出版社 2010 年版，第 14 页。

[2] Krishan Kumar, *Utopianism*, Buckingham: Open University Press, 1991, p. 20.

策略。① 这对应了阿多诺和詹姆逊提出的乌托邦过程中我们始终要相信"某种东西正在失去",我们所做的还远远不够,我们要做的是把政治斗争不断向前推进,是在发展过程中对自身的反思和批判。革命是贯穿整个人类历史的,它吸收前一次的经验和教训,不断走向完善,但不会结束。在内容上,自反性体现为文本中不再只是揭露霸权秩序的矛盾和冲突,也包括乌托邦社会的矛盾和冲突;不同叙事追踪后革命权力机构对进一步政治运动的禁止和否定,探讨积极分子重新革命的对象不仅是敌人,还有革命自身的妥协行为;在形式上,自反性的文学技巧强调乌托邦创造性的整个过程的展开。不再是以前的静态的蓝图描绘,冲破了这种形式的束缚,因此新的乌托邦想象可以回应深入的批判和变化。这与雅各比的"反偶像崇拜"派乌托邦思想对应,它是动态的、开放的,有各种可能性,不是一张机械的、一成不变的蓝图,而是作为一种思维方式,体现它的存在价值。利维塔斯指出"批判乌托邦文本的社会意义,它虽然只是文化矩阵中的文本干预,但它也给总体的乌托邦思想和行动带来教训,文学自反指向政治自反,这些分类往往是交叉的"②,这是对乌托邦思想本身内部的批判阶段,它包含乌托邦冲动,反映乌托邦思维方式,所以并非反乌托邦思想。

第二节 西方反乌托邦文学/敌托邦文学简述

反乌托邦思想的出现,可以归结为以下原因:乌托邦思想本身的局限,乌托邦思想的两歧性,意识形态的宣传、误导,一些自由主义、保守主义的知识分子的情绪、偏见和错误阐释。③ 概括来说,它的产生既包含时代条件,也包含思想本身。反乌托邦文学与反乌托邦思想有着密切联系,而后者是随着乌托邦思想的出现而产生,有时间上的先后关系。库马认为反乌托邦根源有三部分:一是基督教对完美的反对;二是

---

① Tom Moylan, *Scraps of the Untainted Sky: Science Fiction, Utopia, Dystopia*, Boulder: Westview Press, 2000, p. 88.
② Ibid., p. 129.
③ 李世涛:《重构全球的文化抵抗空间:詹姆逊文化理论与批评研究》,社会科学文献出版社 2008 年版,第 258 页。

保守主义分子对激进改革的反对；三是对人类无能的犬儒主义式的反映。① 从哲学基础来看，有学者认为反乌托邦思想是与乌托邦赖以建立的那些根本的思想原则或者哲学基础相对立的，② 既然乌托邦思想是实体论思维方式的产物，反乌托邦思想则从现代性哲学观念展开对乌托邦思想的批判，反对超时空的绝对主义的理性主义，揭露乌托邦观念的虚幻性及其解放的生存论视角所隐含的强制性。③ 因此，乌托邦思想与反乌托邦思想是一种对立关系。

也有研究者指出不能简单地将乌托邦思想和反乌托邦思想对立起来，这两者不是非此即彼的关系。卡尔·波普尔认为："乌托邦主义是一种误置的理性主义。它坚信所有理性的政治行动必须或多或少地基于理想的蓝图或具体的表达，同时它也是朝着目标行进的历史道路的蓝图。"④ 误置的理性主义沉迷于"创造巨大的机器"及"乌托邦的世界"之类的幻想，如培根的"知识就是力量"和柏拉图的"智者的统治"都是对这一态度的不同表达，因而，这种乌托邦方法必然导致暴力。可以说，这种误置理性实质将理想的乌托邦引向了它的反面。

还有学者指出："乌托邦精神从不与（反乌托邦的）忧患意识离异，因为它们同是共存于一个文化母体中的。"⑤ 詹姆逊认为反乌托邦是乌托邦的变体，实际也是一种乌托邦，"反对乌托邦的最有力的论点，实际上正是乌托邦的论点，是一种被忽视的乌托邦冲动的表达"。⑥ 二者基本上是不对立的，他的结论将反乌托邦思想与反资本主义的异化联系在一起：这种反机构主义只能以从属的方式被视为是反社会主义的或反斯大林主义的，因为它所针对的更基本的客体是整个资本主义……对于像今天那些大企业之类的真正反社会的、异化的结构的憎恨才转而反对乌托邦本身。他的论证驳斥了传统的反乌托邦思想等同于反社会主义思想，反社会主义思想又等同于反极权主义思想的观点，指出在晚期资本主义经济生产背景下，反乌托邦思想实质是反对资本主义的基本经济

---

① Krishan Kumar, *Utopianism*, Buckingham: Open University Press, 1991, pp. 5-18.
② 谢江平：《反乌托邦思想的哲学研究》，中国社会科学出版社 2007 年版，第 62 页。
③ 同上书，第 73 页。
④ Krishan Kumar, *Utopianism*, Buckingham: Open University Press, 1991, p. 90.
⑤ 刘晓文：《乌托邦精神与忧患意识》，《西南民族学院学报》1998 年第 4 期。
⑥ [美] 弗·詹姆逊、王逢振：《反乌托邦与后现代》，《南方文坛》1997 年第 3 期。

结构及相应的政治结构。他还主要从叙述性来区别这两者：反乌托邦小说通过叙述故事表现对未来计划、蓝图式的乌托邦思想的否定。反乌托邦小说基本上是科幻小说批评语言中所说的"关于近未来（near future）"的小说，它是灾难叙事——生态学、人口过剩、瘟疫……这些灾难将在我们自己最近的未来出现和转化，而在小说的时间里则迅速地提前。

而雅各比从发展过程来看待二者关系：乌托邦过度发达而导致敌托邦，它并不是乌托邦的反面，而是作为乌托邦的合乎逻辑的发展结果。二者并非对立关系，只是处于不同发展阶段，其差异并不是本质性的。问题在于，如果敌托邦是乌托邦合乎逻辑的发展结果，是否乌托邦必然会导致敌托邦？如果答案是否定的，那么如何改进逻辑式以避免这个结果？如果答案是肯定的，那么有无必要坚守乌托邦信仰，既然乌托邦一定会导致敌托邦？显然，对雅各比而言，前者才是一个真命题，是值得推究的。[①]

笔者赞同詹姆逊及雅各比的观点，反乌托邦的观点正是一种被忽视的乌托邦冲动的表达，用以谱系学为基础的"乌托邦的方法"来建构未来，"以实验的态度肯定我们自己世界里明显否定的事物，肯定反乌托邦如果更仔细地观察其实就是乌托邦，同时要把我们现时经验中的具体特征分离出来，把它们看作是一种不同制度的构成因素"。[②] 本书正是基于这一立场展开论述，从生态批评的视野，以辩证的态度，在选取的敌托邦文本中探求隐秘的乌托邦冲动，对人的存在、异化的社会、自然的他者身份、人与自然的关系等进行深入挖掘。

从字面意义上看，反乌托邦文学就是乌托邦文学的反面，反乌托邦思想在文学上的表现则为反面乌托邦，广义的反面乌托邦文学包含了反乌托邦作品、敌托邦作品（dystopia，兼顾音译和意译，本书中译为敌托邦，也有人译为恶托邦）、末世小说、后末世小说等。这些文本都是对于未来的黑暗想象，但有着不同的创作意图、主观态度以及叙事策

---

① [美] 拉塞尔·雅各比：《不完美的图像》，新星出版社 2007 年版，第 35 页。

② [美] 詹姆逊：《乌托邦作为方法，或未来的用途》，《马克思主义与现实》2007 年第 5 期，转引自李世涛《重构全球的文化抵抗空间：詹姆逊文化理论与批评研究》，社会科学文献出版社 2008 年版，第 252 页。

略。本章节主要讨论反乌托邦与敌托邦文学。

从赫西俄德《工作与时日》中充满痛苦与悲伤的铁器时代代替了欢乐的黄金时代到阿里斯托芬对柏拉图"理想国"的讽刺,斯威夫特对培根"新大西岛"的嘲讽,这些早期的反乌托邦文本的表达在讽刺中夹杂着乌托邦的感情,古希腊罗马的讽刺作品中批判所处时代,但同时又有一种乌托邦态度,或隐或显地指向一种更好的生活。只有在莫尔的《乌托邦》奠定了一个文学样式后,独立的反乌托邦才作为"对乌托邦的扭曲反映"为人所知,但即使此时,它更关注对历史形势的批判而非对乌托邦思想的危险性的批判。直至19世纪末期,传统讽刺乌托邦的积极层面和消极层面才分割开来,成为独立的文类。反乌托邦文学形式的发展要归因于莱顿的《新人类》(1871)和萨缪尔·巴特勒的《埃瑞璜》(1872),二者都是相当现代派的,实验性的,前者采取了新的现实主义美学,后者修正了讽刺传统。到19世纪,政治小说采用了反乌托邦立场,不是否定进步本身,而是指责对进步的曲解和扭曲。正如库马尔所说,不是进步原则本身,而是对它的用途和实践让作家们沮丧和愤怒。然而,进步的原则和对进步的实践似乎始终无法统一起来。《弗兰肯斯坦》和《卡拉马佐夫兄弟》是一个转折,它们并不明显地折射了反乌托邦的冷漠,而是对表面乌托邦愿景失败的更复杂认识。前者保留了一丝乌托邦希望,后者体现了作者对现实世界的消极接受。但他没有指出的是还有些形式上反乌托邦的作品并没有反乌托邦的特质,在对现实社会的否定描述中有着明显的对乌托邦的亲近。如马克·吐温和杰克·伦敦,他们超越了现实主义和自然主义传统,运用反乌托邦形式来表达他们对资本主义和帝国主义的批判,但这种批判仍旧是乌托邦式的。尤其是在杰克·伦敦笔下,产生了一种陌生的反乌托邦模式,它保持着乌托邦冲动,预示着后来被称为传统敌托邦文学(开始于福斯特、扎米亚京)的即将来临,[①] 因此,库马尔没有抓住这种新的文本策略后隐藏的乌托邦品质,他所认为的反乌托邦(《美丽新世界》《1984》)从莫兰的观点来看其实应是敌托邦。敌托邦与反乌托邦的相同点是不需借助讽刺的形式,具有现实主义的品质,而且仍旧留有隐秘的乌托邦冲

[①] Tom Moylan, *Scraps of the Untainted Sky*: *Science Fiction*, *Utopia*, *Dystopia*, Boulder: Westview Press, 2000, pp.102-130.

动,它承认社会激进变革的可能性,但质疑变革的手段,批判现实社会,因而衍生出反抗的力量,而反乌托邦并不承认反抗的合法性与合理性。莫兰以《机器停转》为例,被库马尔称为"反乌托邦"模式中的社会显然比作者或读者已知的世界更恶劣,然而这种描述并非要削弱乌托邦而是要让出空间来,重新考虑和重新衡量它的功能,即使这个社会已经处于最糟糕的时期。

库马尔对于乌托邦文学和反乌托邦文学之间作了如下划分:把贝拉米和威尔斯划入乌托邦的贝拉基阵营,相信人性和社会的善;把赫胥黎和奥威尔划入反乌托邦的奥古斯都阵营,认为人性本恶或人性软弱。虽有其道理,但未免过于简单。乌托邦—反乌托邦文学的发展方向随着历史语境的变化也在改变,从儒勒·凡尔纳的科学乐观主义,到20世纪初对唯科学主义的否定,然后到六七十年代的乌托邦复兴,以至八九十年代批判敌托邦的盛行,一直在跟着科学发展的潮流迂回前进着。但在英美,有着不同的反乌托邦文学传统。如果说威尔斯在英国派生出了反科学的潮流,北美的反乌托邦文学则在一定范围内继承了赫胥黎的遗产。"在这一点上,美国的科学幻想再一次表明了它与美国的文化运动之间的密切联系。"[①] 美国科幻作品部分依赖于美国所试验的各种各样的精神形式。正因如此,美国的科幻作品中常体现出对各种社会思潮的接受与融合。尤其是在敌托邦小说中,它本来就坚持对唯科技主义的批判,试图唤起人文传统的复兴,因此大多数科幻小说强调的科学至上这一点没那么重要了,科学原理、科技规则不那么频繁出现了,转而看重人道主义意识形态,虽然科学语言仍旧不时出现在文本中。典型的美国作家有安妮·兰德、布拉德伯利、奥克塔维娅·巴特勒等。同乌托邦作品一样,敌托邦也同社会思潮联系得相当紧密,尤其是80年代出现的批判敌托邦。女性主义、精神分析学、文化研究、人类学、赛博朋克(cyberpunk)等都是文本的重要思想源泉。如玛格丽特·阿特伍德的《使女的故事》(1985)便可看作是一部生态女性主义敌托邦。关于这些思想资源与文本创作之间的相互影响,莫兰曾评价道:"批判敌托邦比女性科幻叙事少了乌托邦精神,比赛博朋克少了反乌托邦精神。"他

[①] [法]让·加泰尼奥:《科幻小说》,石小璞译,商务印书馆1998年版,第136页。

还提到赛博朋克同样受到女性主义及传统敌托邦的影响。① 这种"文类间性"也是它的创作特色。

第一部反乌托邦的批评理论著作是查德·沃尔什 1962 年出版的《从乌托邦到梦魇》,从此奠定了反乌托邦作为一种独特的文学形式的地位,② 但文中并未区分出反乌托邦与敌托邦。较早的反乌托邦文学批评专著是布克·凯什的《反乌托邦文学与理论》,拓展了反乌托邦的文学批评范畴,他从文化批评理论、精神分析理论、马克思主义理论等角度对此文类进行理论阐释并进行作品解读,但他并未给出具体定义。在凯什笔下,反乌托邦的概念还相当笼统而宽泛,而从他选取的文本来看,《铁蹄》《蝇王》等有争议的作品都被他归入此文类下,并未对相关概念进行细致梳理。同年的欧文·豪伊在《反乌托邦小说》中开始关注二者的界限。从广义的反乌托邦文学中划分出敌托邦的领域,从学界研究的角度来说,是有必要的。

一 反乌托邦文学与敌托邦文学之联系

这两者的概念一直纠缠不清,不断被混用与误用。在大众文化的层面上可以不作区分,但从文学批评角度进行审视,不管是形式或主题,这两者间既有深层渊源又有一定区别。但即使是相关学者,也对此争论不已。莫兰认为,敌托邦起源于 19 世纪的反乌托邦。如果说反乌托邦是对美好世界的渴望与怀疑,敌托邦则是怀疑与反抗。敌托邦文学既然反映的是未来世界的黑暗,必然同正统乌托邦思想是不相容的,但并非等同于狭义的反乌托邦文学。根据莫兰的观点:"乌托邦文学与反乌托邦文学是一个连续体的两个极点,敌托邦文学沿着这两个对立极点发展。"③ 此外,其中间地带还有否定乌托邦、讽刺乌托邦等。

第一次深入辨析二者关系的是知名乌托邦学者莱曼·萨金特,他在 1975 年发表的《乌托邦——定义的难题》中把两者基于不同的文化策

---

① Tom Moylan, "Global Economy, Local Texts: Utopian/Dystopian Tension in William Gibson's Cyberpunk Trilogy", *Minnesota Review*, Fall 1995, pp. 182-197.

② Tom Moylan, *Scraps of the Untainted Sky: Science Fiction, Utopia, Dystopia*, Boulder: Westview Press, 2000, p. 126.

③ Ibid., p. 312.

略作了进一步细分,认为敌托邦虽然探索邪恶之地,但仍然处于乌托邦的范畴;而反乌托邦却仅仅指那些与乌托邦及乌托邦思想相对立的作品,莫兰认为"他对这些相关而又有区别的叙事对象的细致划分从研究角度来说是必要的,虽然这种区分晚了一步"。[1]

莫兰认为亨廷顿对于反乌托邦的观点其实与批判乌托邦相似,是乌托邦思想对其自身的批判,而非乌托邦的对立。同时,他认为反乌托邦小说往往是神话性的、封闭的,不包含反抗因素的,因而社会趋于停滞的静态,这一点与静态的乌托邦社会相似;而敌托邦小说是史诗性的,开放的,其中反抗因子很可能改变历史进程,因而处于变化不居的动态,情节在反抗的失败与成功中迂回发展。"语义狭窄的恶托邦(dystopia,即本书中的敌托邦)与范围宽泛的反乌托邦之间最关键的区别,恶托邦基本上关注作家生活的现实社会,立足于把一种正在发展中的,作家认为势必导致灾难性后果的趋势推演为恐怖的力量。"[2] 欧翔英认为与反乌托邦相比,敌托邦具有强烈的"批判现实主义色彩"。这种批判性也与敌托邦小说"近未来"(near future)的时空设定有关,基于现实社会的批判更具有针对性。

二 乌托邦文学与反乌托邦文学

反乌托邦文学衍生于乌托邦文学,二者相辅相成。王蒙认为:"反面乌托邦……的特点是它的反人类性质,是令人毛骨悚然的恶梦,是被控制被扭曲被扼杀了的人性,是严密的社会组织与先进精巧的科学技术相结合、并从而形成的对人类的恶性统制。"[3] 乌托邦与反面乌托邦表面上是对立的两面,是美好与邪恶的两个世界。但他在这篇文章中也提出:"一个值得深思的大问题:正面乌托邦与反面乌托邦果真是泾渭分明,火车道上的两股叉吗?一些美善至极的乌托邦,会不会带来或同时包含着负面的契机呢?"在 20 世纪 80 年代,王蒙就意识到这两个概念具有相对性,虽然表面上含意对立,但在不同的历史语境下可以相互转

---

[1] Tom Moylan, *Scraps of the Untainted Sky: Science Fiction, Utopia, Dystopia*, Boulder: Westview Press, 2000, p.127.

[2] 欧翔英:《西方当代女权主义乌托邦小说研究》,四川大学出版社 2010 年版,第 13 页。

[3] 王蒙:《反面乌托邦的启示》,《读书》1989 年第 3 期。

化，并不是非此即彼的关系。"在发达的科学技术将技术乌托邦主义推动至巅峰之时，反乌托邦文学也成为一股重要的文化力量……马克思描绘的'工人天堂'是 19 世纪乌托邦思想的源泉之一，而他对资本主义的批判与后来的敌托邦想象也有诸多重合。"① 这意味着，如果我们没有认识到希望的旅程只能开始于拒绝现实的束缚，在资本主义意识形态国家机器的统治下，意识形态的阶级性与权力共同作用，决定了作为历史主体的群众只能囿于思想的樊篱，从一个权力的圈套落入另一个权力的圈套。这样的政治语境中，乌托邦就只是当权者的工具，如同一张扼制大众想象的铁网，被蒙蔽的大众心中的乌托邦其实是他人心中的敌托邦。表现在文本中，《美丽新世界》《1984》《华氏 451》《羚羊与秧鸡》这些作品，都体现出乌托邦不过是虚假的大饼。

亨廷顿从文本批评的角度对乌托邦、敌托邦、反乌托邦这三者的关系进行分析，他指出："尽管前二者表面意义是相对立的，但其共通处在于都是对未来世界的整体、全面的想象，文本中的世界持有一个共同的观念，这种观念把读者引至完美世界或赶向梦魇，是对快乐或不快乐深层原则的理解和表达。所有的乌托邦文本都有讽刺的维度。而反乌托邦是对于这种一致性的怀疑的想象。"② 敌托邦的叙事者对"不快乐"有着自觉的意识，正是这种意识产生了反叛，是对抗社会的心理动机。而阿特伍德从心理层面将乌托邦与反乌托邦融合在一起，将自己作品定义为 USTOPIA，即乌托邦与反乌托邦的结合，强调文学作品中的"地方"与心理状态的结合。③

区分乌托邦与敌托邦的一个重要标准是"从文本中社会主体的精神状态来看，敌托邦社会的主体通常是浅薄、思想空虚的现代性产品"。④此外，判断的标准还包括作者的态度与读者的感知。不同的读者对作品

---

① Keith M. Booker, *Dystopian Literature: A Theory and Research Guide*, London: Greenwood Press, 1994, p. 5.

② John Huntington, "Utopian and Anti-Utopian Logic: H. G. Wells and His Successors", *Science Fiction Studies* 9.2, July 1982, pp. 122-146.

③ Margaret Atwood, *The Road to Ustopia*, https://www.theguardian.com/books/2011/oct/14/margaret-atwood-road-to-ustopia.

④ John Hickman, "When Science Fiction Witers Used Fictional Drugs: Rise and Fall of the Twentieth-Century Drug Dystopia", *Utopian Studies*, Winter 2009, p. 141.

有不同理解，从读者反应角度来评判作品，作品会呈现不同特性。这其实指出了敌托邦文学的相对性问题，特定时代特定读者眼中的乌托邦可能是另一时代另一读者眼中的敌托邦。

三　科幻与敌托邦文学

"二战"后在富裕、技术高度发达的西方社会茁壮成长起来的科幻小说发展出新的走向，不管是对"不远的未来的讽刺"（库马尔），"反乌托邦"（希利加斯），"末世的，生态灾难的，甚至技术哥特的"（塞缪尔逊），"地狱新图景"（艾米斯）式的描绘，都运用敌托邦的敏感，即使这些故事并非完全遵从传统敌托邦的形式。有些科幻小说，或接近于科幻小说，是鲜明的敌托邦作品，如布拉德伯雷的《华氏451》，安东尼·伯吉斯的《发条橙》等，而有些科幻作品虽然或多或少体现出敌托邦思想，讲述社会噩梦的故事，但不能归入敌托邦叙事的范畴。对于库马尔来说，这两者的重要区别是有没有"预警功能"，具有预警功能的就是批判敌托邦。

四　末世小说、后末世小说与敌托邦文学

总体来说，这三者都是对未来持悲观想象，自然的或人为的灾难与毁灭会降临到世界的各个角落。敌托邦虽然常常刻画末日世界，但并非就是末世小说。现在广泛使用的敌托邦一词其实是对它的广义性理解，本书探讨的也是广义的敌托邦文本，包括《机器停转》（虽非北美作品，但因是第一部现代敌托邦作品，故纳入探讨）、《华氏451》《记忆授予者》《使女的故事》《迟暮鸟语》《羚羊与秧鸡》《丑人》《饥饿游戏》《无水洪灾》《播种者的寓言》《让开些，让开些》《天钩》。这些狭义上的敌托邦文本可能同时也是末世小说，或后末世小说，如《羚羊与秧鸡》《无水洪灾》，而《长路》是一篇典型的后末世小说，但有些敌托邦小说并非末世小说，如《记忆授予者》《华氏451》。另外，本书也涉及一些含敌托邦因子但不是典型敌托邦的作品，如《倾述》等。

当代西方文学界每年大量生产出的具有反乌托邦思想的作品被广泛地称作"敌托邦文学"，在文学界，这个词语已渐渐替代反乌托邦流行于世。本书在区分了反乌托邦文学与敌托邦文学的前提下，广义地使用

敌托邦的概念，所涉及文本皆为影响较为广泛、写作技巧与思想内涵均较出色的敌托邦作品。

第三节　敌托邦文学面面观

一　敌托邦的各种分类

根据亨廷顿，敌托邦文本有三种类型：第一，文本中社会的缔造者认为是乌托邦而作者与读者却对此感到厌恶的，如《美丽新世界》，也被称为反向乌托邦（counter utopia），这是从读者反应角度来划分，文本产生的张力是其重要修辞手法；第二，描绘一个被精密规划的社会，但这种规划却缺乏乌托邦冲动，如《1984》，也被称为否定乌托邦；第三，描绘社会中人类的贪婪、懒惰最终带来人类自身的灾难，即使人们并非有意为之，如约翰·布鲁诺的《羊群抬头看》，也被称为灾难乌托邦。[①]

前两种形式都有着乌托邦的表象，是对传统乌托邦社会的浅层模仿，城市布局、生活方式都是乌托邦式的，但作为理想乌托邦社会必要的"平等""自由"，尤其是阶级平等，信仰自由却完全缺失，即使生活于其中的蒙昧的人们自我感觉幸福，表面上有着充实的精神生活，隐含读者却能从叙事者的视角看透这个社会的权力结构和强大的意识形态统治。第三种形式则从人性的角度提出批判，指认如果人类不反思自身思想和行为，在不久的将来就会陷入绝境。这种分类因角度不一，因而显得混乱；既有读者反应的角度，也有文本内容的角度，因此还有待商榷。从前一角度，可根据读者群体来划分，从后一角度，分类又过于笼统，还可以进一步细化。

1. 按时期来分，可分为传统敌托邦和批判敌托邦。当然，不仅仅是时间先后的区别，二者还有其情节及表现形式的差别。与传统敌托邦一致的是描绘对个体的压抑，从经济上、政治上、思想上来刻画个人自由意志的失落，集体无意识对自我意识的全面覆盖，尤其是资本主义社

[①] John Huntington, "Utopian and Anti-Utopian Logic: H. G. Wells and His Successors", *Science Fiction Studies* 9.2, July 1982, pp. 122-146.

会不可一世的公司权力对个体微观政治的渗透,"近年敌托邦具有更强烈、更自反性的批判色彩,但它并不意味着全新的文学样式的出现,只是对敌托邦叙事中内在的最进步的倾向的重兴"①,既有旧的敌托邦传统,又有鲜明的新特征,在对黑暗的揭露中,有着革命意识或革命力量。或者用巴可尼尼的观点,既有乌托邦核心,即解构传统,又重构替代世界。与之前的批判乌托邦相比,新的批判敌托邦推翻了静态的完美,保留了激进的行动,创造出一个文本空间,其中反抗力量被清楚勾画和接受,她定位了新文本形式层面上的策略,能使这些文本挑战当下的反乌托邦状况,拒绝历史条件所导致的反乌托邦文本的封闭性,主张开放的结局,同时维持文本中乌托邦的冲动。传统文本中的结局往往是对个体的征服,批判敌托邦为他者(女性团体、边缘团体)的反对行动开辟出一片新天地,他们以霸权话语也不能轻视的主体立场进行论争和反抗。作为一种开放形式,它在乌托邦和反乌托邦连续体中灵活变化,莫兰还将它分为"乌托邦的敌托邦和反乌托邦的敌托邦",前者的集体抵抗被接受,有时是发展出了强大的对立力量甚至取得了胜利,后者的最好结果是个体整一性得到认可,②这样从情节出发来进一步划分,但过于细化的概念导致了又一次的定义混乱,并使研究对象过于形式化;笔者不赞成再次划分,容易落入词语游戏的泥沼,掉进为研究而研究的怪圈中。

莫兰认为杰克·伦敦的《铁蹄》和莫里斯的《乌有乡的消息》这两部文本具有过渡意义,它们将乌托邦文学引向了优托邦或传统敌托邦。这两者的叙事背景都开始于一个基于他们自身时代的替代未来,但莫里斯通过成功的政治斗争将读者带向了一个优托邦,而伦敦则把他的读者拉向了一个原型法西斯的原型敌托邦社会,社会主义者斗争失败,只有在不确定的未来才获得了成功。他的警世寓言将朦胧的乌托邦表达转向了敌托邦边缘,但是,最终是随着福斯特、扎米亚京等作家,传统敌托邦放弃了最初的现实主义者姿态,在一个具有象征意义的"别处"直接发展出一种叙事和反抗叙事,虽然这个"别处"实际是从现实脱

---

① Tom Moylan, *Scraps of the Untainted Sky: Science Fiction, Utopia, Dystopia*, Boulder: Westview Press, 2000, p.188.
② Ibid., p.xiii.

胎而来。同时，科幻的普遍想象为敌托邦的想象提供了一个更深入更宽广的舞台。而玛格丽特·阿特伍德的《使女的故事》则将传统敌托邦引入批判敌托邦的时代中。

2. 面对不同读者，可分为成人敌托邦与青少年敌托邦。成人敌托邦中又可再将女性敌托邦划分出去。有学者认为："当青少年一旦执着于对更人道的世界的希望，孩子们会（对敌托邦文学）要求得更多。"[1] 因此，敌托邦文学不仅是想象的作用，还有教导的作用，帮助青少年认识自己及自己在社会中所处的位置，指导他们如何成为一个合格的现代公民。对这些文本来说，重要的不是读者的年龄，而是所传达的信息。

《记忆授予者》的作者劳利在采访中告诉欣茨和奥斯特里，她的作品让青少年读者去"思考、讨论、辩驳、探索，不再把某些事情认为是理应如此"，[2] 这其实是乌托邦和敌托邦作者的共同期望，也是读者对于此类文学形式的共同期望。萨金特也指出，此类文学的重要之处在于让我们理解了指向青少年的美梦和梦魇。

以青少年为对象的敌托邦作品数量不少，较为优秀的有近年来的《灰烬之城》《末日的孩子们》《饥饿游戏》《丑人》等，从青少年的视角来观察不完美的未来社会，读者会更同情或欣喜于他们的毁灭或救赎。

3. 按主题来分，可分为以下几种。

机器敌托邦：从《机器停转》开始，机器对人类的奴役就成了敌托邦小说的主题之一，影射着在未来的机器极权社会，不受控制地发展机械是人性沉沦的重要原因。人类失去自我意识，失去独立地位，成为机器的附庸。万能的机器主人操纵着人类的一切思想——如果说人类还有思想的话。这些顺从的生物们按照机器设定的惯性生活在地底，与自然完全隔离开来，人与人的交流全部通过电线来传输，母亲对儿子的爱只停留在通过电视屏幕互相问好上，社会交往彻底被废除。每间单独居住的地下室成为身体和精神的囚笼，所有个体沦为机器主人身上可随时替换的零件。人们的思想和行动被监视，如果有违定规，威胁到机器的权

---

[1] Pamela Clark Carrie Hintz and Elaine Ostry, Utopian and Dystopian Writing for Children and Young Adults, *Utopian Studies*, Winter 2004, p. 118.

[2] Ibid.

力,就会被逐出机器世界,而被丢弃在地面上意味着死亡,因为人类已不能适应自然界的生活。而最发人深思的是人们并未真正理解自己的可悲处境,反而对机器主人感恩戴德。作为主体的人类的历史已经终结。后来机器人对世界的独裁是对这一主题的深入发展。

女性敌托邦:巴可尼尼和坎蒂都认为女权主义作家对这种新的文学现象的产生有突出贡献,如同早期批判乌托邦文学的兴起。[①] 巴可尼尼认为玛格丽特·阿特伍德可称为此类型小说的领军人物,她将女性主义思想融入敌托邦想象中,《使女的故事》中女性作为"他者",遭受着宗教极权与父权的双重压迫,使女的身份只是"行走的子宫",完全被工具化。《羚羊与秧鸡》《无水洪灾》也有女性敌托邦的影子,这些文本尤其注重身体、身份的表达,与身体的严厉束缚及身体的生产性欲望有关;控制身体的欲望便等同于加固极权社会的意识形态特质。从这个意义上说,极权必会切断欲望以维护自身。而切断欲望的直接办法就是对身体进行严厉管制。其手段是将之作为工具进行分类治理,尤其是对女性。女性身体作为统治对象与生育工具存在,当其失去了利用价值,也就被归入消灭一类了。书中宗教激进主义的道德伦理一贯对身体持压制态度,如果灵魂是与上帝沟通的载体,身体只是阻力。也因此,选民们也只能在肉体消亡后才有可能到彼岸去分享荣光。而《使女的故事》这类文本则不仅刻画了主宰未来世界的原教旨主义对道德伦理的独裁,也从权力统治的角度批判它对群众身体施加的暴政。要禁锢身体欲望,磨灭个体意识,加强规训式权力对群众的束缚,统治阶层就必须深化对他们性意识机制的掌控。而这仅靠万能化的《圣经》还不够,还需有国家机器的强权镇压与渗透整个社会的监视网络。

药品敌托邦/生物技术敌托邦:在不远的未来,医药科学制造或强化社会秩序,某一种或几种虚构药品对稳定社会或导致社会突变起着关键性的作用。《美丽新世界》中"上帝与机械和普遍的快乐是不相容的,我们的文明选择了机械,医药,快乐"。[②] 药品代替宗教安慰大众

[①] Tom Moylan, *Scraps of the Untainted Sky: Science Fiction, Utopia, Dystopia*, Boulder: Westview Press, 2000, p. 188.

[②] John Hickman, "When Science Fiction Writers Used Fictional Drugs: Rise and Fall of the Twentieth-century Drug Dystopia", *Utopian Studies*. Winter 2009, p. 141.

空虚的头脑,搭建一条逃离现实的虚拟通道,药品、医药技术是无道德良知的精英们利用科学知识去除大众人性(如《美丽新世界》中的索麻,《丑人》中的整容洗脑技术),或牟取暴利(如《羚羊与秧鸡》中的喜福多药片)的工具。高度发达的生物技术充当了野心家的统治工具,如果说药品或生物技术成为大众的快乐源泉,那么生产药品和发明生物技术的寡头们便不仅控制了经济命脉,还控制了大众的精神生活,将大众思想引入违背自然人性的泥沼。而其变体为未来社会克隆技术或克隆人的盛行,《迟暮鸟语》中克隆人部落对大自然的恐惧,对个体意识的排斥也说明了科技至上时代人性的缺失。

政治敌托邦:对于极权统治的批判是敌托邦文学一直维系的传统。在大一统的社会中,禁止个性的发展,宣传舆论受着严格控制,单一文化占着主导地位。除了少数的先觉者,思想被麻痹的大众在不自觉地充当着统治者的同谋和帮凶,过着一种表面上幸福的生活。但极权统治不仅指政府机构,后来还发展成了公司极权,如《让开些,让开些》和《无水洪灾》中对大公司极权的描写。

此外,还有以人口为主题的人口敌托邦,如《天钩》《让开些,让开些》。未来社会要么面临人口极度过剩,要么出生率几乎为零的状况。前者导致对自然的过度利用,资源枯竭,后者隐含着人与自然关系的扭曲,通常体现为毒性文本——自然与城市都处于被污染状态,人口负增长,社会危机频仍,机器全面取代人工。

还有气候敌托邦:由于人类对自然的过度干预,气候变化异常,人与自然形成尖锐对立,极冷或极热的极端气候不仅作为背景存在,有关气候的意象还反复出现,体现文本的预警功能,深化了各个批判主题。如《长路》里的寒冬,《让开些,让开些》中的炎夏。

值得注意的是,不管是哪种情节的敌托邦,常常显出对生态问题的关注,被毁灭的自然、被科学技术人为干预的自然导致未来社会的生存场所成为一个变质的空间。文本中觉醒者追寻着自然精神,感受到自然的力量。在他们的眼中,不管是作为优美风景的自然,还是贫瘠的荒野,无人踏足的森林,都是与虚伪的现实相对立的。自然中蕴含着平和的优雅或改革的激情,山风、水流、星辰、树叶、飞地,构成一个生生不息的真实世界,以此对抗唯理性主义者的偏执。

二 敌托邦的叙事对象及文本立场

莫兰认为，敌托邦的三种叙事对象分别为：第一，探索被法西斯或官僚主义扭曲的国家的被压迫状况；第二，资本主义社会被控制的混乱；第三，还有些聚焦于未来世界中日常生活的让人恐惧的细节。第一点是传统敌托邦经常采用的形式，将法西斯国家与极权社会简单联系起来，批判专制政权对自然和人性的全面压抑，个体身份绝对附属于集体组织，自我成为多余；第二点往往突出资本主义社会图像时代中甚嚣尘上的消费主义，欲望对人的控制，物质对精神的淹没；第三点则从日常生活出发，以真实的细节描写展现未来社会的恐怖，第三点是最能表达叙事有效性的一点；也正是与乌托邦小说相比最具叙事功能的一点，它往往融合到前二点中，用具体的日常生活细节来描述呈现社会的异化，尤其是欲望对人的绝对支配。这可能归因到布洛赫的乌托邦哲学中对日常生活的重视。由于日常细节的真实，使得它更具现实批判意义。笔者认为，这里分类标准不统一，前两点是从宏观的社会结构层面来划分，第三点是从社会个体的生活细节来划分，而这第三点其实是对前两点的具体表达形式，或者说，从个人的具体生活来窥察整个社会的状况。

基于莫兰的思想，我认为敌托邦的四种叙事对象可分为：第一，异化的政治/宗教极权社会；第二，异化的公司集权社会；第三，异化的无政府主义社会；第四，异化的克隆人/机器人社会。莫兰笔下的资本主义国家"被控制的混乱"除了公司极权，还有对无政府主义的批判，这在不少小说中都被暗示出：《使女的故事》宗教革命前的社会，《羚羊与秧鸡》的杂市，《山路》中灾难来临前的城市，《无水洪灾》里"伊甸沿"（the Edge of Eden）外的世界等。对克隆社会的批判往往从伦理角度展开，如《迟暮鸟语》，它比较有科幻色彩。以前学者重视对极权社会的批判，忽略了对无政府主义的揭露。无政府主义的社会是一个伪乌托邦，它的逻辑前提是所有的社会公民都有同样高的素养与品质，因而可以创建出一个美好社会。而这个忽略差异性的前提是与真实人性相对立的。未来世界如果真是一个无政府主义盛行的社会，各人任由自己的欲望泛滥，缺乏有效的监督管理机制，那么我们可以预测这种前景也并不乐观。对无政府主义的批判，也是敌托邦文学的重要部分。前三者是对与现实相关的批判，而最后一项从科技伦理角度展开的想象，并对这种想象中的社会进行抨击。笔者认为有必要将此列为第四种叙事对象。而日常生活的细节贯穿于这几种叙事对象中，深化其表达。

莫兰认为文本立场同样分为三种："一，消极的，无反抗或反抗失败的反乌托邦立场，如《1984》；二，在乌托邦飞地的反抗立场或越过文本页面，注视希望前景的立场；三，在未定空间的斗争与妥协间协商的立场。简言之，他认为文本立场有消极、积极、协商/对话三种立场，第三种立场具有不确定性。形式也分为三种：一，极权社会内部冲突的经典形式；二，那些制造'地狱新图景'的作家更多地追溯资本主义世界体系的复杂性；三，还有些离题地运用了现代主义小说与后现代主义小说常见的反讽或歧义。"① 这里分类标准也不够统一，第一点有关故事情节；第二点有关场景设置与故事架构，但这个场景是在资本主义体系中；第三点提到文本的叙事手法。但政治极权社会的冲突也会体现在资本主义世界中，以变形为科技极权/公司极权的方式展现地狱图景，以上第一点和第二点本质是相同的，都涉及情节与背景，不应分成两点。但有一点应该加上：在现实主义基础上展开对近未来社会的想象是敌托邦文学重要的美学原则。这也是它不同于科幻作品之处：它有强烈的现实批判性。阿特伍德从自己的创作经历出发对此作了充分的说明。②

乌托邦与敌托邦的区分还要基于读者反应。不同的历史文化语境会造成读者对于文本的不同解读，这个时代的乌托邦可能会是下个时代的敌托邦，这取决于读者的审美、日常生活经验与历史时期的结合。

三 敌托邦小说的形式特征

传统敌托邦小说，往往有着相似的主题、背景和情景手段，遵从一

---

① Tom Moylan, *Scraps of the Untainted Sky: Science Fiction, Utopia, Dystopia*, Boulder: Westview Press, 2000, pp. 180-181.

② Margaret Atwood: *the road to Ustopia*. https://www.theguardian.com/books/2011/oct/14/margaret-atwood-road-to-ustopia.

种较为固定的模式，是较为典型的类型小说。[1] 相对来说，后现代语境下的批判敌托邦文本已离类型小说较远，作家运用各种写作手法，针对不同读者群来呈现不同主题。但对此类文本的读者期待视野是基本相同的——地狱图景或类似于天堂的地狱图景，而这些黑暗图景后面又透出模糊的光亮。虽然有具体的差异，但作为一种文学子类，敌托邦小说有共同的形式特征，对这些规律的总结和探讨，有助于加深对此文类的认识，促进它的发展。

1. 文类间性

敌托邦小说中杂糅着不同文类，不仅仅是文本的互染，还是不同文类的渗透。根据巴可尼尼意见，它是一种混杂文本，既有乌托邦的冲动，又有反乌托邦的阴郁与黑暗，她称之为"模糊文类"，[2] 本书中译为文类间性。既可能体现乌托邦的希望，又蕴含挑战社会的无望。矛盾的是，"敌托邦文本从精巧的情节安排与人物逻辑行动的冲突中碰撞出阅读的愉悦，而正是通过这种愉悦敌托邦文本强行将读者认知导向乌托邦思想的非叙事功能"。[3] 这说明，既有主导意识形态叙事与反抗叙事的冲突的层面，这种层面产生文本的美学效果，这种效果又将读者引入对社会各种关系的思考之中，进入作者预设的认识领域里。如同詹姆逊所说，乌托邦思想是非叙事性的，是对机制的记录。"他们都细心地记下精确的机制，而单是这些机制的构成便会使那些关系和快乐，那些田园生活的景象成为可能。"[4] 这种具体的图画以及关于"关系与自由的机制"[5] 的描绘构成了乌托邦的非叙述性质。而反乌托邦思想是叙事的，总有个体表现出对敌托邦本质的怀疑，支配行动的思想却与寻找乌托邦的欲望相似。敌托邦便处于二者之中，再加上科幻的元素，体现出文类间性。

---

[1] 查尔斯·布朗在《类型小说，科幻小说，追寻乌托邦》中提到，从这个术语的演变来看，它与遵循某一模式相关，选择哪些来贴上此标签则有些随意性，侦探小说、传奇或者有关外星异类的故事通常被看作类型小说，而校园小说等一般不认为是类型小说，虽然这些小说也遵从固定模式。详见胡亚敏主编《文学批评与文化批判》，华中师范大学出版社2007年版。

[2] Tom Moylan, *Scraps of the Untainted Sky: Science Fiction, Utopia, Dystopia*, Boulder: Westview Press, 2000, p.106.

[3] Ibid., p.148.

[4] 李世涛：《重构全球的文化抵抗空间》，社会科学文献出版社2008年版，第247页。

[5] 同上书，第267页。

与典型的乌托邦叙事相对。乌托邦叙事常通过游客在乌托邦社会的旅程对比他此前所置身的社会,从而进行讽刺和批判,敌托邦叙事则往往直接开始于一个黑暗新社会,但叙事者并不踏足他乡。

2. 时空的预设

在并不遥远的未来,世界会因为发达的科学而如何改变?人类会因为各种欲望而如何制造历史?星球、天宇、海洋、森林是否会被完全祛魅,降格为文明城市的资源供应站?种种有关人类命运的合理猜想在预设的时空中展开。在科学依据的基础上,我们可能描绘出部分的未来,但即使这部分的未来也是不那么牢实的,如同布拉德伯雷的小说《一声惊雷》中所提及,一只小小的蝴蝶或许就会改变整个历史的进程。可以说,科学幻想是置于时间维上被人们所理解的。"预测"这个词强调了这一区别性特征,而敌托邦更鲜明地体现出预测中的预警功能。实现这一功能的必要条件是小说中叙述的事件尚未发生,尚处于作者预设的时空中。

叙事者的时间往往后移,处于阅读时间之后,是一种谈论将来的小说。或者,"叙事者及人物所置身的将来建立在对作者虚构已经经历过的或者经过作者粗略描述的某段中间历史的假设的基础之上"。[①] 总的来说,虚构时间与阅读时间相距越远,似乎就越不真实,文本中的世界离现实世界就越远。而敌托邦文学中的时间往往设定在并不遥远的将来,几十年后或一百年后,这样的安排使作家在构筑想象空间时更贴近现实,更谨慎地设置背景和情节,更具有对现实社会的预警性。如果说在以科学进步为主题的科幻中,时间只是作为一种普通的叙述背景,那么,在呈现社会总体面貌,暴露社会问题的科幻中,时间具有参与叙述的重要作用。显然,敌托邦文学是作为后一种科幻存在。叙述在叙述者的过去、现在间向前发展,情节向叙述者的未来推进,文本中的过去与现在演绎出可能的未来。不管人类面临的各种灾难是接近虚构还是基于现实,文本中的人类是否能在时间中幸存是敌托邦文学的一个亘古不变的话题,对于人类集体命运的关注可能是从描述个体开始。乐观的敌托邦作家试图描述人类在各种危险境遇下的幸存,以让人类这个物种可以

[①] Tom Moylan, *Scraps of the Untainted Sky: Science Fiction, Utopia, Dystopia*, Boulder: Westview Press, 2000, p. 106.

继续在星球上繁衍生息；而悲观的敌托邦作家则认定人类这种高级生命形式最终将湮灭于时间之河，人类历史与文明统统归零，地球又将回复到洪荒状态，这是人类要承受的大自然的报复。

除了时间这个必备要素，文本中的空间往往设定在一个资本主义的代表国家——美国里的一个实在之地，以此强化现实性，激发生活在此空间中的紧迫感。不管是实在之所，还是虚构之地，同时间一样，空间也起着一种"社会的构成"作用。文本中往往展开对流行于后工业社会图像时代的消费主义、享乐主义、科学至上主义的批判，而这些时代潮流的集散地正是美国的大都市，敏锐的作者高举文化批判的旗帜来描绘这些迷失的空间。

在预设的时空中，敌托邦叙事者对不久的将来展开黑暗想象，尽管是虚构图景，但与此时此地有逻辑关联，即如果现状不加控制地发展下去，未来就可能是文本中描述的画面。这种时空是一种对人类的警示，唤起人们的危机意识，而其隐藏功能是为了不让这种图景变为现实，人们必须改变思维方式与生活态度，这与乌托邦文学的变革功能相契合。

因为是想象的时间，是人类不曾经历过的时间，一切对未来细节的描绘均可能是现实生活的变形，具有陌生的新面貌。因此，敌托邦文学与科幻文学的其他文类一样，以陌生化的形式引发审美感受。

3. 陌生化

什克洛夫斯基提出的陌生化理论认为："艺术的技巧就是使对象陌生，使形式变得困难，增加感觉的难度和时间长度。"[①] 这样，通过将熟悉的对象陌生化、新颖化，让读者达到对艺术作品的欣赏，完成对作品的审美感受。他主要从诗歌语言的角度论述陌生化的艺术效果，而科幻小说中的陌生化包含了更广的范围。它不仅指语言，尤其是科技语言对读者造成的陌生感，还有时空架构、叙事手法、情节安排、人物设定等叠加出的陌生感，这种陌生感延长了阅读的难度和时间长度，加深了读者的审美感受。在科幻、神话等这些文类中，虚构性更强，读者凭自身的阅读经验而不是生活经验填充空白点，根据情节展开浪漫神奇的想象，期待视野不同于写实主义作品，审美感知也迥然不同。而20世纪

---

① 朱立元：《当代西方文艺理论》，华东师范大学出版社1997年版，第45页。

以来的敌托邦文学对传统科幻文学有了较大突破，已接近于写实主义，或称为"虚构的写实"，陌生感与现实感在文本中交替作用，形成它的独特魅力。文本的美学意义在对作者经验环境的准确的再创造与仅仅对陌生的新奇感的兴趣之间延伸，换句话说，如果科幻是在写实主义与非写实主义之间流动，借助想象的旅行等表达对社会的讽刺，敌托邦小说则在预设时空中更靠近了写实的一极，但二者皆被表征为"惊奇的"（amazing）或"新颖的"（novel）。写实的一派注重对社会、人性的挖掘，而新颖的一派强调对读者想象力的调动。敌托邦对写实与非写实的融合产生出创造性的语言和陌生的时空想象，同时又暴露各种社会问题，使得小说具有了它的艺术价值与现实意义。因而，敌托邦小说既有虚构的历史想象，也有真实的社会基础，并非仅是人类童年时期对于自然界的神秘猜想。它体现出虚实结合的特征，本是感性的凝聚，在敌托邦文学中却体现出理性的沉积。这种矛盾有助于陌生化效果的产生。日常的、静如止水的生活场景与外界隔离开来，构成一个纯自足的封闭社会，没有变革的动机和力量。这个静态世界是一种接近于事实的白日梦，而敌托邦就是要打破这个停滞的完美世界，让世界是其所是地发展。

布莱希特则从科幻这种文类的形式框架展开论述，指出它是以既陌生化的，又强调现实语境的各种不同方式运用着。"这种独特的陌生化象征着我们能够认识主题，但同时又造成一种陌生感。这种熟悉的陌生化既体现认知性，又体现创造性，不仅仅是隔着距离冷漠地评价一个给定情境，还是以文本的形式而不是以文本的内容来想象性地评价这个情境。"[1] 通过参透认知逻辑的想象，作者来构建科幻小说，包括敌托邦小说这种即陌生又现实的框架，回应了苏恩文的主张，他认为"科幻小说的充分必要条件是陌生感和认知的呈现与交叉，主要的形式策略是对作者的经验环境的想象性的替代结构，作者的经验环境是现实的一端，而想象性的替代是陌生化的一端"。[2] 这是从创作的角度来看科幻小说中的陌生化形式策略。这也是敌托邦小说的形式策略。苏恩文以创作为

---

[1] [法] 让·加泰尼奥：《科幻小说》，石小璞译，商务印书馆1998年版，第137页。
[2] Darko Suvin, *Metamorphoses of Science Fiction: On the Poetics and History of a Literary Genre*. New Haven: Yale University Press. 1979, p. 45.

研究内核探讨了科幻小说的叙事策略，从推测、类比等入手对文本进行系统梳理，对作者所置身的社会与文本中创造出来的世界进行对照分析，指出作者将特定历史环境中的社会趋势呈现在替代世界中，这是一种直接的、现世的推测，这种移置式的类比使文本通过对未来的想象揭露当前问题，同时警示如果任由问题发展下去会给人类带来怎样可怕的后果。这种类比尤其体现在敌托邦小说中，既通过时空预设对未来世界展开猜想，又通过放大现实问题来警示读者，将陌生化与认知结合起来。当然，陌生化不仅体现在时空架构中，还表现在语言、思想、行动各方面。敌托邦小说在艺术表现上对于文学陌生化效果的重视让读者超越现实经验世界、物理环境，从而获得一种审美的快感，增加对艺术的感知。

由于未来社会是真实读者无法经历的，因此陌生化是一个科幻小说的普适性形式特征，但敌托邦文学的独特之处在于，总是聚集于一个持不同观点的反抗者身上，从他/她的视角来观察异化的世界，以他/她的声音来抨击社会，在这样一个有着自我意识的参与者，而不是一个无动于衷的旁观者的引导下，读者隔着并不遥远的距离观看未来人类的悲剧与反抗。同时，交织在这种反抗中的日常生活细节又是现世的投射，这种熟悉的陌生感贯穿于整个阅读过程，催生出作品的现实批判意义。陌生化不仅体现在时空架构中，还体现在科技语言的运用，想象的未来社会中各种科技产品的使用。与陌生化相联系的，是敌托邦文学的新异性。

4. 新异性

科幻可以比喻为我们时代的神话，被赋予了浓厚的时代特色。苏恩文在《科幻小说与新异性》中，论及科幻小说的一个显著特征是（莫兰认为包括乌托邦小说）被认知逻辑证实的"新异性"是情节的推动器。[①] 这样，作为一种文学形式，它挑战随处可见的（小说）现实性的霸权地位。而这种新异性，不同于幻想小说，是被认知逻辑证实的，是从作者和读者在真实世界中的各种体验推演出来，以社会现实和心理现实为基础（如勒·奎因的《天钩》是描绘心理现实的科幻敌托邦文

---

① Darko Suvin, *Positions and Presuppositions in Science Fiction*, Kent: Kent State University, 1988, p. 76.

本),有其合法性,非纯粹想象世界的奇异。科幻文本从历史的发展规律与现实出发,推测可能的未来,通过文本新异性,展现未来社会的潜在的方方面面,给读者提供一个凭自身想象不能到达的新角度。苏恩文强调新异性的历史基础,认为它是体现陌生化的一种主要的形式因素,它使得替代世界、情节、人物和风格等这些因素产生并发挥作用,但它只能在有效地干预作者所处的历史环境时才会有其意义。他指出:"在历史中产生,接受历史的评判,新异性有不可否认的历史特征。因此,相关的虚构现实或可能世界总是对应于隐含的某个特定社会文化阶层的愿景和梦魇,尽管在文本中给予诸多的误置与伪装。"[1] 这句话深刻地提示出新异性的历史视野,现实逻辑与意识形态维度。它不存在于历史之中,但蕴含在历史之中,不是现实的必然结果,而是现实的可能结果,它总是反映某个社会文化阶层的利益或关注点,带有倾向性,即便这种倾向性是以人类集体命运为内核。体现在敌托邦文本中,往往聚焦于个体对所处社会主流意识形态的怀疑,这种怀疑同乌托邦叙事中的"别处"或"彼时"一样,具有新异性效果。

与科幻文学的其他子文类相比,敌托邦文学除了将读者带入一个梦境之地,更注重认知逻辑的发展。通过生活细节的真实,情感体验的真实,具化人们的黑色想象。如果说陌生感拉开了读者与文本世界的距离,使读者超然于文本之外,那么新异性又使得读者调动阅读经验和社会常识,对这个世界展开主动想象。敌托邦和乌托邦小说都有其新异性,不同之处在于乌托邦的新异性唤起了人们对美好未来的渴望,而敌托邦的新异性则是通过恐怖场景来预见未来,警示读者。

安吉诺特从读者反应的角度来看新异性,指出:"现实主义小说的读者从一般(文本中普遍的意识形态原则)到特殊(意识形态控制下的具体情节)来推进阅读,而科幻小说是采取了相反的归纳式的推测方法,从文本特定性中归纳出一些延伸作者幻想的,虚构的总体规则。"[2] 敌托邦小说同样如此。从作者留下的各种具体线索中概括出社会的总体

---

[1] Tom Moylan, *Scraps of the Untainted Sky*: *Science Fiction*, *Utopia*, *Dystopia*, Boulder: Westview Press, 2000, p. 48.

[2] Marc Angenot, "The Absent Paradigm: An Introduction to the Semiotics of Science Fiction", *Science-Fiction Studies*, March 1979, p. 15.

规范，归纳出敌托邦的时代背景。而苏恩文深入分析科幻美学上的新异性，认为它体现为"将历史认知和伦理转变为形式，或更为常见的是，将历史认知和伦理创造为形式"。[①] 历史认知和伦理道德在敌托邦小说中不再是理性或情感因素，而是被转化为或者说被创造为构成新异性的形式因素，从新异、陌生化的角度呈现历史感和伦理价值观。在替代世界中，叙事的新异性试图跨越言语的深渊和时空的局限，展现潜在的改革潮流或生成冲动，从全新角度释放文类潜力。

5. 反讽

讽刺与反讽间有多重联系，但二者并非等同。弗莱认为主要区别在于讽刺（satire）是咄咄逼人的嘲弄（irony），它的道德规范显得更为明确，并为衡量古怪和荒唐的事情规定了一系列标准。[②] 也就是说，相比之下反讽是歧义与模糊的，也不打算为经验世界设定具体的参照范式。苏恩文认为每部乌托邦文本都是对现实社会的批判，所以乌托邦都有其讽刺维度。而敌托邦与反讽有着本质关联，二者都是对人的生存困境和意义指向的悖论的表述。"（反讽）在形成小说的意义世界的过程中，发挥着重要的作用，成为构成小说内在价值的重要因素。"[③] 也就是说，小说中的反讽不仅是作为修辞手法，而且上升到世界观、价值取向和思维方式中。通过反讽，文本质疑人类的生存困境，关注人类的整体命运。预设的时空让作者超然于文本之外，冷静地俯视未来世界，以客观的角度描述一个矛盾激化到不可收拾的末世，即便叙事者聚集于"我"，读者仍能由新异性与故事拉开距离，通过对乌托邦内部矛盾的想象来涂黑未来，但又保留一丝希望。每部敌托邦文本都放大了一个或多个社会难题，生态、经济、政治、文化等各个方面的典型矛盾都出现在不同文本中，最终这些难题在不可避免地内爆后导致了看似完美、自由的世界的毁灭，而开放式的结局又隐含着一条未知的出路。反讽手法模糊、歧义的特征造成了敌托邦文类的歧义，读者对同一部文本的理解可能完全相反。反讽的张力强化了文本的批判性，在指向未来的虚构和

[①] Darko Suvin, *Metamorphoses of Science Fiction: On the Poetics and History of a Literary Genre*, p. 80.

[②] ［加拿大］诺思罗普·弗莱：《批评的解剖》，陈慧、袁宪军、吴伟仁译，百花文艺出版社2006年版，第25页。

[③] 李建军：《论小说中的反讽修辞》，《中国人民大学学报》2001年第5期。

对现实矛盾的映射中文本成了潜在的寓言,并质疑虚假的快乐与自由,使游离在现实与想象中的读者跟着反讽的魔力棒完成了反抗或妥协的思想历程,在各种语言反讽、情景反讽、戏剧反讽中,领会明日的预言。有些后现代派常用到的写作手法,如戏仿、荒谬、悖论等也常与反讽有关,在一定程度上可以说,是为作为核心的反讽服务。

6. 对比手法的普遍运用

敌托邦文本中,对比手法的目的在于批判一个伪装的乌托邦社会。可分为时间的对比、新旧社会的对比、人物的对比等。时间的对比不仅指物理时间,它更强调从叙事者的心理时间、从记忆的角度来反思过去,说明现在。处于未来某个时刻的叙事者在回忆中体验过去,不是对可能的美好未来的期待,而是对比现在更好的过去生活的记忆,即使这种过去也并非完美。相对美好的生活不是前瞻的,而是已发生于历史中的,这样,与乌托邦叙事相对,对美好的未来期待被置换成了对相对美好的过去的回忆。文本中的现在是过去的社会和文化体系的必然结果,是对历史进行严格推想的投影,例如,"在《绵羊向上看》中的一系列生态灾难里,没有一个灾难不是根深蒂固地源自我们当前的生活方式",[①] 文本中的过去,正是读者所处的现在,想象中消解了历史感的未来社会影射着当代世界时间被空间压缩的事实,或是变形为一个静态的看似完美的社会,这种社会样态正是敌托邦文本的叙事对象。通过对比,在时空交错中读者更清楚地认识到伪乌托邦社会的罪恶,并反思所置身的现实社会。《记忆授予者》里的前时代是一个人们能够自由思想、自主判断的时代,在《颂歌》中由于人们自身的错误而被毁灭的社会还有着对强烈的自我意识,《使女的故事》中,宗教极权前的社会尽管已经千疮百孔,但与极权统治下的社会相比,一家还过着表面幸福的生活,虽然这种幸福在恶行猖獗、生态严重污染的社会是极为脆弱的;《无水洪灾》中灾难前的世界虽然暴力横行,但还能够勉强生存;《迟暮鸟语》中毁灭前的世界里生态环境虽然已被破坏,但人类毕竟不同于后来的基因人,他们还是独立的个体,而不是科技集权下的基因产品。两相对照的语境中,觉醒者通过记忆还原历史,恢复了历史真相,

---

① [美]罗伯特·斯科尔斯、弗雷德里克·詹姆逊、阿瑟·B. 艾文斯等:《科幻文学的批评与建构》,王逢振、苏湛、李广益等译,安徽文艺出版社 2011 年版,第 51 页。

以对"未来"和"未来的历史"的交错想象来激发读者的紧迫感与危机意识，认识到对现实社会做出变革的必要性。个人记忆、公众记忆与官方历史构成的矛盾对比典型地体现在奥威尔的《1984》中，沿着这一脉络行进的有《华氏451》《天钩》，在《丑人》中，发展到了极端，通过美容手术洗脑，抹去群众的思想和记忆，彻底沦为统治阶层意识形态的牺牲品。穿插于个人及社会中的时间对比是敌托邦重要的写作形式，除此之外，还有人物对比。就敌托邦小说中的人物塑造来说，一个较普遍的诟病是类型小说的人物刻画得不够丰满，较为模式化，呈现片面的恶与善，缺乏性格转变的过程。但对一些富有艺术才能的作家而言，这个质疑并不成立。如阿特伍德、布拉德伯雷等，他们文本中人物的对比，或人物性格转变的对比，真实呈现了一个立体的复杂社会及在此社会中个体寻求拯救的心路历程。而其中并不只是作为背景存在的自然，如何影响个体成长，并塑造个体性格，是本书讨论的重点之一。

7. 作为体系的象征符号

与其他文学作品一样，敌托邦文本中往往有多方位的象征。象征既可指文学作品中的宏观象征，也可指作为语象的具体象征，"（后者）只是靠联想等关系提示某个或一些特定精神内容的语象。"[①] 敌托邦小说的文学形式突破传统科幻小说的重要表现就是它的象征体系。从宏观层面来说，敌托邦文学本身就是一种象征的科幻，它不是神话式的、封闭的，而是史诗的、开放的，象征着迷失后面的希望，不管这种希望最终能否实现，不管叙事者是在进行着积极的或是消极的反抗，它总是在指向一条隐秘的人类出路，这正是它与狭义反乌托邦小说的差别之处——不仅是对梦魇的想象，还在想象中借用象征之笔在黑暗与光明相间的纸上抒发婉约的低吟，或是悲壮的激情，唤起读者的共鸣。伯克的泛象征论认为，一切文学都是象征，但敌托邦文学尤其体现出绝望与希望相重合、相对抗的象征，这是这类文学作品的主题所决定的。如《我们》《华氏451》《饥饿游戏》《丑人》等荒野的象征意义有着与人类科技至上时代和极权社会相对立的内涵，这种飞地已成为敌托邦文学中代表反抗的原型之一。

---

① 赵毅衡：《重访新批评》，百花文艺出版社2009年版，第129页。

从语象角度来说，敌托邦小说中用丰富的意象汇合成独特的象征来传达叙事者或作者的情感体验和个性化语言，它看重的是具体的描述，具象的语言，也就是要"把语象变成深有寓意的象征之具体手法"。在诗歌创作中语象角度的象征手法被大量使用，如英国诗人叶芝就认为："象征是隐喻的体系，它不是个别的，而是整体的、体系化的，它被编织到一个完整的意象体系中……比隐喻更高层次的象征更具备动人的深刻性。"[①] 即使认为比喻比象征更复杂的新批评派，也只认为一部分大跨度的杰出比喻才能具有超越象征的力量，柯尔律治的说法基本上还是得到赞同："一个思想，在这个词的最高意义上，只有一个象征才能传达。"[②] 敌托邦小说作者也善用象征来强化语言的感染力。即使在如《迟暮鸟语》《华氏451》这样语言简洁、文笔清新的小说中，都内嵌着鲜明的意象与象征，《长路》中反复出现的鲑鱼象征生命力，纯真无辜的儿子象征救世主，忍受苦难的父亲象征耶稣；《华氏451》中的消防队员们手的意象象征着毁灭与新生，这些私设象征构成主题语象，在复现中堆积出意义的合力。此外，敌托邦文本中，时间作为一种象征，是在不远的将来；地点作为象征，往往是在资本主义国家的代言人——美国的"此处"，这是消费主义、享乐主义、个人主义、无政府主义等各种思潮的滋生地或大本营，这个颓废的"此处"明显有别于乌托邦文学中象征美好的"别处"；这种时空架构反映出对现实的折射，意识形态国家机器对个人生活的介入，尤其是在后现代主义风格的敌托邦小说中。除了时空因素，结构、人物、语言都可以作为象征体系的一部分。如《无水洪灾》里，文本结构本身便是象征：宗教赞美诗、不同叙事者的现实生活，不同叙事者的历史记忆轮流成为各章内容，灾难、幸存、救赎这些主题交替出现在文本章节中，构成一个象征的圆环。叙事者是两位加入了"伊甸沿"宗教组织的女性幸存者，人物中有一位曾是科学家，后又成为"伊甸沿"领袖的生态主义者"亚当一号"，他的布道词在文中不仅是分隔符，还承载着意识形态功能。这些叙事者与人物也被纳入了"幸存与救赎"这个象征体系的设计中。语言同样也为象征体系的完整呈现助力，阿特伍德擅长的新造词语恰当地体现了末世

[①] 朱立元：《当代西方文艺理论》，华东师范大学出版社1997年版，第16页。
[②] 赵毅衡：《重访新批评》，百花文艺出版社2009年版，第128页。

的社会形态，描述出各种违背伦理的基因产品和堕落的市井生活，加上公司集权对言说者的严密监视，象征着灾难的必然。多方位的象征是敌托邦小说成为"历史寓言"的重要因素。

以上总述了敌托邦一些较为共同的形式特征，还有个体化的特征，如《无水洪灾》中的复调叙事、文本间性等，在此不赘述。敌托邦小说以历史寓言的形式书写着明日的预言，让读者在阅读的愉悦与思想的冒险中，反思自身，反思社会，带着忧患意识设想未来的可能，挖掘人性的潜力，找出一条突围出困境的小路。这种子文类以人类整体命运为内核，以科学幻想为包装形式，体现出通俗性与严肃性的融合，文学语言与科学语言的融合，因而能够流行于当代西方文学界。中国此类作品及批评理论还较少，对创作与批评来说这都是一个具有很大潜力的研究空间，值得深入探讨。

四 敌托邦文学的功能

每种文学样式都有其独特功能，功能包裹着它存在的意义。即使是唯美主义，宣称"艺术无用"，剥去作品的思想意义，作品仍有其美学功能。敌托邦文学作为一种亚文类自然也有它的多种功能。鲁斯·利维塔斯尤为看重功能层面，她认为在乌托邦思想的"形式""功能""内容"三者中，功能是最能说明其定义的。乌托邦思想的主要功能是"欲望的教育"，是对多样性的欲望的表达，对更好地存在的欲望的表达，不同历史语境下的欲望表达不仅有不同的形式和内容，还起着不同的功能——对变化的补偿、对变化的批判和对变化的激发。[①] 前两者是消极的，后者是积极的，而乌托邦的积极功能才是值得研究的。她同布洛赫、曼海姆一样，将变化作为乌托邦的积极功能来定义乌托邦。哈德森也认为，变化的过程是复杂的，所以乌托邦的功能也涉及以下几个方面：第一，认知功能（cognitive），是建构理性的模式；乌托邦激发人们以理性来创造美好社会；第二，教育功能（educative），引导人们渴望更好的生活；第三，期盼功能（anticipatory），未来会成为事实的，可能性的期待；第四，因果功能（causal），乌托邦是历史变化的中介，

---

① Luth Levitas, *The Concept of Utopia*, New York: Philip Allan, 1990, p. 101.

也就是鲁斯所说的变革功能。参照这些观点，综合鲁斯的阐述，笔者认为敌托邦文学既蕴含着"欲望的焦虑"，对人类贪婪欲望的批判，但又保留对未来的期待，具体功能可分为以下几种：

1. 预警功能

莫兰认为敌托邦文本的三个维度是"描绘、预警、希望"（map, warn, hope）。这是对敌托邦文本极其准确的简要概括。其中，预警维度其实就是敌托邦文本的重要功能之一。时空的预设性产生了敌托邦小说普遍的预警性，使得敌托邦区别于其他类型的科幻小说，也因此，我们只认为《格列佛游记》具有敌托邦因子，而不是敌托邦作品。危机意识的产生是评价敌托邦文学的重要环节，它表达了对各种贪婪欲望的焦虑。不同的历史语境下，预警的关注点不同：核武器、基因工程、自然生态、性别歧视、自我意识、宗教权力、消费主义等。"二战"中原子弹的使用对日本城市的毁灭，使人们高度重视科技给人类带来的负面效应，50 年代美国杂志中就大量登载了关于核恐怖、地球毁灭之类的小说，如阿瑟·钱德勒的《空洞的黎明》（1950）、詹姆斯·施米茨的《宇宙恐惧》（1951）、布拉德伯雷的《火星纪事》（1950）等，如果说这些还主要是科幻的创作，说不上是敌托邦作品，那么当 60 年代后美国的科学技术高速发展，作家对后工业社会引发的一系列问题，如自然环境的破坏、人性的失落等高度关注，这时创作题材就已有了敌托邦的倾向。

在向"生态灾难"转向的过程中，哈里森的《让开些，让开些》（1966）是生态灾难科学小说的代表之一。科幻文学中进入 80 年代后，对生态问题的忧虑，以及全球各地生态灾难的连续发生，使敌托邦文本中基本都会涉及对生态破坏的描述。这些虚构中的地球被破坏的画面可以用"地狱新图景"来形容，这些画面让读者想象未来并不是美好的，很可能会比现在更糟。在高科技华丽的外衣下，有着千疮百孔的衬里，如果不及时修补，终将彻底破坏。文本的预警功能体现出敌托邦文学的人文关怀，这是敌托邦有别于其他科幻亚文类的一个鲜明功能。如威廉·吉布森的《黑客帝国》三部曲，虽然有明显的敌托邦因子，主题围绕犯罪世界和环境恶化，但菲丁认为这些作品不能算是敌托邦作品，因为它们没有对可能的黑暗未来的警告。

2. 批判功能

虽然敌托邦文本是"近未来"的时空框架,其主题往往是批判现实社会,是对主流意识形态的反驳。可以这样说,意识形态体现在各个文化领域,科幻小说与其他的文学作品一样,也构成了一定的意识形态体系,"在美国,占统治地位的意识形态渲染着文学的总体"。① 但是,敌托邦小说的意识形态不一定是依附主流的,不一定是符合统治阶级的利益和兴趣的,这些文本对当前社会提出多方面的质疑。对政治,文化,经济等全方位的批判注定敌托邦小说具有强大的意识形态功能。不管是反对极权主义、资本主义、科技主义、唯理主义还是无政府主义,都是对各种形态国家机器的批判。这种意识形态对个性发展,对日常生活细节的控制,对自然生态环境都有着干预作用。作者的主观态度,他们所相信的、所想象的从现实出发的模拟真实,都是对真理的预设,而这种想象的核心便体现出文化批判的功能。敌托邦通过假定的事件与"此时此地"有着或明或显的联系,作者在强调它的现实基础的同时也看重通过想象来批判现实的功能(有学者认为反乌托邦思想并非攻击现实,而是对"欲望"和乌托邦主义的批判,但现实与欲望密切相关,由于人们在理性至上主义指导下追求完美生活的欲望,导致了人与自然、人与人、人与社会的异化,并组成了现实世界的一个重要侧面)。对于统治者和大多数被统治者来说,它是一个完美的社会,对于少数觉醒者来说,是一个梦魇仍在延续的社会,叙事者从这两种对立角度来审视然后提出怀疑,转换在不同立场的想象中,从而达到批判现实的目的。② 凡尔纳重现那个时代的技术逻辑,巴罗斯的小说浓墨刻画帝国主义和父权社会。如果说乌托邦文学再现一个"平静的地方,一个理想的富于人性的地方,一个改变了今天我们所知道的社会关系的地方,一个社会关系成为布莱希特所说的'友好'关系的地方",③ 那么,敌托邦文学中,再现了一个邪恶的地方,一个人性缺失的地方,一个社会关系极端恶化的地方,一个类似于铁屋子的地方,但这些地方又蕴含着革命的希望。

---

① [法] 让·加泰尼奥:《科幻小说》,石小璞译,商务印书馆1998年版,第132页。
② 同上书,第29页。
③ 李世涛:《重构全球的文化抵抗空间:詹姆逊文化理论与批评研究》,社会科学文献出版社2008年版,第247页。

3. 美学功能

（1）想象

作为文学分支的敌托邦作品，想象是其基本品质。"文学既然在本质上是一种具有想象性，虚构性和创造性的艺术品，是一种具有某种审美目的的审美结构，它就必然激发某种审美体验……一部好的文学作品必然具有丰富和广泛的审美价值，必然在自己的审美结构中包含一种或多种给当代和后世以高度满足的东西……使人在不断的阅读中获得新意和审美快感。"[1] 这种超出读者期待视野的阅读体验，呈现出作者的创造力，与读者的想象相应和，交织出美学价值。这种美学价值随着情节的展开体现不同的侧面，不仅满足当代读者的审美需求，还是后世的一笔文学财富。鲍桑葵说过，所有的美都存在于知觉或想象之中。[2] 作家从文本的字句、修辞、叙事结构等不同层次切入想象，建构个性化的文本。如果说大胆而自由的想象对乌托邦文本来说不可或缺，那么，敌托邦文本同样必须建立在想象的基础上，想象未来如何在艺术、宗教、音乐、哲学、政治等每一部分都衰退疲弱以及在每一个裂缝处泄露出的一丝生机。通过作家的创造性想象和读者的再现性想象，来构建它的审美维度，将敌托邦文本中的黑暗世界从作者的头脑传递到读者的头脑中。

而其建构手段应当是在认知基础上的想象，即包括文学修辞，如类比、新创词语、反讽等，还有对推断、归纳、演绎等认知方法的运用。这种想象不是天马行空的幻想，而是带着疏离感的似曾相识的想象。尤其是对于文本中真实生活细节的描绘，作者不会置身事外，往往将现实社会与自身处境和虚构文本关联起来，而读者根据认知和经验，随着情节开展更新自己的期待视野，填充空白点，想象在异化的自然与社会中，叙事者或人物的妥协与反抗，完成从文本想象到反思自身与社会的过程。这个过程体现了敌托邦文本的现实批判意义。

（2）移情

它的美学功能除了想象，还有移情。移情是一个重要的美学功能，作品通过移情作用将敌托邦文本的隐含作者或叙事者的感受或体验转移到读者心中，生发出恐惧、期盼、怜悯、热爱等情感。尤其是对自然界

---

[1] ［英］鲍桑葵：《美学史》，彭盛译，当代世界出版社2008年版，第25页。

[2] 同上书，第2页。

中各种生命或非生命形式的移情,如树木、河流、蜜蜂等,从对自然的应和中,保持精神独立性和灵性,获得心灵的和谐与平衡,以对抗末世的消费主义和享乐主义。这种对自然存在物的移情不仅体现出文本的美学功能,超越了工具化理性,也彰显出大自然的内在价值,[①] 以区别于作为工具价值的经济价值。

(3) 愉悦

想象能带来愉悦,智识也能带来愉悦。优秀的敌托邦作品不仅能催生出读者短暂的情感体验,还能将这种体验及引发体验的文本细节存留在记忆中。有素养,有丰富阅读经验的读者能根据所读文本形成对于此文类的"文类意识",当再次读到相同文类的作品,这种文类意识便会贯穿于阅读过程中,当文本印证了自己的推测,读者会产生智识的愉悦,这种智识的愉悦感也是美学功能的一个表现。当然,它不仅限于对情节的推测,还有对于人物心理、词语表达等的推测。以心理真实为度,调动自己的人生经验与阅读经验来勾画人物的性格发展。在科技语言频繁出现的敌托邦文本中,"利用常识与语言学知识来猜想准确含义,区分能指所指,这些都引发智识的愉悦"。[②] 正如苏恩文所说:"在这种认知性探讨中,推断的一致性,类比的精确性和指称的宽泛性转变成审美因素……一旦文学建构的灵活标准得到满足,一种认知因素——在大多数情况下具有严格意义上的科学性——就会成为一种审美特性的尺度和在科幻小说中寻求到的特殊愉悦。"[③]

(4) 丑的美学

丑的颠覆性在这些文本中也得到了透彻的展现。敌托邦文本中被各种意识形态国家机器所控制的社会,缺乏审美自由,缺乏对艺术的关注。美与丑被颠倒,被权力阶层认为是丑的荒野,正是革命和反抗的发源之地。与统治阶级意识形态相对立的美学,具有颠覆的功能。在对美的质疑中,不被容纳的丑成为变革的力量。《丑人》中坚持不做美容手

[①] 对内在价值的探讨,详见杨通进、高予远编《现代文明的生态转向》,重庆出版社 2007年版。

[②] Tom Moylan, *Scraps of the Untainted Sky: Science Fiction, Utopia, Dystopia*, Boulder: Westview Press, 2000, p. 45.

[③] Darko Suvin, *Metamorphoses of Science Fiction: On the Poetics and History of a Literary Genre*. p. 80.

术（洗脑手术）的烟雾区人民是对强行统一的审美观的对抗；《华氏451》《迟暮鸟语》《我们》中被隔离出的飞地，对统治阶层来说象征丑恶，但这里正是反抗的发源地；意识形态国家机器鼓吹的真善美的社会，对读者来说却是一个丑恶的世界。在对美与丑的认知和想象中，尤其是对"丑"的颠覆性的认知中，建构出文本的宣泄与激发功能。这种宣泄与激发也是美学功能的体现。这两者相互作用于对未来进行黑暗想象的读者，读者依据现实经验与阅读经验，在阅读过程中激发起与作者近似的情感体验，并依据作者的艺术功力和读者的个性差异及人文素养差异引起对现实问题不同程度的忧思，进而在生活实践中将忧思转化为改变现实的行动。

4. 认知功能

敌托邦文本对人与人之间，人与自然之间，人与科技之间，历史、现实与未来之间，个体与集体之间，自我与他者之间关系的反思与认识构成了它的认知功能。

对社会的认知功能是文本的重要架构，认知可以看成是认识，理性地认识世界，观察世界，在理性的基础上理解自我、自然与社会。"苏恩文提出了两个关键性概念：陌生化和认知性。"[①] 苏恩文认为，有认知性的科幻文学是"替换作者经验环境的具有想象力的框架结构"，对作者现实经验环境的想象性替换，唤起读者的认知能力，着眼点在于对真实社会的认识与反思。

除了对社会的认知，还有心理学意义上的认知。韦勒克认为："戏剧和小说中有一种认识价值似乎存在于心理学的范畴内。"[②] 末世背景下人物性格心理的刻画，对人性的深入认识，各类扁平人物与圆形人物的呈现，对他们性格的全方位描述正是其作为思想实验的一部分，也是现实生活中人们性格的延伸与放大。在这个琳琅满目的人物画廊中，善与恶的阵营往往泾渭分明，颓废的生活与坚守的信仰也决然对立。觉醒者们野草般顽强的生命力，适应原初自然状态的生存方式，敬畏自然之

[①] 黎婵、石坚：《西方马克思主义科幻批评流派的乌托邦视野》，《四川大学学报》2013年第5期。

[②] [美] 勒内·韦勒克、奥斯汀·沃伦：《文学理论》，刘象愚、邢培明、陈圣生、李哲明译，江苏教育出版社2005年版，第24页。

心,将人类归为整体生态圈的循环观凸显作者的生态意识;对唯科技的批判,思想重新认识使对读者产生危机意识,这种心理认知的功能也是优秀敌托邦文本的要素之一。

5. 教育功能

利维塔斯认为,乌托邦的思想实验有助于调动人类力量去追求一个给定的乌托邦的替代社会所代表的真实而可能的未来。她认为"欲望的教育"(她所提到的欲望,并非我们对于物质和功利的渴望),是乌托邦的功能,那么欲望教育的功能就是乌托邦的实现。① 正因其是"欲望",因而其前提是"尚未",对还未实现的社会,我们抱有澎湃的欲望和乐观的期待,这种欲望和期待可以转化为精神动力,推动历史进步;读者在阅读承载乌托邦思想的文本过程中,来感受这个一切时代皆会具有的伟大梦想,而反乌托邦的思想实验则是调动人类力量去避开一个真实而可能的、由人类自身行为引发的黑暗的替代社会,是"危机的教育",敌托邦文本综合这两种思想实验,通过文本预设,人类的逻辑认知和历史经验,警醒世人,未来社会其实是现实社会的延伸,如果现存社会的各种恶习任其发展不加束缚的话,文本中的世界可能就是我们的明日世界。我们应该如何想象与期待?如果说敌托邦文本描绘欲望与期待之间的冲突,那么它的教育功能就是对于"欲望与期待的教育",关键的因素不是希望,而是意愿。用詹姆逊的话来说,是"有更好生活方式的意愿"。② 这种对未来的期待近似于对美好生活的意愿,表现在通过或成功或失败的反抗,在文本黑暗的世界中找寻光明。开放式的结局给"欲望与期待的教育"功能留下了足够的空间。

第四节 乌托邦文类的发展轨迹

乌托邦文学与敌托邦文学是两个如影随形的概念,都是以想象来构建未来的历史,二者相辅相成,此消彼长,如同光明之门后潜伏的黑暗之影。本节中,以学者莫兰的观点为主要借鉴,笔者将二者统一于乌托

---

① Luth Levitas, *The Concept of Utopia*, New York: Philip Allan, p.124.
② 李世涛:《重构全球的文化抵抗空间:詹姆逊文化理论与批评研究》,社会科学文献出版社 2008 年版,第 221 页。

邦文类来找寻它们的发展轨迹。

　　古希腊柏拉图的《理想国》,《旧约》中救世主的预言,《新约》中千禧年的思想共同构成了乌托邦文学的源泉。第一部乌托邦文学作品可追溯到古希腊阿里斯托芬的《鸟》,而赫西俄德的《工作与时日》中的黄金时代成了原型意象。至中世纪,基督教在奥古斯丁的控制下,轻视世俗的欢乐,否定人间的美好,乌托邦文学没有得到长足发展。此后,在文艺复兴时期,通过对古希腊传统的追溯,乌托邦思想在欧洲大陆复苏,1516年,托马斯·莫尔的《乌托邦》奠定了乌托邦文类的基石。随之而来的有安德里亚的《基督城》(1619),康帕内拉的《太阳城》(1623),培根的《新大西岛》(1627),这些作品成为日后乌托邦小说作家效仿的榜样,包括那些将它们作为讽刺或谴责的靶子的作品,如约瑟夫·霍尔的《旧世界与新世界》(*Mundus Alter et Idem*, 1600)和斯威夫特的《格列佛游记》(1726),此类作品又是乌托邦传统中反乌托邦小说的雏形。

　　17—19世纪,欧洲大陆乌托邦书写跃进到繁荣阶段,地理大发现起了重要作用。对空间的认识扩展了,激发了对"别处"的美好世界的幻想。在美国,由于美国的科幻小说在其初始阶段一直陶醉于地理或者科学大发现,对于威尔斯开创的个体或者说人种的进化传统撇在一边,只重视他开创的社会整体的进化传统。[①] 18世纪乌托邦对理想城市的想象有了各种变体,虽然增加了诸如科学技术之类的典型现代因素。科学与启蒙理性使得人类自信心进一步膨胀,17世纪晚期和18世纪早期的乌托邦,被库马尔称为"启蒙乌托邦",它不再是一个遥不可及的终点,而是即将到来的可能。

　　随着进化论的普及,19世纪下半叶的乌托邦小说在传统乌托邦的基础上有了明显改变,从对空间的想象转换到对时间的想象,不再专注于一成不变的静态完美,而是突出"期待"与"可能"。在达尔文进化论影响下出现的第一部现代乌托邦作品——爱德华·李顿的《新人类》(*Coming Race*, 1870)。此后,其他反乌托邦作品也相继出现。

　　20世纪早期,资本主义进入垄断资本主义和帝国主义阶段。在经

---

① [法]让·加泰尼奥:《科幻小说》,石小璞译,商务印书馆1998年版,第39页。

过一战的洗礼后，在反乌托邦文学的基础上，传统敌托邦文学兴起，英国作家福斯特于1909年创作的短篇小说《机器停转》问世。这一阶段包括了著名的敌托邦三部曲《我们》《美丽新世界》《1984》（常被称为"反乌托邦三部曲"，但更准确地说，它们是体现反乌托邦思想的敌托邦作品），对乌托邦的美好愿景发展成一种否定想象，但在这否定想象之中又蕴藏着个人或集体的反抗。

20世纪40—50年代，在新的历史语境下，敌托邦作品《自动钢琴》和《太空商人》把批判矛头从国家权力转向了战后复苏的资本主义所构成的经济和文化框架，这种框架主要体现为消费体系侵入日常生活的各个方面。

20世纪60—70年代，伴随如火如荼的解放运动，乌托邦书写重又复兴，这是自从19世纪对充满希望的对立世界的首次描写以来，对那些传统的复兴。但它并不是简单的重复，在保留乌托邦冲动的前提下，对理想社会进行个性化描述，同时又展开了自反性的批判，阶段的创作通常被称为批判乌托邦：如吉尔曼的《她乡》，皮尔西的《时间边缘的女人》。

20世纪80年代到90年代，资本主义社会的经济形势变得神秘莫测，各种政治冲突宗教纠葛不断出现，全球生态环境破坏严重，生态灾难频仍，加上科幻小说和赛博朋克的推波助澜，形成了批判敌托邦，它主要借用科幻小说的形式框架重新现身文坛。

20世纪末，又出现了莫兰所说的反批判敌托邦小说。其特征是文本或许会挑战当前社会形势，但实际上通过给读者或观众打上意识形态的预防针，消减他们任何形式的愤怒和行动。莫兰认为这是戴着反乌托邦面具的叙事，他并不赞成这种文本策略，认为它们是消极的，不提供希望。对他来说，这些文本接近于早期的反乌托邦文本，只是充斥着对未来的黑暗想象，缺乏改革激情因而对现实不具指导意义。

乌托邦文类的发展轨迹经历了一个迂回前进的过程。从广义上来看，敌托邦小说这一亚文类，包括反乌托邦小说、敌托邦小说，不管是传统敌托邦、批判敌托邦、反批判敌托邦，还是末世小说或后末世小说，都注重文学的社会批判功能，着力于描写异化的未来社会的某一方面或几个方面，都想象未来的社会结构、统治手段、生存方式、价值取向等比现实社会更不能容忍，远离人们心目中的乌托邦理想。由于这些共同点，从大众文化的角度，这些词语经常被认为是同一个概念的不同表达，但从文学批评的角度，有必要对这些相似概念进行梳理和区分。

正如黑暗的预设和想象不是为了让人类就此沉沦，揭露、批判也非敌托邦文学的终极目标。批判的现实意义在于对现状的改革，以便使未来即使不能变得更美好，至少不能更糟糕。敌托邦作家对未来投以清除激情想象后的清醒目光，着力于对人类总体命运的关注，表达了另一种希望。从这一点来说，敌托邦文学采取迂回路线，在动态的发展过程中与乌托邦文学达成了和解，它们在深层次上其实是异质同构的两者。莫兰与詹姆逊的观点如出一辙，这正近义于詹姆逊的断言："反对乌托邦的最有力的论点，实际上正是乌托邦的论点，是一种被忽视的乌托邦冲动的表达。"

通过以上梳理，笔者对反乌托邦研究中的两大范畴——反乌托邦思想与反乌托邦文学进行了简要论述。作为哲学的反乌托邦思想这里不赘述，作为文学的敌托邦小说，从广义上理解，包含了反乌托邦小说、敌托邦小说、末世小说、后末世小说等。它外延宽泛，从不同角度，运用不同写作手法对现实世界进行社会批判与文化批判，有深刻的思想内涵，是对未来进行黑暗想象的虚构作品。它的上一级文类是科幻小说，更上一级文类是推测小说。从狭义上理解，它是一个专门的文学子类，在黑暗描写中又透出进步倾向，往往集中于反抗叙事，保留了一丝光明的底色，是开放的史诗性的结构。在学术研究中，我们应将反乌托邦小说、敌托邦小说、末世小说区分开来，尽管它们有着相同的逻辑前提，但人物的不同功能，文本的不同结构造成具有不同修辞效果的文本叙事，凸显出它们的相异性。国外学者早已从读者反应理论的视角、叙事学视角、女权主义视角等对这类文本的各方面特征进行细分，但我国乌托邦研究学界对此还未进行深入探讨。虽已有不少作品从宏观高度阐发了乌托邦文学的特点、功能及形式，思辨意味浓厚，但很少有作品对反乌托邦文学进行更深入的细分和具体说明，并指出狭义的敌托邦小说与反乌托邦小说间的差异。而从大众文化来看，常被提及的反乌托邦小说，其实是从广义上理解的敌托邦小说。因为西方学界现常用敌托邦一词代替反乌托邦，因此，本书也采用敌托邦这一词语。

与传统乌托邦叙事相比，当代乌托邦叙事的总体特征是更加多样性、个体性、相对性，此时天堂，彼时地狱，或此处天堂，彼处地狱，通过历史语境的渗透，读者在陌生化的时空架构中，在叙事者关于未来的个性化想象中，体验着当代乌托邦叙事的变幻莫测，以及对假想社会不同角度的现实主义批判。本书对这些基本概念的梳理，有助于深层理解这种文学类型，并反观读者所置身的当下社会，从而在现实的存在中描绘出以个人欲望为经，以集体无意识为纬的认知地图。

属于乌托邦文类的敌托邦文本同样呈现出多元化的取向。在蕴含反乌托邦思想的同时，往往也以多种多样的笔法对环境展开丰富的想象。它们与生态思想的链接是一个可以深入展开研究的领域。作为人类居所的地球环境的变化与人类的生存方式密切相关。生态的破坏，各种人为或自然的灾难，都是引发人们危机意识的重要源头。生态问题和政治、经济、文化问题一样，是构成敌托邦社会的一个基本层面。本书正是通过这一视角来展开探讨。

第二章

敌托邦文学与生态思想的链接

生态批评重视从思想和文化维度对人类统治自然的状况进行批判,对人类中心主义在文学上的表现展开深入思考,试图通过分析深层次的根源来调和自然与人类的关系,重获平衡。"它是研究文学和自然环境之相互关系的批评,目的在于通过文学研究唤醒人们的生态保护意识,实现人与自然的和谐发展,从而建立一种人与自然和谐相处、物种平等、生态平衡的社会,以实现可持续发展。"[1] 这主要是功能角度,从文学对环境所起的作用来定义。"文学作品和文学批评相互依存、相互影响、相互促进。生态批评把文学批评放在地球生态圈这一大语境下,以其独特的生态批评视角和以对全人类生存前景的终极关怀为目的,对经典文学作品进行文明批判。"[2] 这是从作品与批评的相互影响与渗透进行定义。从方法论的角度看,主要采取跨学科的话语形式,结合语言学、伦理学、哲学、生态学的研究范式及成果。"生态学描述了自然与文化的关系。伦理学的实践哲学提供了调节历史社会冲突的途径。语言学理论检验词语如何描绘人类与非人类生活。批评判断作品的质量和完善与否并促进作品的传播。每一门学科都强调自然和文学之间的关系是流动的、变化的形态。"[3] 这也说明了生态批评在方法论上的跨学科性。

在当前环境问题频亮红灯的背景下,生态批评家布伊尔·劳伦斯认

---

[1] 陈茂林:《质疑和解构人类中心主义——论生态批评在文学实践中的策略》,《当代文坛》2004年第4期。

[2] 鲁春芳:《生态危机时代文学研究新视点——论生态批评的理论与实践》,《学术论坛》2005年第11期。

[3] 威廉·豪沃思语,转引自张念红、王诺《〈生态批评读本〉述评》,《江苏大学学报》2008年第4期。

为："预警是环境想象的主导隐喻。"① 而对环境的想象不仅是他对生态危机根源的探寻思路，还是他文本分析和批评理论的基础。无论是对生态中心主义的文学表现形式的讨论，还是生态灾难话语的解剖，贯穿于其中的就是布伊尔对文学想象力塑造人类心灵的不可动摇的信念。② 敌托邦文学同样重视思想与文化的批判，它的危机意识涵盖得更广，不仅是环境的危机，还有政治、经济、个体意识、自由与民主等的危机，而这些危机与环境危机叠加在一起，勾勒出一个末日世界。对于理性至上主义的怀疑，对于唯科学主义、消费主义、享乐主义和各种大众媒介支撑起的晚期资产阶级文化对自然环境的深层次破坏及极权主义与自然精神的尖锐对立，普遍地投射在这些文本中。

布伊尔早已指出："20世纪末环境敌托邦主义的基础是：一，对土地过度利用或干预导致不可逆的退化的想象；二，被变形的自然与人类的对立，以及自然作为被压迫者的报复；三，（人类）无法找到出路的迷茫。"③ 此后，科幻小说与环境问题的联系更直接地体现在2005年出版的《环境批评的未来》中，他不仅分析诗歌和非虚构文学作品对环境问题的关注，还提到科幻小说作为类型小说，半个世纪以来，科幻小说即使没有对生态学产生持久的兴趣，至少也敏锐地感受到地球面临的危机、环境伦理、人类与非人类世界的关系。④ 乌托邦学者莫兰也认为对生态系统的破坏已升级，尽管有正义力量的反对。而敌托邦文学最重要的真实在于系统性地反映了造成社会和环境罪恶的根源的能力。⑤ 他还提到50年代敌托邦文学的兴起是由于在当时的时代条件下，它足以担负以下任务：深入探讨资本主义和帝国主义对人性的蹂躏和环境的破坏，同时在现存的社会体系的潜在结构中发掘反抗的种子。由此可见，

---

① Lawrence Buell, *The Environmental Imagination: Thorean, Nature Writing, and the Formation of American Culture*, Cambridge: Harvard University Press, 1995, p. 281.

② 方丽：《环境的想象"——劳伦斯·布伊尔生态批评理论研究》，博士学位论文，北京师范大学，2009年。

③ Lawrence Buell, *The Environmental Imagination: Thorean, Nature Writing, and the Formation of American Culture*, Cambridge: Harvard University Press, 1995, p. 308.

④ Lawrence Buell, *The Future of Environmental Criticism: Environmental Crisis and Literary Imagination*, Oxford: Blackwell Publishing Ltd, 2005, p. 56.

⑤ Tom Moylan, *Scraps of the Untainted Sky: Science Fiction, Utopia, Dystopia*, Boulder: Westview Press, 2000, p. XII.

第二章 敌托邦文学与生态思想的链接

对生态的关注已成为敌托邦文学的一个重要主题。在环境已被遭到严重破坏的历史语境下生发出的这种思想表现在敌托邦小说中，除了对被毁灭的生态的哀悼，对人类任意践踏自然的愤怒，自然对人类的报复，往往还有飞地作为自然的原型，给人类带来获救的希望。敌托邦小说中不乏这些想象，对人与自然的重新思考贯穿文本始终。

根据布伊尔对环境文本的划分依据，以下文本可被认为是环境文本：(1) 非人类环境不仅是作为架构工具，它意味着人类历史是蕴含在自然历史中的一部分，某种意义上说环境对人类历史具有决定性的影响；(2) 人类对自然的责任是文本伦理取向的一部分；(3) 人类的利益并非是唯一合法的利益；(4) 文本中暗含着环境作为（变化的）过程而不是延续的或既定的事物。① 根据这个依据，本书讨论的大部分敌托邦小说包括了第 (1) 条，环境对人类历史具有决定性的影响，人类的末日很大部分归因于环境的崩溃；第 (2) 条，尤其出现在无政府主义社会和未来极权社会里，对人与自然的伦理关系的思考以文学形式表达出来；第 (4) 条，环境的变化与现实世界相比，是触目惊心的。恶化一直在继续，这也是敌托邦文本的创作前提：描绘一个比现实更糟糕的未来。而对于第 (3) 条，是对第 (2) 条的进一步说明，如果人类具备了对自然的责任感，就不会以自身利益为唯一合法利益，不会将自身凌驾于自然之上。这也是许多敌托邦文本隐含的意义之一。由此也可以看出敌托邦文学与生态思想的契合。

就敌托邦文本描绘自然的真实性来说，表现的是一种"不在场"的自然，是一种对于环境的想象。梭罗和其他一些非虚构作品作家往往以文学修辞来描绘"不在场"的自然，是非真实的，表达的是想象中的主观的自然——不在场是指从作者笔下流出的自然并非是真实的自然。而作为虚构文本的敌托邦小说，它所呈现的自然也是不在场的，是作者对于未来自然和人类生存环境的想象，但作者却试图使读者相信这些地方的真实性，或者说在将来的真实性。从创作的角度来看，它处于预设时空中，不出现在作者的经验环境，并非作者的直接体验，但作者是以现实为基点对未来环境展开合理的想象；从文本表达的意识形态内容来

---

① Lawrence Buell, *The Environmental Imagination: Thorean, Nature Writing, and the Formation of American Culture*. Cambridge: Harvard University Press, 1995, pp. 7-8.

看,自然有几种形式,一种是不兼容于末世异化空间的荒野或原始森林,作为"他者",与敌托邦世界分离,是有待人物去发现的具有救赎功能的飞地,这是一种原型模式,具有丰富的象征意义,它通常被赋予明媚与诗意的外形,是文化传统中沉淀下来的自然,符合人们的心理真实;还有一种形式是被异化的自然,被理性至上主义或享乐主义、无政府主义、极权主义所驱使的人类对自然造成了不可修复的伤害,沦落为了人类垃圾的倾倒地,或是"利润至上"旗号下的基因工程实验品,人与人之间的道德关怀,人与非人类存在物之间的关爱伦理都已被完全删除,自然的内在价值被消解。

在现代社会这些想象已部分成为经验环境,是读者可能生活于其中,或能够有所了解的物理真实。真实强化了现实批判意义,在突出真实性的同时,作者又通过艺术想象制造出对于环境的新奇感,比如末世灾难后千疮百孔的自然环境;还有一种情况,如《天钩》,生态已被严重破坏后,自然中仅存的绿地成为富人的奢侈品,穷人无法享受,这实际是生态正义所讨论的问题。另外一种特殊的形式是人类出于不同动机模拟的自然,如《羚羊与秧鸡》中为了培育出人造人而用高科技模拟出的"天塘",一个美丽的梦幻世界,它存在的前提是能够为技术极权者带来巨额回报,或是如《饥饿游戏》《无水洪灾》所描写的那样,将自然改造成一个生存游戏的竞技场,充满凶险与杀机,统治者们在观看血腥味浓稠的角斗中满足他们的野性本能。这些新奇感又以陌生化的形式使读者意识到人类如果继续走错路,未来的环境将变成现在黑暗想象的复制品。当然,这些对自然的想象不能代表读者所经历的真实自然,只是自然的一个被扭曲的侧面。

本书主要以北美敌托邦小说为讨论对象,不论是生态思想,还是敌托邦文本创作在这片土地上都成绩斐然。北美包括美国与加拿大,二者从文化传统来看,对自然似乎有着对立的看法,体现在文本中似乎应该有相反的对自然的描绘。美国弗吉利亚的种植者在气候温和的区域享受着阿卡迪亚式的自然,[1] 这种阿卡迪亚式的自然意象与敌托邦式的自然意象在诗歌中形成鲜明对比。而更北部的加拿大显然条件恶劣得多,从

---

[1] Lawrence Buell, *The Environmental Imagination: Thoreau, Nature Writing, and the Formation of American Culture*, Cambridge: Harvard University Press, 1995, p. 60.

弗莱到他的弟子阿特伍德都描述出对自然的恐惧与不信任，更接近敌托邦创作背景。但布伊尔认为这其实是一种普遍的误解，早期登陆美洲大陆的清教徒同样看到自然恐怖的一面，而加拿大抒情诗中也有自然美好的一面，总之，是出于不同情感表达或思想表达的需要而对自然意象进行变形、混合，而不是根据地域产生出自然意象差异。换句话说，这些自然意象并非作为地域原型出现在文本中。在诗歌中如此，在北美敌托邦文本中同样如此：想象中的末世从现实世界推演出来，加上高科技在未来社会的决定性作用，构成了文本中文化体系的相似性。自然，文化相互作用构成个体的地方，[1] 由此，这种地方也就有了相似性，文本中的事件发生地也就有了类同之处。由于文本的现实批判性质的需要，美国与加拿大的事实地域差异已经被忽略了，不管地点位于何处，对自然的想象有惊人的一致性，加拿大著名作家阿特伍德的不少作品干脆将空间定位于生态破坏前后的美国，一个原型式的资本主义空间。

除了北美文本中极为相似的对自然的未来想象，敌托邦文本还在批判现实的基础上勾勒出全方位的黑色图景，这种寓言式的预言以现实为立足点从政治、经济、文化、思想等各个方面描绘未来，现实维度是其鲜明特征，它从社会现实出发，并最终回归现实。现实生活中对科技的负面效应的担忧已从有识之士扩展到普通民众，对人僭越自然主宰权的狂妄的否定，对大自然的报复的细微描写作为或隐或显的主题从始至终贯穿着这一文类。从第一部现代反乌托邦作品《机器停转》（1909）开始，五六十年代的《迟暮鸟语》《华氏451》《让开些，让开些》，70年代的《天钩》，80年代的《使女的故事》，90年代的《记忆授予者》《播种者的寓言》，到近来的《羚羊与秧鸡》《丑人》《饥饿游戏》《山路》《无水洪灾》等都或多或少地体现出这一主题。

有趣的是，敌托邦文本中的一个异数——安妮·兰德的《颂歌》——并未质疑理性的力量，也未曾关注自然的存在。她的"浪漫现实主义"还彰显着对理性至上的崇拜。在《客观主义的原则》中，她说道："我的哲学，主要是人作为英雄个体的观念，他自身的快乐就是

---

[1] Lawrence Buell, *The Environmental Imagination: Thorean, Nature Writing, and the Formation of American Culture*, Cambridge: Harvard University Press, 1995, p. 63.

生活的道德目的，丰硕的成果是他最高贵的行为，理性是唯一的绝对。"① 同时，她简要地概括了她倡导的客观主义的精髓：利己主义的伦理学、资本主义的政治学、理性的认识论、客观现实的形而上学。她尤其提到，要征服自然，就必须要遵从自然。这句话的重点放在对自然的征服，她的整个哲学思想带有明显的本体论人类中心主义的调子。抹杀自然的内在价值，只将目光投向自然的工具价值，其结果是自然只能作为被人利用的客体而存在。她认为自然的工具价值是最高价值，这一点将在后面章节中提及。

除此之外，在其他敌托邦文本中自然万物，如河流、树木、山脉、荒野等普遍蕴含一种宇宙精神，呈现出它们自在的而非依存于人类的天赋价值，其间景象照亮先觉者的灵性，在批判敌托邦文本中又产生出从思想的醒悟到革命的行动。自然的审美价值和内在价值都是敌托邦文本的隐含主题之一，各种极权社会对自然的人为隔离与对思想的压制联系起来，无政府主义社会对自然的漠视与无所不在的利己主义、享乐主义结合起来，构成了一个个自然生态、社会生态、精神生态都已异化的未来世界。但在几部后现代色彩浓厚的敌托邦文本中，如《羚羊与秧鸡》《无水洪灾》，既蕴含人类应为自然被破坏负责，其思想根源是社会普遍缺乏生态良知，又通过戏仿与拼贴，讽刺那些过于激进的生态主义者，在双重否定中追问人类如何走上一条正确的道路。

随着当代社会环境意识的加强，生态危机的日益加剧，敌托邦文学与生态思想的链接也更频繁地浮现在文本及批评话语中。"与生态美学和生态文艺学有所不同，生态批评是批评实践……"② 通过对典型文本的解读，分析未来世界的主体如何通过对意识形态的操控，把文化形式、理性形式、自我、他人与社会的相互关系简单、一元化，将自然贬值为功利主义者的利用对象，或理性至上主义者眼中情绪化的妖魔，抹杀了自然的天赋价值，否认自然对于人类的审美与精神价值和人类对自然的依赖。但读者也应当看到，"生态文学一方面对科技理性主义抱之以最严厉的批判，另一方面又用新的理性精神在更高的层面上理解和宽

---

① Ayn Rand, *Anthem*, New York: New American Library, 1995, "About Ayn Rand".
② 陈文娟：《生态文学批评述评》，《浙江工商大学学报》2008 年第 1 期。

容着科技理性主义"。① 这些文本对科学技术并非完全否定，只是强调科技的发展应受到生态伦理的束缚。

本章从主题研究的角度，讨论敌托邦文本中唯科学主义社会与消费主义社会对自然的无度利用，自然作为客体而被对象化，作为他者而被边缘化，最终在异化的社会中自然显形为人类的拯救者，自然之子们又回归到自然中去，搭乘绿色方舟穿越黑色图景。

第一节　唯科学主题中自然的祛魅

敌托邦小说作为科幻小说的亚类，对未来社会展开全方位想象，尤其是在一个高科技的、并不太遥远的未来。如果说科幻小说中科学技术的发展是一个重要主题，带着绚丽的色彩撩动读者好奇的猜想，让读者为人类无限的能力而感叹，那么敌托邦小说中，根据那些具有忧患意识的作者的描述，科学依循着新浪潮运动的轨迹，已经如超级机器般摆脱了伦理、道德的约束，一意孤行地冲进了历史的死胡同。而自然，作为沉默的他者，沦落为这个超级机器的牺牲品。与其他科幻小说不同，它对于科学技术的高度发达不是乐观的调子，而是更侧重科学技术给世界给人类带来的负面效应。而敌托邦世界中的人们则相信"科学的发展在经济进步和政治进步方面也是一种发挥主导作用的因素"。② 海德格尔早就指出，技术的本质是解蔽，它把天地万物看作是技术生产的原材料，把自然界当作资源供应站。现代科学技术解蔽着自然，在自然被祛魅的同时，人也被置于现代技术的"座架"中，为技术生产所累，失去了诗意栖居，人不再能遭遇自身，这个"座架"为现代社会乌托邦的缺席提供线索，也说明了现代社会希望的失落。自然作为一部机器，不再是一个统一的有机体，它能被科学地还原为一些物质的基本单位——原子、质子、中子等。这些物质的运动就造成了事物的产生。从这个角度来看，自然界只是一堆机械的物质构成，一堆没有感情的零件，人类对它也不会产生亲和力和归属感。技术统治下的敌托邦社会正

---

① 胡三林：《生态文学：批判与超越》，《文艺争鸣》2005年第3期。
② 吴国盛：《技术哲学经典读本》，上海交通大学出版社2008年版，第220页。

是以这种方式对自然祛魅。

一 技术统治下对象化的自然

文本中的未来社会是被技术控制的社会,自然作为客体,处于被动和服从的地位,是占据主导地位的人类主体利用的对象,不具有内在价值。人与自然的关系是压迫者与被压迫者的关系,人类因其经济价值而利用,又因其荒凉、凶险而憎恶。以理性为主导的文化与自然区别开来,自然被主流社会所排斥,沦落为工具。这在西方渊源已久,柏拉图宣称:心智与身体二元对立,而后,自笛卡尔以降,作为主体的人便与作为客体的自然相对立,人成为目的,自然是实现其目的的工具。对自然的征服是人类实现自我的必经之路,而其结果便是对自然的全面贬低和否认。

在《机器停转》《羚羊与秧鸡》《天钧》中,科学技术是绝对的主导者,人文、感性、自然沦为附庸或是对立面。与自然隔离意味着人类的进步、文明的升级,机器王的权威充分体现在福斯特的《机器停转》里。彼时,人类生活在一个机器控制的环境中。地上世界已被摧毁,人类与自然被具有思想意识的机器王完全隔绝开来,无法在地上生活。人类只能独自穴居在阴暗的地底,靠通过电子设备与他人联络,亲情友情都已成为陌生而危险的词语,然而他们极为自愿地接受了这种生活,因为这是适应机器王的生存方式。空气与水全靠机器供应,人们从没有听到过鸟儿的鸣叫,从未呼吸过清新的山风,更未仰望过璀璨的星空。

小说中没有具体讲述的一场灾难已毁灭了自然环境,人们只能躲藏在地底下受着机器王的主宰。然而这样的人类却已走到了灭亡的边缘:当赖以维生的机器主人频出故障,无法自身修复,人类就只能跟着崩溃。人成为自己创造的机器的奴隶,生活方式、思维能力都受到机器王的控制和监视,反抗者会遭到无情报复。同时,虽然文本并未提及此前人类遭遇何种浩劫,但读者能够推测到科学技术对原来世界被毁有着密切联系。自然与其间万物皆被人类科学过度发展而毁灭的例子还有后末世小说《长路》,一个"核冬天"的悲惨景象:"大部分城市被烧毁。没有一丝生命的迹象。街上的汽车盖着厚厚的灰尘,每样东西都如此。

干了的污泥中留着化石般的痕迹。"① 在这场人类自己制造的灾难中，只有寥寥几人幸存，父亲与儿子便在其中，妻子忍受不了灾难后的艰苦，更忍受不了绝望，已结束了自己的生命。通过叙述者父亲之口，读者听到了他对人类过度利用自然的反对，然而这种谴责是不带感情的，冷静的，以典型的简单句来体现："那是什么，爸？""大坝。""做什么的？""用来拦湖。修坝之前那里有条河流过。大坝利用流经的河水来转动涡轮机的扇片，人们用这个发电。""大坝在那儿已有上百年了，可能上千年。"② 对人类文明的遗迹的叙述，成为一个灾难后的反讽。

《羚羊与秧鸡》中唯理性主义对人文的绝对胜利体现得更加明显。从两所大学的差异可以看出，学科重要性已经完全一边倒，高科技公司的大院里科学家和家属们过着井然有序、舒适整洁的生活，在精心营造的人工环境中，人们不必担心自然气候给生活带来的不便，科学家们在优裕的环境里忙着改造基因，生产高科技产品赚取利润，却摒弃了人文伦理的教育，最终导致人类的自我毁灭，自然也被蹂躏得千疮百孔。《华氏451》中，最后一所文科大学由于缺乏学生和赞助人而关门，教授们从此离开学校，沦落在外。被烧毁是书本的宿命，人们只爱自己，甚至连自己都不爱了，世界是一个供他们毁灭的大泥潭。而与其他孩子格格不入的克拉丽丝"最爱的主题可不是她自己，而是别人，是我。"在她的影响下，蒙泰戈开始反思自己的行为，反思社会的异化。"她是第一个真正让我喜欢的人。"人性终于复苏，战胜了极权统治的洗脑式教育。

勒·奎恩的《天钩》这个书名本身就既是一个文化代码，也是一个阐释代码。它取自《庄子》，此处用来比喻运转不止、生生不息的自然界及其运动。庄子主张人们应该放弃自我片面的立场与认识，而去依存自然，顺应自然，这才是获得对客观世界认识的正确途径。使主观依存客观，顺应事物的自然发展之意。不可被理解的，不应强求去认知，否则就是违背天性。对自然的知识同样如此，不能把自然工具化地利用，对象化地理解。虽然包含了神秘主义的论调，但终究是在不揭开自然面纱的同时保持了自然的魅力，在神秘的超验论和朴素的辩证法中，蕴含

---

① Cormac McCarthy, *The Road*, New Yofk: Vintage Books, 2007, p. 12.
② Ibid., p. 19.

了天、地、人的和谐，暗合了生态思想。在第 51 页的章节小标题中，特意引用《道德经》第十八章中的"大道废有仁义，智慧出有大伪"，真正的道被废弃了，才会有仁义的出现，智巧、权谋盛行，虚伪、欺诈才会产生。只有摒弃对智巧、权谋的崇拜，大道才会重归人心。机智与大道是不可共存的。这里的智巧可以理解为理性至上主义。

书中集中描绘了两个人物：一个是未来人口过剩时代科学界的发言人——理性逻辑高度发达、孜孜不倦地改进他所创造的心理研究机器的科学家哈伯。他的权力欲、野心、科学头脑合成了他自认为正确的道德观。利用具有异能的奥尔（奥尔的梦境能使自然秩序和整个世界改变），来实现他所谓的"善"，不管这种"善"会给他人，给世界带来怎样的灾难。他随意改变历史进程，世界人口的增减成了他新机器的试验品。在他的眼里，自然和他人不过是被理性的智者利用的工具，从他的视角，"威拉米蒂河是环境中有用的一部分，它像一个巨大温顺的动物，被皮带、锁链等拴得牢牢实实"。[1] 共有十六座桥横跨在这条河上，两旁是水泥堤岸，洪水已被完全控制住。科学对自然的胜利是他的终生信仰。对他来说，科学是绝对的真理，而不是不断变化的概念，自然作为科学研究的对象，应当如婢女般无条件服从主人的吩咐。

相比之下，另一主要人物兼叙述者、具有生态良知的奥尔认为，在环境已被严重污染的未来国家，公园和森林作为仅存的野地应被细心保护，人类只能在边缘地区露营。虽然奥尔梦想有朝一日能在仍有古老森林的兰基海岸拥有一间小屋，而三万八千美元一英亩的高额费用让他根本不敢奢望，他也从未利用自己的异能去谋求私利的满足。未来社会中的优美自然成了富人的奢侈品，穷人居住的空间肮脏拥挤，这也正是环境正义的重要议题之一。而对哈伯来说，为了以自己的方式改造世界，他如同浮士德一般，以寻求真理的名义与撒旦立约，打着"为了一个更好的世界"[2] 的旗号，抹去人种差异，催眠奥尔后借他的异能让六亿人口瞬间消失得无影无踪，没有丝毫愧疚。作为一个典型的科学法西斯主义者，他把自然和科学技术当成了欺名盗世的工具。他不断欺骗奥尔和

---

[1] Ursula Le Guin, *Lathe of Heaven*, Burlington: Harcort Press, 2000, p. 37.
[2] Ibid., p. 72.

李拉奇律师，直至实现他的理想帝国。但结果如何呢？世界终于走上了极权的道路。

在他的策划下，历史、种族、宗教都成了从未存留于世的虚空，没有人知道葛底斯堡演讲，没有人知道马丁·路德·金，他议论道："人类浪费宝贵的时间和精力试图借宗教从痛苦中寻求解脱，不管是佛祖、基督或其他的什么，他们要拼命远离罪恶，而我们要把罪恶连根拔起——从根子上除掉，一点一点地。"①他试图用科学至上主义来构建一个乌托邦城堡。奥尔对此不安，同时又认为以这种方式消除种族歧视未尝不可。隐含作者对奥尔的态度既支持、同情，又客观地批判他的软弱，奥尔对自己的异能感到惶惑，不愿伤及他人，而又被迫使用异能帮助哈伯成就他的科学野心。当通过奥尔的梦境终于去除了人种差异，这个世界的多样性不是循着自然规律而是被人为削减，对世界产生的后果就不是他们能控制的了。改变后的世界并没有变得更平静，反而让大众的兴趣爱好染上了血腥味，人们最激动的娱乐时刻就是每周聚在一起观看现场暴力表演，为暴力节目中的流血、死亡兴奋不已，人性中的残忍与野蛮更加膨胀，与哈伯的初衷大相径庭。而且，他解决种族问题的办法就是通过科学器械一劳永逸地把全人类灰色化来统一肤色，然而又意想不到竟引来了外星人，最终讽刺地说明人种的多样性是不可能被简单抹去的。

更具戏剧色彩的是，当宣扬和平共处的外星人来到地球，他们并未采用任何暴力手段，而地球人却因为恐惧、猜疑互相使用武器导致大量人口伤亡，建筑被毁。相比之下。科学技术更先进的外星人有更强的道德感，言语行为都体现出和平意识，没有用掌握的高科技来掠夺人类，侵占土地。这里读者会思考一个问题：当科学技术异常发达，而人文伦理并未跟上进度时，人性将会变得前所未有的危险，科技也会给自身、自然带来不可挽回的灾难。但敌托邦文本的作者并不是要全面否定科学技术的力量，而是提醒人们应认识到科学技术是一把双刃剑，在给人类带来福祉的同时，如果不以伦理道德来约束它，它就会变成危险的怪物。哈伯正是利用科学技术与奥尔的异能来实现自己的野心，他以为科

---

① Ursula Le Guin, *Lathe of Heaven*, Burlington: Harcort Press, 2000, p.130.

学技术的进步就是人类最终的解放,却从未反躬自问,也从未对一手炮制的世界剧变承担责任。马斯洛提出,"每次承担责任就是一次自我的实现",[1] 他对责任的忽略、逃避意味着自我并未趋于实现。他自以为代替上帝完成了一个精心设计,最终却在精神病院里了却残生。相反,经过多次梦境实验,惶惑、优柔的奥尔在良知、责任与自身利益之间徘徊不定,犹如一个末世的哈姆雷特,良知的重负却最终成就了他的自我。

奥尔的多重记忆曾让自我和世界都处于模糊中,这种模糊感正体现出迷失的自我与迷失的世界的重合,二者皆处于一种被遮蔽的状态。

二 被剥夺的自我身份与被僭越的自然

在科学至上主义者看来,边缘化的群体与感性的自然有着深层联系。《迟暮鸟语》《羚羊与秧鸡》《丑人》《天钩》《机器停转》这些文本里描绘的极权社会或无政府主义社会中,自我意识的觉醒者是科学技术极权的反对者,作为不合于世的边缘群体,是受排挤的对象,而他们往往对被僭越的自然保持着敏锐感觉。他们的自我意识正是这种对自然反思的结果:人对自我的反思不能直接从自我中产生,人的自我观念不是自我镜像,而是在自己追求的外在对象身上看到的自我形象。[2] 在对自然的追求中,他们体验着它的内在价值,也感受着自己的存在,最终超越经验现实,与自然精神相契合。在对自然的感知中,被压抑的自我意识渐渐萌芽,直到他们在一个异化的社会中获得自我认同,才可能与这个大多数人自愿蒙上双眼的时代抗争,寻求自由和希望。

《天钩》中具有异能的奥尔常怀疑自我身份,在梦境的现实与现实的梦境中寻求解脱,试图除去良知的困扰,以至于后来因为服用过多安眠药而去看心理医生。而心理医生哈伯虽然也拥有多重记忆,但他的自我同他的科学观一样从未被伦理道德动摇过,作为主流精英分子的他无论在哪种环境中都很确定自己的存在,并由于杰出的科学成就而步步高升,离自己设计的"正义之国"越来越近。当自然被僭越,世界经历

---

[1] 曹孟勤:《人性与自然——生态伦理哲学基础反思》,南京师范大学出版社 2006 年版,第 280 页。

[2] 同上书,第 13 页。

剧变，最终他还是被他的理性自我抛弃了。

在以功利为杠杆的后工业社会中，自然作为被欺凌的他者，它的精神力量被忽略，而对于自认为主体的人类来说，并未认识到"人类与自然的神秘联系，在现存的社会关系中，仍然是他的内在动力"。① 这样的历史语境下，生态自我意识往往从同为他者的边缘群体开始，因未融入主流社会而被拒斥，未成为科技精英而沦落人世。

《无水洪灾》中叙事者之一的托比是被动地进入"伊甸沿"这个宗教组织的，作为在末世挣扎的他者，她有着多重的创伤体验。她的母亲因服用大院研制的有毒的"维生素"药片得病去世，父亲因经济和精神的双重压力而自杀，她在家庭破碎后，放弃学业，靠捐卵为生，因而失去生育力，后又在秘堡快餐店（加工来历不明的肉类原料的快餐店）遭受男性上司的凌辱，对世界只存怀疑。作为唯一的反抗，她压制自己的性别特征，让自己缩进一个坚硬的壳里，冷漠坚强，突出自己的男性气质，试图以此摆脱过去的阴影。被凌辱的经历使她的自我体认极为模糊，只有在生态精神的洗礼中，在与"伊甸沿"的蜜蜂们的亲密接触中，她体会到了与世界的相互依存。当"自然界的本性进入人之中，成为人性的一部分，人就被自然（非自然而然）化了，人自身由此成为自然界利益与意志的代表"。② 她的自然化过程使她成为自然的人，异化的人性恢复过来，自身沉睡的潜力得到发挥。在这里她能够独立思考，加上以前所学的草药类专业知识使得组织成员琵拉将信使的身份、知识与信仰都传给了她，她成为夏娃六号，主管蜜蜂、草药、制剂。她多重的创伤体验，坎坷的经历铸造了她坚强的意志和理性的思维方式，在对自身存在的环境性的体认下，她受伤的心灵感受到大自然的安慰，接纳了自然给予人的精神动力，从而能在末世中定位自我。

阿特伍德并非唯一一个认识到野生动物能给予人类精神能量的作家，道格拉斯·皮考克在他们的环境自传中也提到与野生动物的接触治

---

① ［美］马尔库塞，转引自鲁枢元《生态批评的空间》，华东师范大学出版社2006年版，第10页。
② 曹孟勤：《人性与自然——生态伦理哲学基础反思》，南京师范大学出版社2006年版，第244页。

愈了精神创伤引发的社会性机能不良。[1] 从对极权社会的逆来顺受到沉默反抗，直到在大自然中获得安慰，托比个体自我的觉醒与大的生态自我的觉醒同步，伴随这个过程的是其从"创伤体验"到生态意识的升华。可以说，作为被边缘化的他者所遭创的多重创伤体验是文本中的她获得生态自我意识的必要前提。

托比生态自我意识的形成是她思想日臻成熟的表现，同时让人信服地解释了灾难发生后她对另一叙事者润的无私救助。她在感知自然时激发的自我意识伴随着对时间的重新想象，形成了新的非线性时间观。

三 褪色的想象力与被遗弃的自然

《迟暮鸟语》《羚羊与秧鸡》寓言似地描绘出因科技至上而造成的人类艺术想象力的空白，批判科技对人类想象力的垄断。当艺术想象力成为过时的才能，激发艺术想象力的自然也被大写的人们置于高贵的脚下，不再将它当作是充满活力的有机体，而是全无生命的资源供应站，人的艺术想象与自然的本真存在同时隐退于历史舞台。

有着敏锐艺术感知的人，对自然也不吝挥洒真情。自然不仅与艺术的背景、对象和源泉相关，也反映出艺术家的思维方式和创作立场。敌托邦时代同样如此。在《羚羊与秧鸡》和《迟暮鸟语》中，两个对艺术有着自觉意识的末世人，以被当权者认为是无用和叛逆的艺术来回应着他者身份的自然，与唯科学主义进行着无声的对抗。在《羚羊与秧鸡》的后现代反讽语境下，雪人居住在一个人造的主题公园般的公司大院里，高耸的围墙把公司大院和衰退的城市中心及野性自然隔离开来。他颓废、玩世不恭，由于对自然和艺术还残留一丝热爱，而成为被社会排斥的悲观主义者。尽管他最初是出于对极权的反抗，要成为传统文明和书本的捍卫者和保护者，尽管他嘲笑没落的艺术，没对专业抱有幻想，他还是认真地投入了人文学科的学习中，苦啃那些"过时"的知识。他学习了一些古老的语言表达方式，并且词不达意地用在谈话中。"他对这些词渐生出一种奇特的温情，仿佛它们是林中的弃儿，而拯救

---

[1] Lawrence Buell, *The Future of Environmental Criticism: Environmental Crisis and Literary Imagination*, Oxford: Blackwell Publishing Ltd., 2005, p. 75.

它们便是他的义务。"① 应该销毁的旧书，"他一本也不愿意扔，因此没能保住在图书馆的暑期工作"。② 在科技至上的时代，他算是一个异端，他先知般地觉得好像有道最后的界线被越过了，而这被逾越的线会带来意想不到的灾难。正是作为异端的他成了灾难的见证者，存活了下来，虽然他的幸存远谈不上幸运。从他的叙述视角，文本开始和结尾都以末日世界作为背景，自然还是那样美好，而人类的遗迹却那样肮脏："东边地平线上有一层灰蒙蒙的薄雾，正被一道玫瑰红的静寂的光芒照亮起来。奇怪的是那色彩仍旧柔和……在这一切发生之后，世界如何还能这般美丽？因为它一直就是美的。从岸边塔楼那儿传来鸟类的鸣叫，这声音同人类毫无相似之处。"③ 作为叙事者的他亲近自然的思想清楚地表达在语句里。

他的朋友秧鸡恰恰相反，是科学至上主义的代言人，但他又清醒地预感到有朝一日科技将成为脱缰的野马为害于世。他生长在一个被围墙围起来的空间中，然后他就成了一个被如此建构起来的人，成了一个孤立于外界的、封闭的人。他认为"自然之于动物园如同上帝之于教堂"，④ 这两者对人类来说是危险的，自然应当是封闭的动物园，理应被关闭起来以保护人类。因此，"我不相信自然，或者说不相信带大写字母 N 的自然"，他相信的是科学打磨出的人造自然。但正是说这番话的他却将最重要的天塘计划（人造人计划）托付给了与之截然不同的雪人，因为他了解，雪人与那些天才科学家不一样的是他学的是人文学科，毫无用处的他却"富有同情心"。这揭示出秧鸡对唯理性主义的矛盾与困惑。

《迟暮鸟语》中同样以艺术表达来回应着对自然本真存在的认知。克隆人茉莉在随船外出探险时，与其他克隆人一样感受到了离开兄弟姐妹的恐惧和孤独，但她在绘画中找到了表达自我的方式。"它（自我）在对她诉说，不是用语言，它用的是色彩，是她无法理解的符号，是梦

---

① Margaret Atwood, *Oryx and Crake*, Toronto: McClelland & Stuart, 2003, p. 195.
② Ibid., p. 241.
③ Ibid., p. 371.
④ Ibid., p. 206.

境,是急速掠过的万千幻象。"① 她听见"河水跟我说话,还有树,还有云"。对她来说,这些都是生命体,正是这种对自然的诗性感受使她与其他克隆人格格不入,包括她的姐妹。这种强烈的身体感受上升为艺术表达,自然唤醒了她的自我,同时也唤醒了她表达自我的方式——绘画艺术。这使她有别于那些只强调以科学技术来维系这个克隆部落的人们。她的儿子马克,在克隆小孩中孤独无伴,却在那些小孩和成人畏惧不已的阴森沉寂的森林中自由自在,根据各种大自然的"提示"辨别方向,从不迷路,而他如同他母亲将生命赋予画像一样,他捏的泥塑也是有生命的。与雪人相同,他富有同情心,而这一品性在克隆人中是纯粹的空白。当一批克隆小孩死于辐射后,他是唯一为他们流泪的,这种同情心是自然人与克隆人的重要分界线。对自然和他人的感情与人物的艺术才能形成一条牢固的链条,通过艺术他们对自然作出回应。对自然的隔离,扼杀了人们的想象力,不能适应自然的克隆小孩已丧失了想象力和创造力,最终这个末世的克隆部落永远消失在地平线上。乌托邦是一种想象力的呈现,敌托邦社会中这种想象力就是缺失的,而这种想象力的缺失,彰显出在某个社会的特定历史阶段中自然和文化的诸多状况。

《华氏451》中,作者更注重想象力与传统文明及自然之间的关联。统治者为了割断与传统的联系,下令将绝大部分书籍焚烧,不让大众接近历史真相,企图完全重新按照他们的方式来构建群众的思维。对他们来说,自然也是危险的,或者说,是无意义的。克拉丽丝这个纯真的女孩热爱大自然,从心灵深处体会到大自然的神奇,在她身上散发出自然的生命力,而她生命的一部分意义便是探索自然的无穷奥秘。对她来说,连滴滴雨水尝起来都如同美酒。这种热爱被禁锢思想自由、同化大众头脑的极权社会当成了异端,对消费时代异化的人群来说,自然的价值不过是满足欲望的一种物质资源,自然存在的目的不过是为人类服务的商品,仅具有使用价值。如果不如此认为,便归于反叛者一类。她被迫定期看心理医生。而心理医生想打探的是她为什么总喜欢出门,为什

---

① [美]凯特·威廉:《迟暮鸟语》,李克勤译,四川科学技术出版社2007年版,第100页。

么总在森林里到处闲逛，观察鸟儿，收集蝴蝶标本。① 这被认为是无意义且有害的生活方式。在她的影响下，主人公蒙泰戈也对自然产生出亲密之感，当他逃出城市来到山区，"他停下来呼吸着。他呼吸得越深，就越是被各种大地的各种味道填得满满的。他不再觉得空虚，这里太多东西让他觉得充实"。② 当身体贴近大地，他才感受真实的存在，这种有负担的生命的真实撕下了未来社会轻浮的表面自由的面纱。代表这种空虚的表面自由的典型是生活在视觉图像中的他的妻子米尔德里德，她生活的全部意义在于参与电视墙播放的庸俗互动节目，清醒时连她也无法容忍这种思想的空虚，试图服药自尽。虚拟图像与真实自然之间的张力为蒙泰戈思想的转变提供了可信的动机。审美自由对抗着异化现实。

《记忆授予人》同样从反面描写缺乏想象力的人类与被完全消解的自然。整个世界没有色彩，除了生活中提供食物的动植物外，没有其他生命形式，连地形都被统一起来，气候也固定不变，过去丰富多彩的自然只储存在记忆授予人的脑海里。

四 诗性话语/极权话语与自然的契合或背离

在极权社会中，语言往往被看成背叛的符号，尤其是书写的语言，它有可能暴露不为社会所容纳的思想，给书写者带来杀身之祸。对词语的恐惧是社会异化的一个象征，个体随时可能被监听、监视，词语的束缚意味着对心灵的禁锢和对自由的隔离。《无水洪灾》的第一章就提到，书写出的语言是危险的，"因为敌人会通过它追踪到你，捕获你，用你的词语来咒骂你"。书写出的语言只是谎言，不值得信赖。"精神只存在于口头的传授中，而不是借助于其他事物：书会被烧，纸会粉碎，计算机会被破坏。"③ 对于极权社会的掌权者来说，他们知道词语本身有一种力量，他们要费尽心思来压制这种力量以维护统治，必然会加强对语言的束缚。"他们控制影视媒介和网络，信息舆论都带着偏见，真实与虚假不可分辨。"④ 因此，亚当一号以及这个组织拒绝使用危险

---

① Ray Bradbury, *Fahrenheit* 451, New York: Ballantine Books, 1991, p. 23.
② Ibid., p. 144.
③ Margaret Atwood, *The Year of the Flood*, Toronto: McClelland & Stuart, 2009, p. 6.
④ Ibid., p. 293.

而虚伪的书面语言，而以口授形式、绘图形式教育青少年。

除了语言，自然本身也有一种力量，可以让人们反思自我和社会。人对自然界的理解制约着人对自身的认识，马丁·布伯认为："人是一种关系中的存在，人与其对象互为主体；人怎样看待世界，也就怎样看待自己，人是在理解世界的过程中理解自己的。"①《华氏451》《使女的故事》《饥饿游戏》《记忆授予人》《丑人》这些文本中，自然成为极权的工具，人们以自然审美对抗异化现实，文化极权集中体现为对思想和语言的压抑，统治阶级对个体思想严密束缚，语言作为危险的符号被规定在符合特定阶级的意识形态框架内，与《1984》里的语言控制如出一辙。在控制、监视无处不在的极权社会中，大自然会唤起人类心中美好的情感，激发起人们对真理、对优美的寻求，对自身生存状态的追问，而问题的答案正是掌权者无法回答或者有意躲避的，因此，自然要么被忽略，要么被他们蒙上一层混浊的色彩。

文化极权为了尽力扭曲人对自身的认识，因而也阻碍人认识自然与世界。在将自然变形的过程中，关爱他人、关爱生命的基本人性也不复存在。马尔库塞相信人的解放与自然界的解放紧密联系在一起，自然的感性的美的特性是自由的新的特性，这样，解放自我就是解放自我的感性和对美的悟性，最终这种"共在"的新型关系才能解放人与自然。文化极权从意识形态角度将自然划归为他者、客体、作为沉默无语的边缘部分，它时刻被掌权者监视着，唯恐激起人们改革的愿望和行动。在敌托邦文本中，伴随着自然的解放，还有语言的解放，这也是人的解放的重要组成部分。

不少文本都提到替代世界中官方认同的语言与其思想一样苍白无力。语言沦落为当权者的宣传工具，觉醒者常常通过重寻语言发掘出真实的过去，评判历史，并在强权封锁下以语言进行反抗，用诗与思的方式重寻灿烂的古老文明。霸权秩序的叙事突出语言控制，而反抗叙事以不同的语言体系呈现觉醒者的对立。

《羚羊与秧鸡》中，秧鸡将所有符号体系在他的杰作——人造人的世界里完全剔除，包括艺术、宗教等。这些看似完美的人造人，符合人

---

① 曹孟勤：《人性与自然——生态伦理哲学基础反思》，南京师范大学出版社2006年版，第266页。

们的所有想象，其实不过是毫无生命意识的高级玩偶，完全否定了符号体系，也就是完全否定了人类的认知思维，没有自我，没有艺术和信仰。这些作为宠物制造的"天真的生灵"，绝不可能成为人类的替代品。

《无水洪灾》中，在"伊甸沿"内部，其实又是另一种极权：虽然允许组织成员结婚，但在衣着上的严格禁令，其实也是与自然精神、与人性相违背的。严苛的行为规范成了束缚青年个性发展的铁链，外界的诱惑更成了反叛行为的催化剂。例如：组织刻意压抑人在视觉上对美的本能的追求，这与青少年追求自由、自我的天性形成抵触。"他们（'伊甸沿'组织的园丁们）有各种肤色，但衣服颜色却很单一。如果自然是美丽的——如果田野里的郁金香是我们的榜样，为什么我们不能多一点像蝴蝶，少一点像停车场？"[①] 这些疑问便是对刻板教条的反驳。清教徒般的生活不仅与后工业社会的语境完全隔离，也与自然疏远开来，这其实与他们所倡导的效法自然相违背。充满生态关怀的教义在行为上却显得呆板可笑，尤其是那些激进的环保主义者，如伯妮斯，在公众视域中已成为了"怪异"的代名词，而亚当一号封闭的小社会，脱离现实世界，缺乏广泛的群众基础，无力应付这个复杂的社会。

语言成了科学概念的附庸，同自然及艺术形式一起沦为被征服之物；要么成为文化极权的工具，灌输意识形态的机器。先觉者的语言实验是一条有效的反抗路径，是作为思想实验的敌托邦小说的重要表征。

敌托邦文本不仅阐释了唯科学主义对自然精神力量的压制，还批判了唯科学主义的根源——欲望对自然的隔离。

第二节 欲望与享乐主题中对自然的隔离

未来世界的人类选择与自然隔离开来，源头在于一种异化自身与社会的力量。这种力量的根子就是无穷尽的欲望，而在末世中，这种欲望的一种变体就是贪婪的消费欲望，当人超越了合理的欲求、追求无度的享乐时，就会异化为由物欲支配的奴隶，更远离了他基本的自然属性。

---

① Margaret Atwood, *The Year of the Flood*, Toronto: McClelland & Stuart, 2009, p. 66.

在各种欲望的驱使下，人与自然界的真实关系被蒙蔽，自然界的利益和意志完全被人类自身的利益和意志取代。统治者的权力欲、大众的享受欲，以及统治者和大众皆有的对传统文明、对本真自然的毁灭欲让自然与人类隔离开来。"人总要追求更多更好的东西，这种欲望之潮会压倒它们。这种欲望控制着局面，操纵着事态发展，历史上的每次重大变故都受其左右。"[1] 欲望是敌托邦文本的一个重要批判维度，它是自然、社会与精神异化的根源之一。而享乐主义盛行的时代，直接的感官刺激代替了思考与想象，闪烁的图像占据了传统的文字空间，大众不再去倾听自然，也不再倾听他人的声音，对技术的狂热遮蔽了对精神生活的向往。

一 欲望：自然与社会异化的根源

《华氏451》描绘的是一个异化的社会，自然生态、精神生态、社会生态都已被人们的各种欲望挤压得变形，权力欲、消费欲、毁灭欲、对绝对快乐的追求，将人的灵性淹没在空虚的欲望之中，人们不是生来自由平等，而是被极权社会加工成看似平等的个体，统治者成了思想大一统的监督员。当快乐与独立思想有了冲突，当书本里的深奥哲学激发人们的思考，威胁极权统治，当权者就以书本中的思想阻碍快乐的名义，把书全部烧掉，将知识和思想毁灭得干干净净，形成一个表面上幸福快乐、自由自在的社会。快乐成为社会的一个绝对目标。从意识形态角度来看，敌托邦与反乌托邦社会的一个根本区别，就是快乐与不快乐的深层原则，敌托邦社会这种表面快乐的生活方式，实则隐含着统治者绝对占有支配权的欲望。不仅是对社会的支配，还通过隔绝自然来支配人们的自然观。自然被妖魔化，被视为可畏的险恶之地，人们只能远离不可亲近。

当权者为了培养绝对服从的臣民，洗脑式的教育从儿童时期开始，把可能的对独立思想的追求扼杀于萌芽状态，诱导群众以追求快乐为人生的最高目标。"很大程度上家庭环境消减了学校的努力。所以我们一年年地降低孩子们上幼儿园的年龄，直到我们几乎直接从摇篮里就把他

---

[1] ［加拿大］玛格丽特·阿特伍德：《羚羊与秧鸡》，韦清琦、袁霞译，译林出版社2004年版，第307页。

们夺过来。"① 充满意识形态内容的启蒙教育，弱化、消解了孩子们对自然的好奇，强化了对自然的对立。他们"上学时间被压缩得越来越短，纪律越来越散漫，哲学、历史、语言逐渐都被取消了……除了按按钮，推开关，安螺母和螺钉以外，为什么还要去学别的东西？"② 他们只需要学习对机器的使用，机器完全代替了自然，成为他们的观察对象。因此，孩子们失去了感悟自然的能力，也失去了对自然的敬畏，清风明月、繁花绿草不能打动他们的心，自然只是原材料和资源的供应站，丝毫没有神圣感和神秘感。在机械的教学模式和关于机械的教学内容的束缚下，他们的灵性渐渐钝化，情感干涸成荒原，这样启蒙的结果便是成人后对高速赛车、惊险表演或暴力节目的迷恋，在快乐最大化、思考最小化的原则下，这些刺激性的娱乐活动是政府鼓励的，而头脑里填充的各种数据就是他们学到的全部知识，这些无休止的数字也压缩了反思自身、反思社会、反思自然的空间。社会秩序已经牢牢地掌握在统治者手里，已经没有多少人想反叛了。那些清醒意识到自然的存在的人，主要是知识分子，是被当局严厉管束的对象，他们的思想对立于当局的宣传机器："同它四周的旷野相比，（原子弹）微不足道，毫无意义"③，"希望有一天我们的城市可以更加开放，纳入更多的绿色、土地和旷野，以此来提醒人们，我们只被允许占有地球上的一小块地方，而让我们得以存活的旷野可以收回它所给予我们的。"④ 自然不能通过人为的隔绝从人们的生活中彻底抹去，它总会将有良知有思想的人群吸引过来，那些躲藏在荒野之中的觉醒者们，是一股隐藏着的革命的力量，这股力量最终推翻了极权政府。

如果说统治者的权力欲让他们把自然隔离在统治区域外，而大众的享受欲则加速了对自然的异化。这种对感官享受欲的绝对追求，完全压制了人们的理性思考，对自身存在价值、自然内在价值的追问。赛车的人们，只享受速度带来的快感，从不去关注自然。把思想封闭到最底层，成了感官的替代品。"那些开车的人不知道草长什么样，花长什么

---

① Ray Bradbury, *Fahrenheit 451*, New York: Ballantine Books, 1991, p. 60.
② Ibid., pp. 55-56.
③ Ibid., p. 157.
④ Ibid.

样,因为他们从来就没有放慢速度去看他们。"① 在速度的享受中,玻璃窗外模糊的绿色和粉色就是自然界的象征,花草的生长,季节的变换打动不了麻木的眼睛,对自然的好奇心已被引擎巨大的轰鸣声代替,"去参加各种俱乐部、聚会,去观看杂技和魔术、惊险表演、喷气赛车、摩托直升机,对性和海洛因上瘾,只要是能产生机械反应的东西……我以为自己是对比赛产生反应,其实只是触觉对震动的反应……"② 感官刺激就是快乐的唯一源泉,整个世界到处都是高分贝的喧嚣,高速度的飞驶,没有一个角落能容下宁静的沉思,对自然的隐秘也失去了探索的激情。只有来到山林地区,才会真正认识到自然的存在。对蒙泰戈来说,"十几年来,第一次,星星出现在他的上空,绚彩纷呈,如同一团团闪烁的火焰"。③ 城市的高楼大厦和人工照明将夜晚的天际遮得严严实实,有谁会仰望星空,去延续古代哲人的思索,去探索宇宙的奥妙?享受的欲望阻断了对文明的传承,日月星空早已被弃之不顾。只有来到山林,才能感受到自然的真实与城市生活的虚幻。"当他漂浮在河面上,河水温柔闲适,悠然自在,远离那些生活在幻影中的人们。河水是真实的,在它怀里他觉得舒适而惬意。"自然的内在价值和精神价值唤起了人对自身的认识。

在异化的城市中,对他人、对文明的毁灭成为一种变形的享受。人们在毁灭中体验扭曲的快乐。"我认识的每个人要不在大喊大叫,发疯般地跳舞,要不就在斗殴。""我害怕跟我的同龄伙伴打交道。他们总在残杀……去年一年就有六个朋友遭枪击,还有十个死于车祸。"④ 从克拉丽丝的视角呈现了一幅令人胆战心惊的画面,在文化极权的强压下,末世的孩子们心灵已受到污染,自觉自愿地停止了阅读,生活中的重心是各种超级运动和残忍的相互伤害,失去了好奇心与创造力。对毁灭的享受从儿童启蒙时期开始,在成年人身上,尤其是消防队员身上,体现得更为明显。开篇第一章,就是对烧书的细节描写。"烧东西有无

---

① Ray Bradbury, *Fahrenheit 451*, New York: Ballantine Books, 1991, p.9. 敌托邦文学中的人称代词有特定的含义。
② Ibid., p.61.
③ Ibid., p.140.
④ Ibid., p.30.

尽的乐趣。看着东西被火苗吞噬，变黑扭曲，会有一种特殊的乐趣……双手仿佛了不起的指挥家一般指挥着烈焰与火苗组合成的交响曲，让历史变成碎片和炭屑飘落在地面。"① 在这个敌托邦社会里，消防队员的职责不是灭火，而是烧书，他们对毁灭东西有高昂的兴致，他们的"最大愿望就是烧个痛快"。烧书是正义的职责，这样，他们烧书时更加心安理得，更能享受火焰产生的快感。让花瓣一样的书页一页页燃烧，直到变成一只只黑蝴蝶。自然的意象在人们的毁灭的欲望中被扭曲了。对自然，他们虽没有强行毁灭，但可供人们聊天的花园被取消了，而飙车的人们也从不注意身边的花草与阳光，更不会像克拉丽丝那样去品尝像酒的雨水。

相反，在克拉丽丝的家里，"从克拉丽丝家里传出的笑声越过了她家洒满月光的草坪。她的爸爸妈妈，她的叔叔，他们笑得多么恬静而真实"。② 这幅敌托邦社会里的难得图景，却终于被毁坏：克拉丽丝突然失踪，家人搬离。异化的世界容不下有真挚爱心的人们。这里只有从不关爱他人，不关爱自然，甚至也不关爱自己的个体。空虚的灵魂丢失了爱的本性，"无爱是一种低能，无所可爱是一种不幸。无爱是内在的空虚，无所可爱是外在的空虚"。③ 在这个社会里，个体的内在和外在都是空虚的，因此才不能认识真实的自然界和社会现实。而在对极权的反抗中，自然界给予人的精神力量最终显现出来。

《羚羊与秧鸡》中，异化更鲜明地体现在大院对金钱的贪婪欲望，杂市人群对享受的无尽欲望。与《华氏451》的文化极权相比，这些欲望混合着对自然的复杂态度。生物极权的大院是一个微缩的景观社会，代表着图像时代的精致人工社区。这里绿树成荫，鲜花盛开，千奇百怪的转基因植物和嫁接植物欣欣向荣，处处是人工雕琢的痕迹。与某些文化极权中对自然美的拒斥相异，人们认识到了自然的审美价值，力图通过模拟自然，将周围环境美化成一个赏心悦目的大花园，但大院美化环境并非出于对自然内在价值的认识，他们企图以科学征服自然，让科学家在人工自然的环境里产生更丰富的创造力以赚取更多的利润。秧鸡就读的克里克学院，同

---

① Ray Bradbury, *Fahrenheit* 451, New York: Ballantine Books, 1991, p. 1.
② Ibid., p. 17.
③ 高尔泰：《爱是自由的象征》，人民文学出版社1988年版，第29页。

样是无处不见人工痕迹的精美花园,对人工环境的描绘,更典型地体现在"天塘"中。这里的人造景观达到了极致,天塘计划是一个有关人造人的计划,在这个纯粹工具理性的计划中,按照客户不同的审美需求生产出的各种人造人生活在模拟自然环境中,人造的太阳、河流、水、星空比实物更优美、更静谧,高科技的玻璃幕墙将自然屏蔽在外,科学家们万能的双手在电子设备的辅助下已替代了上帝的位置,在末世中生产出一种神迹幻象,对信仰的坚守被对科学的崇拜所覆盖,人们沉迷于理性勾绘的图景,欢呼科学弥赛亚的到来。人造星空、人造太阳、人造人,组合成一个极致的人工世界。这种美轮美奂的人工环境更刺激起人们征服自然的野心,对科学无所不能的崇拜,鼓励人们随心所欲地改造自然。而与此相对,在杂市污浊不堪、病毒猖獗的环境中,自然就是泥潭的代名词。当自然的内在价值被遮蔽,她不再是作为独立的存在,而是依附于人类的改造,加工才向人们显现时,她的本性已被这个社会忽略了。不懂得她的价值的人们也不懂得她真正的美。

不少敌托邦文本里的自然界被简化为隔在城市围墙外的危险荒野,是与理智对立的原始地带。如《饥饿游戏》中对处于城市中心的第一区居民来说,自然界就是出现在电视图像中的凶险之地,除了作为暴力节目的背景,它没有任何意义。图像时代中的自然,在声光电的画面切换下让人震惊于各种惊险的影像效果,让观众满足于直接的视觉冲击力,在这种貌似客观的自然呈现中,将自然的本真状态片面化为丑恶之地。而对那些先觉者来说,自然不应该只是图像符号模拟的对象,更应是人们用心聆听的对象。

二 娱乐时代无人倾听的自然

现代娱乐的重要形式是电子图像作为媒介深入到日常生活中,这种"现代科技手段的一个特点就在于延伸了正常感官所赋予人的感受能力和表达能力,使人类的感知体验的时空范围大大拓展"。① 在这个类像化的生存状态中,生命的丰富内涵被转移到对技术的狂热上,符号体系的自我指涉功能使类像连接成整体,自由精神、审美体验、反思与批判

---

① 王茜:《生态文化的审美之维》,上海人民出版社2007年版,第48页。

都不再是利用符号体系进行艺术创作的充分必要条件,如同博德里亚所说,"在符码控制中,一切原件都不再存在,存在的只是通过机器,特别是电子媒介的符号产品,这种产品的价值已不再能按照原件来判断,而是来自于符号本身"。① 王茜对此观点的见解非常精辟,她指出"类像的本质是事物自身的独立价值和意义被抽空后的符号",类像化的生存状态是在世界进入图像时代之后的伴生物。

"图像时代"有哲学和传媒两个层面的含义,这两层含义并非是毫无关联的。从哲学意义上说,海德格尔认为中世纪后的新时代人把自己理解为世界的主体,把客观世界视为图像。世界成为图像,与人在存在者范围内成为主体是同一个过程。从媒介角度来看,图像时代是指作为媒介的电子图像普遍存在于人们生活中,影响人们思维方式。在敌托邦社会中,世界本就是由人们操控的图像,通过电视媒介对被把握成图像的客观世界的图像化生产,构成视觉意义上的表象,它朝向的是作为观众的人自身。这种表象同样使世界作为可被征服的客体呈现在人类面前。在图像时代,电子图像符号追求视觉快感,忽略内在精神,作为一种大众媒介,快速变幻的声音画面磨蚀了感知,消解了思维。而这些画面里的自然,是经过意识形态选择之后的自然,要么虚假,要么是突出它的凶险,引起观众的憎恨与恐惧。如果说,将来人类的情感表达完全不再需要通过日常生活中的语言交流来实现,而是通过更直观、更形象的电子图像来传达,让变幻闪烁的图像来代替语言和思考,那么,在末世里,这种预言成为真实的日常生活。人们对电子图像的狂热已然超过了对文字语言和口头讲授的依赖,书面和口传文学作为语言艺术已被极权政府终结,以电波传送的各种娱乐节目,或者充满血腥暴力,或者庸俗无聊,消解着人们的思想和想象。

《华氏451》《无水洪灾》《饥饿游戏》中都呈现出我们当今时代的图像化特征。尤其是《华氏451》,生动描绘出未来世界中对图像的依赖已成为一种精神病态,大屏幕上直观的视觉冲击力把人们吸进了深不可测的黑洞,"(书里)有更多的卡通画,更多的图片,思想能汲取的却越来越少"。② 生活成了作秀的过程,人们以为各种节目演示中出现

---

① 王茜:《生态文化的审美之维》,上海人民出版社2007年版,第49页。
② Ray Bradbury, *Fahrenheit 451*, New York: Ballantine Books, 1991, p.57.

的形象就是自我的真正形象。对形象的追求，就是人们对存在意义的追求，思想成为一种对生命的浪费，本真的自然也成为弃绝的对象，代表着混沌、无知、凶险。人们宁愿耳朵里塞满各种声音，眼睛里填满各种形象，以为这就是生活的实质，日复一日地在声波与形象中迷失了自我。"客厅如海水一般灰暗死寂，只有当他们按下电子按钮，电视厅里才会充满光明和生机。"① 人们的表情也空洞木然，因为人的价值就是体现在观看电视、参与电视节目中。"对媒介影响潜意识的温顺的接受，使媒介成为囚禁其使用者的无墙的监狱。"② 他们对亲人越来越陌生，母亲们"十天里有九天把孩子丢在学校。一个月他们回家三天，我只要忍受那三天就行……把他们留在电视厅，开上电视……他们很快就不会吻我了，而换成踢我了"。③ 母子关系淡漠疏远，夫妻关系同样如此。米尔德里德把电视墙当成"家人"，即使蒙泰戈生病时也舍不得关上这个电视墙。还打算把家里的第四面墙也拆掉，花上蒙泰戈三分之一的年薪装上第四面电视墙，这样房间就会变得"似乎不是他们自己的，而是其他各种各样的人们的房间"。她唯一不想过的是她自己的生活，自我对她来说是无意义的词语，她整天忙于参与电视的互动节目中，很少思考自己的存在意义，处于一种"在新鲜的电子世界中的麻木状态"，这种状态导致"社会失去根基，信息泛滥，无穷无尽的新信息模式的泛滥，是各种程度的精神病最常见的原因"。④ 生活的空虚麻木引发各种精神疾病，她也曾在偶尔清醒时想要服药自杀，却又很快连自杀这件事也遗忘在电视墙的喧闹里，最终她完全舍弃夫妻情意，向消防队告发了蒙泰戈藏书一事，使他几乎丧命。

除了电视瘾，她还有对电子声波的迷恋。"（夜深时）她的耳朵里总是紧紧地塞着环式无线收音器，音乐、谈话、音乐、谈话，在那些不眠之夜，声音的电子海洋在她的思想海岸起起伏伏……过去两年里，她每一个夜晚都在那片海洋里愉快地畅游。"⑤ 对电子声像符号的狂热追逐已成为生活的重心，却忽略了身边的亲人。"她聆听着从遥远的地方

---

① Ray Bradbury, *Fahrenheit 451*, New York: Ballantine Books, 1991, p. 73.
② 吴国盛：《技术哲学经典读本》，上海交通大学出版社2008年版，第531页。
③ Ray Bradbury, *Fahrenheit 451*, New York: Ballantine Books, 1991, p. 96.
④ 吴国盛：《技术哲学经典读本》，上海交通大学出版社2008年版，第528页。
⑤ Ray Bradbury, *Fahrenheit 451*, New York: Ballantine Books, 1991, p. 12.

传来的遥远的声音……他突然觉得她是如此陌生，简直不能相信自己居然认识她。"① 图像时代中人与人的关系被隔离开来，电子声像如同书籍一样，本来也可能传达真实信息，捕捉人性中真善美的闪光点，然而却成了阻隔人们现实感情交流，压抑独立思想的厚重金属墙。这种娱乐消遣的工具支配着人们的生活方式和思维方式，成为神性迷失时代的新的上帝。人们存在的意义和中心便是参与到各种声光电的组合中，做一个游戏中的傀儡。这道金属墙也隔开了真实的自然界，画面上要么自然缺席，要么就充斥着关于自然的虚假的二手信息，突出自然的凶险，让观众滋生出对自然的恐惧感，加强了与自然的对立。

当世界进入图像时代，视觉形象为主导的各种超级运动大受欢迎，而这些运动往往是以暴力和血腥来投合观众的胃口。《饥饿游戏》中的自然便是作为暴力游戏的背景出现的，人为改造过的自然使这个电视真人秀的血腥味更浓，更符合敌托邦时代电视观众的审美趣味。这些以自然作背景的画面激起一些人的恐惧，还有一些人征服自然的欲望。

同《饥饿游戏》相似，《无水洪灾》中也有这种不仅要在险恶自然中求生，并要残杀其余参与者的电视真人秀。失去人性的画面播放硬化了观众的感情，对自然更加憎恶。这种对抗感使他们不会去关爱自然，而是去无情的践踏。在精神空虚、人性缺失的图像时代，学会相互倾述与倾听则成了挽救这个社会疾病的良药。

《迟暮鸟语》中，亲近大自然的克隆人茱莉，感受着流动的风，低语的树，轻吟的河水，在倾听河流中她找到了自我，她的意识向外延伸，试图捕捉那部分她失落的自我，给她带来宁静的自我。当她在船头上担任警戒，"一个人和这条大河在一起，这条拥有自己的声音和无限智慧的长河。它的声音又轻柔又含混，听不明白字句，但那种节奏是不会听错的，它在演说"。② 她似乎随时随地在倾听什么声音。"在岸边听来，河水的声音低极了，轻极了，像在诉说什么秘密。"③ 离开儿子马克时，她嘱咐道："觉得孤单的时候，就到森林里来，听大树跟你说

---

① Ray Bradbury, *Fahrenheit* 451, New York: Ballantine Books, 1991, p. 42.
② [美]凯特·威廉：《迟暮鸟语》，李克勤译，四川科学技术出版社 2007 年版，第 20 页。
③ 同上。

话。""城市已经死了,成了废墟,但树是活的,只要你需要,它们就会对你说话。"① 次要人物巴里和帮助马克从克隆社会中逃走的医生也隐约听到了森林的声音,他们也能感觉到一片雪花与另一片的不同,也能体会大自然的无比繁复,深邃奥妙。这些人物都在倾听中感受着自然的脉搏。

由此,听觉超越在图像时代占主导地位的视觉,从直观的形象接受转而为心灵的聆听,在聆听中感知大自然的灵性,回应她四季更替生生不息的韵律。山脉、河流、树木,都有自己的声音,它们在对人们诉说,超越时空,在历史的背景中向人们倾诉相依共存的真谛。在倾听自然中人们渴望自由、解放,渴望传统文明的回归,这些先觉者最终走上了反抗极权之路。

当反抗极权的战争最终爆发,当人类因为自身的邪恶而陷入无路可走的境地,当灾难不可避免地发生,幸存的人们不是在城市,而是在自然中获得拯救。"但哪里有危险,哪里也生救渡。"② 在危险之处,也有救渡的生长。这种救渡就是人与自然融为一体,让艺术守护救渡的生长,让人能诗意地栖居在大地上。自然能够将人类救离出困境,人类在与自然的价值重估中,在对自然的爱的感受中,恢复了人的本真存在。

第三节 浮出地表的自然之爱

一 传统文明中承载的生态智慧

无论是东方还是西方的传统文明都与自然有着深层联系。正如赵冬梅所说:"从比较文学的视野,介入生态批评有两个优势,一是它的跨学科性,二是中国有着大量的资源背景,东西方理论可以相互触发。"③

---

① [美] 凯特·威廉:《迟暮鸟语》,李克勤译,四川科学技术出版社 2007 年版,第 22 页。
② [德] 海德格尔:《技术的追问》,转引自吴国盛《技术哲学经典读本》,上海交通大学出版社 2008 年版,第 315 页。
③ 赵冬梅:《"全球化与生态批评"专题研讨会综述》,《文艺研究》2001 年第 6 期。

而胡志红也从比较文学的视角"对西方生态批评的跨学科特性作一些探古"。① 希腊人认为，人自身是一个小宇宙，而外在于人的自然界是一个大宇宙，他们之间的秩序是协调一致的，事物与现象之间是有规律的，和谐的。佛教中的循环观将人类纳于世界运行的生生不息的过程中，人与其他物种共存于世界，道家认为人的一切行为通过法天，法地，法道而最终指向效法自然，遵循自然规律，与天地万物合为一体。朴素的辩证法中杂糅着顺应自然行事，勿因欲求害的观点。庄子认为自然是无为的，应以"心斋""坐忘"等方式"顺之以天理，应之以自然"，与万物归一。冯文坤曾融合东西方诗学观念，从削弱主体性的心与物游的物化混茫意识，与物为春的非人类中心主义，与人为善的大地诗学这三个方面阐述了道家的生态思想。生态神学的兴起对基督教中的生态意识也进行了整理。对传统文明中生态智慧的继承成为敌托邦小说中的主题之一，但表现手法、关注重点却各有千秋。勒·奎恩的敌托邦小说《天钧》对道家哲学的汲取清楚地表明在小说标题及前几个章节标题中，《庄子》的思想无疑是启发奎恩创作此文本的动力之一。在这部心理科幻小说中，神秘主义的氛围烘托出东方文化的朦胧和超然，善于制造悬念的作者通过拥有超自然力的叙事者奥尔将现实瞬间变为梦境，梦境瞬间转换为现实，让世界在虚实间游移，而颇具反讽意识的是，理性至上主义者最终为权力和欲望而落入疯狂的边缘，而疯狂的世界中一个心理趋于混乱的患者却比正常人的心灵更纯洁。

《记忆授予人》的焦点却集中于一个生态智慧被强行压抑的人造社区。文章通过记忆传授人的视角来分析生机盎然、却暗含未知因素的传统社会和现在单调统一却平稳无波的敌托邦世界，"我们放弃了阳光，放弃了颜色，也消除了各种差异……我们控制了许多事物，但也不得不放弃其他一些事物"。② 在这个同一化社区里，气候被人为干预，自然界中四季更替的生态循环已被技术操纵，再也没有了雪，因为雪会妨碍农作物生长，限制耕种时间，所以，在建立同一化社区的时候，就被废除了。山丘也是同样，由于会给生活造成不便，就永远消失在人们视野

---

① 胡志红：《生态批评与跨学科研究——比较文学视域中的西方生态批评》，《当代文坛》2005 年第 2 期。
② Lois Lowry, *The Giver*, New York: Laurel-leaf Books, 1993, p. 94.

中。就连给人们带来温暖的阳光，由于它会造成晒伤，也被硬生生地从生活中划掉，从没感受过阳光的乔纳思才会对这来自天上的暖意感到好奇而愉快。不仅是对气候和地形的控制，动物也从他们的生活中抹去了。"没有一个孩子清楚那个词（指动物这个词语）是什么意思，不过这个词常被用于形容没有受过教育、笨拙或不能融入环境的人。"[1] 这个世界里的一切决策建立在实用的功利主义之上，却忽略了自然本身多样性所蕴含的平衡的智慧。在强制排除危险及不便因素的同时把自然界的精华也湮没了，这种因噎废食的方法使得社区脆弱不堪，整个社区的历史记忆放在了记忆传授人一人身上，他替人们承担着往昔生活的幸福和痛苦，同时关键时刻决策层根据他记忆中的信息来制定对策。

在这样一个单调、孤立、与自然隔离的敌托邦社会中，表面上一切都管理良好，生活无忧，气候被精确控制，但他们的生活如同透明人，人们没有选择权，连家庭这个最能体现血缘关系的单位都是由掌权者理性组合，他们没有自由的概念，也不知自己丧失了自由。没有对于痛苦、战争的记忆，动物、色彩在生活中都已经不复存在，人们不再认识各种鸟类、河马、大象，大自然的变幻多姿、雪的清澈透明、阳光的灿烂温暖都已消失在人们的记忆里，只有在记忆传授人的头脑里才保存着自然的原始风貌。自然的生态智慧被极权社会的纯粹理性和完全同一化所覆盖，极权扼杀了象征生态智慧的、隐藏在丰富多彩、千变万化之中的和谐整一和内在平衡，只有记忆授予人能够完成自然的复魅，也因此，作为下一个记忆授予人的乔纳思逃离这个社区，他离开后记忆才会重回社会成员的身上，人们才会在自然中，在对痛苦与幸福的感受中重获自由。

《无水洪灾》则极力渲染基督教的生态智慧，尽管隐含作者又对文中那些极端狂热的生态保护主义者持有反讽的态度。隐含作者的态度有些模糊，既同情"上帝的园丁"这个宗教组织对生态精神的坚持，又对它固守一隅、洁身自好的理想化姿态做无情的嘲弄。这个宗教组织的核心教义是"生命循环，万物平等"，基本主张是人类和非人类存在物同为上帝的受造物，他们平等而互相依存；对自然万物应存尊重之心；

---

[1] Lois Lowry, *The Giver*, New York: Laurel-leaf Books, 1993, pp. 5-6.

物种多样性是人类延续的必要条件；由于贪婪的欲望，人类割断与自然万物的兄弟情谊，掠夺资源，只能自掘坟墓；在自然界中渗透着无所不在的生态智慧，动植物皆有其顺应自然界的规律等。每周由亚当一号进行布道，文本中总共十四篇布道词都与生态精神密切相关，组织成员严格遵守宗教戒律，力求顺着上帝的旨意来保护自然及维护自然界的平衡，所宣扬的圣人与颂歌也都与生态保护相关。

　　这个宗教组织早就预言到生态灾难的来临，险恶的外部世界，不受道德束缚的科学技术即是诱因也是必然结果。当润7岁时进入这个组织，就听到另外两个小孩在楼顶打闹时叫喊"我们就要死掉了"，这些词语不仅是儿童的玩笑话，也是真实思想的反映。"这里的每个人都在谈论无水洪灾会夺走所有人的生命，除了他们。"[①] 而开设的课程也都与如何在危机中生存相关，在危机到来之前先让成员学会与自然相处，让自然成为危机后人类的拯救者。组织对于世界毁灭的预见影响着每一个成员。这种危机意识通过各种教育方式从成人传达到青少年思想中，更加强了生态破坏后的末日意识。救助了润的托比也正是运用了在伊甸沿学到的生存技巧，知道如何储存、捕猎食物，才得以幸存。他们也早已预料到，无视伦理道德的高科技不仅是毁灭自然的黑手，还是直接淹没全人类的大洪水。通过亚当一号的秘密电脑，他们与外界保持接触，了解最新的科技信息，准备着危机的最终到来。他们的远见正在于他们预测到末日到来并非因为大自然对人类的报复，虽然千疮百孔的自然早已不能承受人类的凌辱，但对人类的最后一击仍然会由人类自己完成——确实如此，是秧鸡发明的携带病毒的药片摧毁了整个人类。具有讽刺意味的是，亚当一号自己最终染病身亡，而与他分道扬镳、更有现实主义态度的热布带领着幸存的园丁及科学家，试图在废墟中找出一条生路。这个开放的结局预设着作者的意图：科学、宗教及现实主义态度的合力才有可能实现对人类的救赎。

　　敌托邦小说通过大量使用时空对比，观念对比，人物对比等来描绘传统文明中的生态智慧，以此创造出文本浓厚的历史意识，突显两种社会中世界观，价值观的变化，以及对自然的不同态度。在虚构的文字记

---

① Margaret Atwood, *The Year of Flood*, Toronto：McClelland&Stewart Ltd, 2009, p. 59.

录和史实典籍中掺杂着作者的认知和想象,以从生态的角度来重新定义一种文明,重估它的价值。这些文明虽然大相径庭,甚至许多方面相互冲突,但在自然面前都怀着尊重或者敬畏的态度,强调与自然和谐相处,人类应顺从而不是违背自然规律。文本或隐或显地涉及以下主题:大自然的无限潜力蕴藏着对人类的启示和拯救。

二 自然对人类的拯救

当人类不是从功利主义与工具理性主义出发企图征服自然,而是与自然融为一体,了解并尊重自然时,才能有意识或无意识地认识到她对人类的拯救。她固有其凶险,但与之相对,她对栖居于其中的人类也敞开善意和诗意,向人类应许救赎的可能。敌托邦文本中往往体现一个普适性主题:只要人类敬畏自然,关爱自然,而不是对自然横加干预,蹂躏掠夺,人类这个物种及其文明得其滋养就可在历史中不断延续。另一个相对立的主题则是自然在被人类奴役后对人类的无情报复,各种环境污染、资源贫乏将人类赶进黑暗的深渊。在《无水洪灾》《饥饿游戏》中,自然和人类精神皆被极权社会、无政府社会异化或隔离,在享乐主义、消费主义、科技至上主义盛行的时代中,人们迷失了自我,自然也成了一堆僵死的物质,而不再是提供人类救赎的无限之地。只有那些认识到自然内在价值的人才能够与自然和谐相处,在对自然的尊重与敬畏中才会有接续人类历史的可能。如果对自然只是纯粹工具式的利用,却否认她的内在价值,被祛魅、被奴役的自然迟早会报复傲慢的人类。这些文本普遍暗示着人不仅是物质的人、经济的人、理性的人、技术的人,还应该是自然的人、情感的人、宗教的人、精神的人,这样人类才有可能从容面对各种危机,才有可能从必然王国向自由王国进发,领悟到生存的意义,而这种领悟与升华的基石是与自然、与世界的融合,而非抽离。敌托邦文本中的反抗者与幸存者的结局传达出作者对此问题的思考。

《无水洪灾》里当末世灾难发生后,受到生态神学教义影响,适应自然环境、亲近自然,但又并未陷入宗教狂热,始终保持头脑清醒的托比最终在自然中幸免,她知道如何种植、如何养蜂并收获蜂蜜,清楚各种草药的疗效,这也是作者将她设为主要叙事者之一的意图所在。但世界总非如人所愿,自然庇护着热爱她的人,也护佑了她的对手。有几个从监狱里逃出的囚犯存活了下来,他们代表着人性恶的一面,同时也是文明的副产品,与自然对立。敌托邦的悲观调子便由此反映出来,邪恶人性的存在终将给世界引爆灾难。他们在官方组织的残酷生存游戏中变得更加残忍野蛮,丛林法则教会他们躲避危险与攻击他人,他们的存在意味着毫无感恩之心的人类与他人、与社会、与自然的对抗会继续。

《饥饿游戏》的背景是各种生态灾难后的北美洲,在干旱、暴风雨、火灾及战争等废墟上建立起的帕纳姆王国是以凯匹特为神圣中心的王国,十二个区中,每个区每年选派两名男女青少年参加饥饿游戏,他们被关在巨大的室外竞技场内,竞技场模拟自然的各种地形气候,被设置成炎热的沙漠、寒冷的荒原等恶劣环境,只有那些熟悉自然、适应自然的选手或是狡诈残暴、毫无人性者才能胜出。而本书的叙事者是前一类,出生于贫穷矿工家庭的她在既优美又凶险的森林中如鱼得水,也有同情弱小、敬畏自然之心。从她的视角鲜明地体现出自然对人类的物质救赎。"林子是我们的救星,我一天比一天更深地投入它的怀抱。"[1] 叙事者很早就和爸爸去林子里打猎以维持生计,爸爸去世后她更是经常偷偷从围篱底下钻到林子里摘野菜捕猎小动物。她学会了从鸟窝里偷蛋,用网子打鱼,有时打只松鼠或兔子,还挖了不少各种野菜。妈妈又教会她每种植物什么时候开花,有什么药用价值,她也知道了什么样的野生植物有毒,不能食用。尽管林子里有猛兽和毒蛇,叙事者学会了如何躲避它们,去黑市上用猎物交换日用品和食物。她的名字凯特尼斯就是印第安语一种水生植物的名称,爸爸也说过:"只要你能找到你自己,你就不会被饿死。"[2]

树林不仅让她们母女三人得以生存下去,也是她最终战胜其他区的凶残选手的重要砝码。她对树林的了解,对箭的熟练使用,使她得以渡过一个个生存难关,自然是这个死亡游戏中叙事者的守护神。对她来说,自然虽有潜在的危险,但更是一座不断循环的宝库。她为了谋生而捕获野物、采摘野菜及草药,却并不残暴贪婪。她对家人生命的珍视,富有责任感的取舍,智慧的头脑,将她与凯匹特那些寻欢作乐、肤浅虚

---

[1] Susanne Collins, *The Hunger Games*, New York: Schloastic Press, 2008, p. 51.
[2] Ibid., p. 52.

伪的人们分隔开来。同这些华丽虚幻的都市空心人相比，叙事者更接近于一个自然之子，与自然跳动着相同的脉搏。在极权的高压政策下，她学会了管住自己的嘴，但在森林中就不用这样提防了。"盖尔说我只有在林子里的时候才会笑"，[①] 她心里潜藏着自然赋予的宝贵品质——简朴真实，正义勇敢。这个名字"凯特尼斯"——野生植物就具有典型的象征意义。这种植物能够让母女三人在极权统治中免于饿死，将她们从绝望的泥坑中拯救出来。

以上所举细节注重自然对人类的身体拯救，而敌托邦小说中更多的细节则聚集于对人类心灵的拯救，对异化的政治、经济、时代精神等进行文化层面的反思。自然不只是作为人类物质供应的来源而存在，它有其自身的存在意义，对人类还有着精神价值。作为一个完整而自足的体系，万千生命在这个循环的体系中更新换代，生生不息，人类探索其无穷奥秘不应是为了征服，而是在她的多姿多态中感受生命的丰富和活力，吸收其生态智慧，在她的四时更替中激起情感的共鸣，与之和谐相处。对这种精神价值的感受或认知，恰好是对隔离自然，禁止多样性的敌托邦社会的反叛。

在《机器停转》中，库诺冲出机器控制的地下世界，来到地上的世界中，他第一次感觉到了大地与自然给予人的平静与安宁——这种真实的空间感觉和触摸感使他认真思考人与人之间淡漠的亲情和友情，人与机器之间奴役与被奴役的关系。"那些又低又灰暗的小山，对我来说，它们是活生生的。那覆盖在山上的草皮就是皮肤，而草皮下面的泥土是跳动的肌肉。我感到过去这些山给人们带来了难以估量的力量，而人们也爱着它们。"[②] 这种力量就是自然赋予人的精神价值，人类代代相传的对自然的敬畏和感恩，还有机器永远不能替代的情感的共鸣。

《丑人》中，"烟尘"人民的生存状态接近于卢梭的"自然状态"。除了语言，他们没有实业，没有战争，没有奴役和统治这些观念，自由自在地生活在森林中，是一种平等自由，没有压迫的状态。这种原始的生活状态并不是完美的，它的物质层面应该被现代文明超越，但是比起

---

① Susanne Collins, *The Hunger Games*, New York: Schloastic Press, 2008, p. 5.
② [美]福斯特：《机器停转》，[美]詹姆斯·冈恩、郭建中主编《半人半鱼之神：从威尔斯到海茵莱茵》，北京大学出版社2008年版。

在极权社会中压制思想的奢侈生活，烟尘人民宁愿选择艰苦而自由地栖居林中，达到了精神层面的理想境界。同《华氏451》对自然的全景式描写相比，这部小说更偏向于从具体的生态单元——森林着手，来描绘在自然的洗礼中一个少女的精神转变过程。泰莉同少数人一样，从敌托邦的封闭小世界里逃出来，感受自然的壮丽，过着简单甚至原始却自由自主的生活，体验自然给予人们的情感安慰。即将面临美容手术的她（当权者要求年满十六岁就必须接受统一的美容手术，不得保留自己的容貌，而美容时借机洗脑）逃出城市来到荒野，眼前的景致远非她所能想象：她一直以为自己居住的城市是庞然大物，整个世界已包括其中，而在这里，一切都比城市更雄伟、更美丽。她终于明白为什么在过去人们要住在大自然中，"即使没有晚宴塔楼，没有华丽大厦，甚至连宿舍楼都没有"。① 她渐渐习惯了"烟雾区"原始部落般的艰苦生活，对于真实的自然，她放下心头的烦恼："烟雾"的自然美景也洗涤着她心中的忧虑。"山岭、天空，还有四周环绕的山谷每天变幻不已，总以一种全新的方式呈现着自己的奇妙壮丽。自然，至少是不需要做美容术的，它一如以往。"② 极权社会之所以隔离自然，其重要原因是他们认识到自然能够予人的精神力量，能唤起人们对于真实、对于更新与变换、对于个性与自我的寻求。在《迟暮鸟语》《丑人》中，自然的形象即包含生态批评第一波中的"牧歌情调"，布伊尔认为，美国的文学传统中，从开拓者到后来的定居者都在他们反映出文化民族主义的文章中将牧歌情调设定为主旋律，乡村与国家之间产生内在的重合，对这种身份的认同对牧歌表达有隐约的影响：即开启了创造一种以更密集的意象来反映环境的艺术形式的可能性，又有可能将"大地"还原为经过意识形态精心过滤后的建构物。在早期敌托邦文本中，对自然的牧歌式描写更接近于虚构的、想象的自然，在抒情的田园风格中反映乡村与城市的对立，但在抒情笔调的背后，文本中的自然作为文化的建构物，承载作者及社会的意识形态和价值观。《无水洪灾》中亚当一号就试图通过建立一个自足的生态群落，重新体验返朴归真的田园生活。他作为生态神学文化的偶像式人物，他的生态价值观设定了这个群落的意识形态基调。

---

① Scott Westfield, *Uglies*, New York：Simon Pulse, 2005, p. 152.
② Ibid., p. 230.

但在末世背景中,他的实验终归失败。

他失败的原因之一,可用布伊尔的话来解释:"它并未通过政治行为来逆转伤害,也没有打破人类与自然界其他因素间的等级制分裂。"[1] 末世中的自然是统治阶级的主流文化的对立面,怀旧的牧歌是对异化现实的救赎,对人类心灵深处纯真本性的呼唤,它是人性的真实表现,而非遮掩。但仅仅独善其身,仅仅让牧歌在小团体里流传是不能改变大气候的。这个团体毫无政治权力的事实使它显得不堪一击。这里要注意,敌托邦文本中的牧歌情调与生态批评家对工业社会里牧歌情调的批判不相类似,布伊尔认为,在文化批评学者马克思和威廉斯的著作中都强调"乡村怀旧的诱惑和虚假是以被美化的典型形式出现,这种美化掩盖了由经济或/和阶级利益所造成的对景观不可逆转的变形"。[2] 在资本主义工业社会中,乡村怀旧情绪是被统治阶级利用的意识形态工具,诱导群众在虚幻的乡村想象中放弃对现实景观的抗争,模糊其利益本质。而在敌托邦文本里,在充满有毒话语的表述中,牧歌代表的诗性话语搭起了心灵救赎的入口,虽然这个入口常被现实的强权摧毁。对这种朴素田园生活的想象,置入到对未来环境灾难的虚构画面中,在这样的时空框架下,体现出作者的创作意图或是环境无意识,并以独特的叙事策略表现出来,这样就赋予了作品的生态意义。

生态批评家认为,人不是作为权威的主体,自然也并非对立的客体;自然对人类不仅是被动的承受者,也是积极的施动者。在处于精神困境的人类面前,自然体现出她潜在的力量。

三 向自然敞开的家园意识

从人性的觉醒到回归自然,寻找传统文明中一脉相承的自然精神,并将之内化为一种积极的环境无意识,才能真正做到人与自然的和谐相处。

《华氏451》《机器停转》这些早期的敌托邦文本里自然与自我实现了和解与交融,人性与自我最终复苏,虽然后一部文本的主人公还是难

---

[1] Lawrence Buell, *The Future of Environmental Criticism: Environmental Crisis and Literary Imagination*, Oxford: Blackwell Publishing Ltd., 2005, p. 21.

[2] Ibid., p. 14.

逃厄运。敌托邦文本并非完全否定现代文明，作者是在预设极权统治的极端条件下，对作为科技对立面的自然展开多样化描写，并重估自然的价值。回归自然意味着对工具理性主义、消费主义的反拨，对于人性本身的认识；回归自然并非回归原始社会，它意味着重建一个天地人神和谐共生的新型文明，因而能够在历史长河中延续人类社会。"回归实际上是端正人的生存态度，发掘人的生存智慧，调整人与自然的关系，纠正人在天地间被错置的位置……这同时又是一场话语和观念上的革命，是一种精神上的改造运动，人类的精神生命有可能再次在此开花吐艳。"[1] 在生态精神的烛照中，觉醒者们怀着乡愁在历史旷野中寻找家园，在人成为人的轨迹中前行。

这种家园意识，更为准确地说是对地方感的认识，而非空间感的认识。布伊尔指出，在生态批评中，空间与地方既有着包容关系，又有着深层区别，地方是被划定的空间，它对于人类的意义在于个体的依附感，加上社会联系和物理地形的独特性。[2] 它能通过感知行为，使人们产生安定的心理。而当代社会人们忙着飞行于不同地域之间，居留于不同城市的酒店，在全球化空间的相似性中淡漠了家园意识。家园意识与地方感有密切联系。布伊尔认为，人的地方感有五个维度，三个为空间维度，两个为时间维度，空间维度包含同心圆意象、群岛式扩展、对地方的想象力量，时间维度包括对成长地的记忆和变化着的地方。随着时代的发展，对不同地方的生理和情感适应成为人们的生存能力之一，地方感的缺失是全球化的一个心理标志。如果说环境批评对地方感既不肯定，也不否定，但对于与地方感联系紧密的家园意识却是肯定的，它对于环境保护起着正面作用。无根的人漂泊在后工业时代雷同的空间中，这些全球化的人失去了依附感，失去了自身心理的安宁，也失去了对他人、对自然的关爱。

敌托邦文本中对城市生活缺乏地方感的描写典型地体现于《播种者的预言》，这部为乌托邦学者汤姆·莫兰所赞赏的小说，也受到了布伊尔的关注。小说里 15 岁的叙述者写下的日记清楚表明在那个时代，定

---

[1] 鲁枢元：《生态批评的空间》，华东师范大学出版社 2006 年版，第 37 页。

[2] Lawrence Buell, *The Environmental Imagination: Thoreau, Nature Writing, and the Formation of American Culture*, Cambridge: Harvard University Press, 1995, p. 57.

居于一个地方不仅不可能，还常是陷阱。这种失去地方感的意识与全球主义有不可避免的联系，解决方法是建构新的地方身份，建立全球性的地方意识。[1]《无水洪灾》中的托比便是一例。她在家破人亡后，缩进一个坚硬的保护壳里，直到在伊甸沿重获自我。不独这部小说，不少敌托邦文本中历史维度并没被削减，透过一张张异化的现实截图与历史镜头的切换，我们可以感受到叙述者对想象中家园的执着寻觅。

这种寻找可能是理想化而富于诗意的，如《机器停转》《丑人》《记忆授予者》《华氏451》《迟暮鸟语》，这些抒情话语是对人与自然和谐相处的想象，自然被浓缩为牧歌原型，但与现实中的自然和人类生存环境拉开了距离；近期的文本更体现出自然复杂的多样性，在蕴含对自然内在价值的承认的同时，着力描写了人类暴力干预后残败的自然或各种生存游戏中模拟的自然，凸显其凶险恶劣的一面，气候、地形等，都处于人类所能忍受的极端的边缘，人与自然间的不平衡被放大到极限。但描绘那些可怖场面并非是终极意图，作者试图以此来警示现代社会的文化危机将在未来累积、爆炸，给生态环境和人类自身带来不可治愈的创伤。在一些更具生态批判性的文本中，如《使女的故事》《羚羊与秧鸡》《无水洪灾》《让开些，让开些》《长路》《饥饿游戏》《天钩》，"中间历史"（叙述者在当前时间的回忆，往往在读者的阅读时间之后）也远非田园牧歌般美妙，社会痼疾、环境灾难、精神瘫痪等都已成为社会常态，地球已久被污染，人们也早已失去家园意识。诗歌，音乐，绘画等承载人类精神的艺术作品被排除在主流社会之外，只有唯科学主义高高在上，成为人类个体和整体命运的裁决者。在没有可供心灵栖居的纯物质时空中，人们丧失了对救赎的期盼，只沉湎于现时的享乐和生理欲望的满足。贫瘠的精神荒原承受着烈日的炙烤，再不闻春的足音。人类无止境的欲望如同贪婪的斯芬克斯，捕获了每一颗纯净的灵魂。

布伊尔从地方的视野探讨家园意识，但后者并非与空间对立，我们也可以从空间角度来审视敌托邦文本中的"无根感"。空间可以被机械性地划分为三部分：个人空间、社会空间与自然空间。这三者的和谐统

---

[1] Lawrence Buell, *The Future of Environmental Criticism: Environmental Crisis and Literary Imagination*, Oxford: Blackwell Publishing Ltd, 2005, p. 102.

一，井然有序，才能保证空间整体的稳定发展。个人空间是个人私密性的领地，它的本质是拒绝外界外物的入侵，私密性是它的特性，个人在此可以享受纯粹、本真的自我；社会空间涵盖领域广泛，各种以政治、经济外壳表达出的公共空间形式，均属于这一范畴；它始终处于不断运动中，在变革之中求稳定是它的特性；自然空间，或说生态空间，是对自然界的忠实回应，它的特性是恢复人与自然的亲密接触，是人与自然之间的黏合剂。正因自然空间有其独特的审美内涵，它对于个体才有着心灵上的启迪与净化作用。这三者在阶级社会中是密不可分的。个人空间依赖社会空间作为物质支撑与安全保证，依赖自然空间满足审美诉求，实现心灵净化。玛格丽特·阿特伍德的《使女的故事》《羚羊和秧鸡》这两个文本深入探讨了三个空间的异化对未来人类社会从物质到精神的毁灭。

围墙是社会空间形象的总结，这样的社会空间必然导致个人空间的封闭与压抑。反过来说，个人空间的封闭与压抑，在潜意识里认同了围墙式的社会空间。在这样一个互为支撑的空间构架里，神权统治的基列共和国得以生存。而《使女的故事》里多次提到的花园，是对自然空间的描摹。"（鸢尾花）看起来那么有女人味儿，居然没有一直被人连根除掉实在让人惊奇。赛丽娜·乔伊的这个花园有一种颠覆性，就像埋于地底的东西会无声地喷涌而出，进入人们视线，似乎在轻声诉说：沉默着的声音不会长久沉默。"[1] 这里，虽然这个花园仅仅是自然空间的人为形式，是个人空间与自然空间的交叉处，并不完全真实地从属于它的范畴，但在这个宗教极权社会里，它可以部分地象征自然所折射的人性，含有某种颠覆性的意味。在这个社会里，自然空间是并不真正存在的，大自然开放、真实的特质与社会的封闭、虚伪是相互对立的，只有自然的人工形式以能被接受的变体存在于这个社会里。因此，"我"深刻地感受到，只有远在天边，宗教极权的黑手伸不到的地方——月亮上，才是一片真正的净土。我希望全身能够彻底干净，一尘不染，不带一点细菌，就像在月球表面一样。同时还表达了自然即希望的观点："一轮新月，一轮让人满怀无限希望的月亮。"[2] 当我周围的空间均已被

---

[1] Margaret Atwood, *Handmaids' Tale*, Toronto: McClelland & Stewart Ltd., 1985, p.161.
[2] Ibid., p.108.

宗教极权异化，我只能把渺茫的希望寄托于遥远的月亮了，它是没有被玷污的自然的象征。

当散漫无序，只注重个人享乐的无政府状态下的现代社会被宗教极权所操纵，后者用灭绝人性、隔绝自然的手段来挽救人类，从一个极端走到另一个极端，只能导致个人空间、社会空间、自然空间的内部畸变并颠覆三者间的平衡，最终引导人类误入歧途，它并非解决问题的手段。

雪人是在大灭绝之后被动逃离的一个角色。虽然他一直对既定空间心存疑问，也有了一些模糊的觉醒，但他始终没有跨出主动的一步。直到大灭绝发生后，他作为唯一的幸存者，逃到了海滩。海滩作为自然空间的形象总结，在文本开篇第一章和最后一章有着相互呼应的描写："东边的地平线上有一层灰蒙蒙的薄雾，正被一道玫瑰红的静寂的光芒照亮起来。奇怪的是那色泽仍旧柔和……在这一切发生之后，世界如何还能这般美丽？因为它一直就是美的。从岸边塔楼那儿传来鸟类的鸣叫，这声音同人类毫无相似之处。"[1] 语词基本没有什么变化，只在最后一章里富有深意地加上了一句话："当这一切发生之后，世界怎么还能这样美丽？因为它一直就是美的。从岸边塔楼那里传来鸟类的鸣叫，这声音同人类毫无相似之处。"[2] 海滩作为自然空间的一部分是独立于社会空间的，它的美感不受社会空间的毁灭而被削弱。社会空间的毁灭，是由于作为空间主体的人类欲望的极度膨胀而造成。当人类自己扼杀了自己，当社会空间与自然空间成了尖锐的对立，唯一的幸存者只能远远地逃离那个污秽、已成为历史的社会空间，将自己投入到自然空间中去，这是他唯一的拯救方式。然而，这种逃离并不是出于自愿，因而显得仓促。第一章里作者对雪人的描述就是苍白、衰老、满脸胡茬的形象，他浑身臭味，披着一张破床单，戴着一副只剩下一只镜片的墨镜。当他来到作为自然空间形象的海滩，他认识到了自然的美，然而，在这个美的空间里，他却不能独立地生存：他须得不时重返那个被毁灭的城市空间去搜捡一些生活的必需品，还得时刻提防狼犬兽和器官猪的袭击。这形成了一个颇具讽刺意味的对比，也是一个生存的悖论：在美的

---

[1] Margaret Atwood, *Oryx and Crake*, Toronto: McClelland & Stewart Ltd., 1985, p. 371.
[2] Ibid.

空间中无法生活，而一个本质虚伪和贪婪的空间却是他赖以生存的支柱。

  与阿特伍德的另一部作品《浮现》相比，雪人显得更为脆弱，毕竟，《浮现》中的我，虽然是一个他者，但返回自然空间、逃离既定空间是我的主动选择，并且，"我"能够在自然空间中独立生存，能够亲密地与自然融为一体。而雪人习惯了社会空间所提供的一切，习惯了杂市公开的堕落和大院隐秘的腐败，习惯了科技至上的空间里对艺术的鄙视，这种惯性削弱了他的反抗精神，使他没有主动逃离的意识，最终，当他被动地来到海滩，却发现没有一种空间形式对他而言是完美的，换句话说，他感受到了无处逃离的悲哀，在异化的空间里体会到无根的漂泊。对末世人类来说，家园是一个奢侈而无用的词语，在将自然排挤出日常生活和精神生活之后，它成了一个空洞能指。只有向自然敞开，家园意识才会重新复苏。

第三章

"我"与"你"和我与"他"的伦理选择及美学内涵

生态危机是一种文化危机,深层次地表现为伦理道德的危机。以生态危机为背景或批判主题的敌托邦文本吸取了生态伦理和生态审美的资源,作者通过各种叙述方式来阐发环境价值观,从不同的视角、不同的焦点想象环境,表达着个性化的美学内涵。尽管有多样化的表达方式,但其内核是对自然、人工自然及建构环境的关注,对人与自然之间关系的平衡,对异化的城市和伪生态城市景观的质疑。这些文本中隐含的环境伦理正是对马丁·韦伯《我与你》的注解:价值与超越指向既不存在于人体之外的宇宙,也不存在于主体内,它呈现于关系中,"我"与宇宙中其他在者的关系之中。对此关系的探讨不仅涉及伦理领域,相应的文学表达中还孕育着美学内涵。其伦理道德意义是把"我"与"他"的对立修正为"我"与"你"的对话。后者承认各自的独立价值,同时又承认二者的内在联系与相互依赖。它认为人与自然之间并非界限分明的疏远,而是不可或缺的亲密,这种观点与生态主义的核心理论遥相呼应,这个核心就是生态伦理学。

1923年,法国哲学家史怀泽在《文明的哲学——文化与伦理学》中提出要建立一门生态伦理学,20世纪60年代,当污染问题和环境恶化被扩展到政治—伦理领域,哲学家们进一步对新型科学应承担的社会责任和道德义务进行了哲学考察,在有关技术评估的讨论中,法国哲学家特莱伯特别指出要发展一种环境伦理学,帕斯摩尔则更为细致地对生态科学进行了历史—哲学反思,认为许多生态学思想的根源是一种"新伦理"的观念,他考察了四个主要的生态学问题——污染、自然资源枯竭、物种灭绝和人口过剩……由此,"道德义务由仅限于人类活动的时空范围扩大到通向未来的整个自然界……"① 在生态伦理学/环境伦理学的发展过程中，两大学派——人类中心主义与非人类中心主义之间的论争就未曾停息过。作为价值论和认识论的人类中心主义有一定合理之处，因为只有人才是唯一具有伦理道德观念的认识主体，这一事实不可能被超越；但应突破传统狭隘意义上的人类中心主义，将人类共同的利益确立为根本的价值尺度。后一学派又分为三类：（1）生态中心主义，以利奥波德的大地伦理学、罗尔斯顿的整体伦理观、纳什的深层生态学为代表。利奥波德倡导人类应将自然纳入伦理范畴，改变传统的人类中心主义的价值观，主张角色互换式的"像山一样思考"，罗尔斯顿强调自然界自身的动态平衡，自然通过自我调节维持生物多样性，纳什关注自然与"我"的融合与同一。（2）生物中心主义，以施韦泽（即史怀泽）和泰勒为代表。（3）动物权利/动物解放派，以辛格和雷根为代表。非人类中心主义强调对自然内在价值和非人类存在物权利的承认，认可自然的主体性，而否认人类是唯一的主体。但不管生态中心、生物中心，还是人类中心主义都有其缺陷之处，前两者否认了人类才是价值判断的主体这一事实，后者又将大写的人与自然对立起来。这之间如何和解一直是困扰伦理学界的问题。

从伦理角度来看，敌托邦文本中往往带有批判人类中心主义的鲜明倾向，尤其体现在对深层生态学的基本原则的坚持，而生态批评中生态哲学是重要的方法论来源。"生态批评并非将生态学、生物化学、数学研究方法或任何其他自然科学的研究方法用于文学分析。它只不过是将生态哲学最基本的观念引入文学批评。"② 这种坚持经由文学想象传达出来，被赋予美学价值。正如布伊尔所说："如果把深层生态学首先当作本体论或美学，而不是伦理或实践的处方，它就会显得更具说服力。"③ 人们对深层生态学的指责——作为一个粗略而被广泛质疑的方案在伦理学上缺乏规范性，但从美学的角度来看，这个指责便没有意义了。作为虚构的文本，人物的伦理选择不一定能提供有效的实践性规

---

① 吴国盛：《技术哲学经典读本》，上海交通大学出版社 2008 年版，第 42 页。
② 克洛伯尔语，转引自王诺《生态批评：发展与渊源》，《文艺研究》2002 年第 3 期。
③ Lawrence Buell, *The Future of Environmental Criticism*: *Environmental Crisis and Literary Imagination*, p. 114.

则,但我们如果不把它当作检验伦理的实际政策时,它仍然具有批判意义和美学价值。这和敌托邦小说的功能相符合,它的预警功能可以指出人类困境所在,而非指明出路位于何方。文本对于环境伦理的表达虽然不一定能有实践性作用,但仍具有批判意义和美学意义。

在优秀的敌托邦文本中,充满文学想象的物种创造、物种毁灭、地方感的传承与抛弃、自然的祛魅与异化、城市生态的沦落、人与自然以及科技与自然的对立都沉淀着作者的伦理思考。在人与城市、人与自然的书写中,既有作者对非人类存在物的关怀和尊重,对扭曲的城市景观的批判,也有对以当代与后代利益为核心的代际伦理和种族伦理的探讨。但是,作者并非对科学技术抱着深恶痛绝的态度,只是对偏激的科学至上主义的批判。芒福德也认为,批判对象应是"巨技术",前者以"以机械为中心的技术"而不是"以生活为中心的技术",后者以一种平等的方式使人的各种潜能得以实现。[①] 他并没有简单地排斥一切技术,而是对其进行合理区分,批判前提的设定使得他的思想立场更为客观,更具实践指导意义。敌托邦文本中的批判对象显然是前一种,它指认技术与权力的结合改变人们的思维属性和社会属性,"机器神话"来自单一技术的文明,限制人的行动和渴望,将人关进技术的牢笼,远离自然,人为划分出"我"与"它"的界限。

第一节 "我"与"它":生物/电子技术
暴政对自然的凌驾

敌托邦文本中的人类与自然是异化的、弃绝了"我"与"你"的交流之后的纯粹"我"与"它"的关系,人类在其居住的城市也如同外乡人,漂泊无根,缺乏家园意识。未来高度发达的生物技术与化学技术,以及机械和电子技术将人抬高到自然之上,成为自然的主宰者,或是完全与自然隔离开来,自然只有其资源价值能被人们认可。同时,技术作为"一种自主的力量",[②] 有可能并不受制于社会控制,反而会成为人类的操纵者。这可以追溯到福斯特的《机器停转》,后来又在大量

[①] 吴国盛:《技术哲学经典读本》,上海交通大学出版社 2008 年版,第 502 页。
[②] 同上书,第 47 页。

科幻作品中重现。

温纳认为，技术在三种意义上可以理解为自主的：第一，它是一切社会变化的根本，这是历史性的；第二，大规模的技术系统似乎可以自行运转，不需要人的介入，这是政治性的；第三，个人似乎被技术的复杂性所征服和吞没，这是认识论的。政治生活转变为技术政治，要想控制技术，道德必须服从技术。人若想打破自然和经济的禁锢，就必须屈从于其他有同样威力的禁锢。这样，人类选择了力量强大的技术来禁锢自身和自然。现代敌托邦文学在《弗兰肯斯坦》的基础上拓展了对技术强力的想象，从《机器停转》开始，对技术自主命题的批判就成为重要内容。

一 生物/电子技术时代第一自然/第二自然/第三自然的对立

古希腊哲学家西塞罗是最早对比第一自然（原始自然）与第二自然的人，他认为第一自然是没有人类痕迹的自然，第二自然则是指人类通过灌溉、筑坝等方式创造的自然。此后一些新马克思主义者认为全球资本主义霸权已使得第一/第二自然的区别模糊不清，交换价值和使用价值以更复杂的方式对自然进行了调和，第二自然更注重于因习惯和/或文化而受到自然化的行为和态度。与此同时，视像和信息技术的出现导致了第三自然概念的产生，意指作为技术再生产物的自然。[①] 马克思认为第一自然与第二自然均是人类认识的客体，第一自然是自在的，第二自然是建构的。笔者参照自然层次的划分，将敌托邦文本中的自然分为三层次：第一自然（文本中被极权统治隔绝在外的自然，包括荒野、森林、山地等）、第二自然（文本中叙事者在虚构的日常生活中所体验的、具有人工痕迹的自然）与第三自然（媒介或技术生产的虚拟的自然景观，是文本中的模拟自然，它往往为了特定目的而被建构，或者是为获取利润，或者是为满足观众的暴力倾向），第一自然与第二自然和第三自然呈鲜明的对立结构。

这三个层次对读者而言都是想象的自然，第一自然往往作为飞地原型有着救赎功能，有潜在的反抗力量；第二自然中分为两种，一是高科

[①] [美]劳伦斯·布伊尔：《环境批评的未来：环境危机与文学想象》，刘蓓译，北京大学出版社2010年版。

技装备下的文本中的建构自然,体现科学语言与文学语言的混合,二是被人类污染后的毒性自然;第三自然是纯粹的模拟自然,通常表现为一种虚构环境中的影像符号。这三种自然既有审美想象,也有批判锋芒,优美的自然景观仍出现在叙述者的视野中,而由于环境危机的蔓延,被隔离、被改造的自然成为文本的主题之一。对自然当前状况的思考,结合作者的个人体验、独特思维方式和不同艺术风格过滤成叙事者在故事中体验着的各种环境。从对自然的这三种层次的想象中可以感知作者的生态观念和现实态度,其深层次可寻根到作者心灵中的当代文化记忆。

纯粹的第一层次自然在敌托邦文本中有浓厚的象征意义,客观自然的救赎功能被突出地显现。《饥饿游戏》里的凯特尼斯在林子里领会到自然的慷慨奉献,产生出对自然的敬畏与关爱。伴随着人性的萌动,她的心灵向着自然敞开,享受着精神的自由。尽管是为了填饱肚子而不得不去打猎,然而当"我"射中一头鹿后,想到"我心里为杀死这头年轻又无辜的生命感到难过。一想到吃它的肉我心里就不是滋味"。对非人类存在物的同情内化于她的世界观中。她是一个优秀的猎手,但她打猎并不是为了兴趣和娱乐,只是为了满足最低生活需要,因此她并不将自己视为自然的敌人,如同远古人类在猎杀黑熊之后又举办仪式谢恩一样,她对非人类存在物有着真实的同情。这片飞地能拯救她和她的家人,归因于她与自然的融合。

《华氏451》里,接受克拉丽莎自然思想洗礼的蒙泰戈在被通缉后逃到一片荒野之地,感受着泥土的气息,静听着河流的低语,体味到完全不同于城市文化极权的自然之美。与《饥饿游戏》不同的是,尽管这也是一个救赎之地,但躲藏于此的知识分子们只将这片森林看作一个临时中转站,在城市被毁灭之后,他们会立刻回到城市参与文明的重建。这些知识分子不是焦点人物,他们的真实思想往往被一笔带过,基本没有提到他们对自然的认识,只渲染他们对各自记忆的知识的掌握。似乎只有蒙泰戈才投入到对自然精神价值的理解中。作为叙述者的他,文本聚焦于他的思想历程,他的人生际遇成功地获得了读者的同情。而整个城市的崩溃被戏剧性地简单化了,他和知识分子们的解放一夜之间来临,但重建的城市文明会不会又落入原来的毁灭轨迹中,或者走上相反的知识极权道路,将文明与自然完全对立?飞地是否会成为下一次毁灭的救赎之地？这是一个耐人寻味的结局。自然的美学价值重点在于自在的原型自然，不管是优美壮丽的如画景观还是丑陋贫瘠的世外飞地，这些文本中体现的原生态自然都有其美学价值。

第二层次的自然包括《羚羊与秧鸡》里的大院和精英学生就读的学校，这是一种经过人工改造的自然，各种基因植物点缀其中，成为技术极权者的利用工具，自然的内在价值并没对他们显现；另外一个极端是《羚羊与秧鸡》中的人工自然。这个科学技术制造出来的虚假自然环境依靠电力来维持，模拟星空、月亮、河流等优美自然景象，但这天堂般的人工环境一旦失去了电力供应，便成为一个垃圾堆，虚假的幻象就如同泡沫般破灭。这个人工自然的背后是利益集团的如意算盘，优美的表象后是赤裸裸的金钱交易。而生活于其中的人造人，几近于完美，面容精致、身材匀称、内植入了防疫因子，以预防空气、水、阳光中的各种致癌物，为了避免耕种和狩猎可能会带来的复杂思维和文明的破坏力，他们吃青草、树叶、树根，他们的消化系统甚至可以循环自己的排泄物——这与其说是防止某天食物短缺，不如说有意让他们的行为缺乏基本的正义。[1] 作为高科技产品来到这个世界上的他们，是否能生存在这个敌托邦的时代，成为人类的替代品？这些没有正义、伦理概念的人造人，没有物质欲望，性行为如同友好的集体游戏（阿特伍德在描写秧鸡人的性行为时采用的幽默笔调更透出非现实感），彼此毫无戒备，不会伤害他人，过着简单快乐的生活，这是秧鸡心中的理想人类，他们的心智退回到人类纯洁的童年时期，没有受到现代文明的污染，然而逆时代而动的这些人造人在制造者暴毙后，也只能在荒野中自生自灭了。

还有一种是已被人类文明废弃物污染的毒性自然的原型。她伤痕累累地出现在幸存者的面前，不可修复的伤口将最后的人类带向末日。这一层次的自然是对现实经验世界危机问题的想象，当环境危机越来越严重，如果人们的伦理观念不发生根本的变革，而是任由危机发展下去，只能是共同毁灭。人类让自然中毒之后，人类自身也无路可走。《羚羊与秧鸡》《无水洪灾》《迟暮鸟语》《长路》《机器停转》等皆是对此观点的写照。被人类污染后的自然体现一种否定的美学，同原生态的自然

---

[1] Earl G. Ingersoll, "Survival in Margaret Atwood's Novel *Oryx and Crake*", *Extrapolation*, 45. 2Summer 2004, pp. 162–175.

一同拼合成整体的生态审美图景。

第三层次的自然是被极权统治利用媒介传播蓄意扭曲的自然。当人们的精神生活和娱乐生活过于依赖现代传播技术，意味着人们进行真实体验和自主思考的空间就减少了。媒介作为主流意识形态的代言人，将大众的思想指向被允许的路径。这些媒体充斥着庸俗的互动节目，消耗人们的思想和感情，让人们在声光电技术中透支生命。自然被忽略不提。《华氏451》《机器停转》典型地描写了媒体对人们的自我意识和自然观念的侵害。后者更描绘出一个极端场景，人类蜷缩在地下千篇一律的小房间里，依靠电视与他人联系，封闭的人们沉溺于电子交际中，放弃了面对面的沟通，连母子亲情都只通过电流表达，当儿子库诺请求多年不见的母亲瓦希去看望他时，母亲却想方设法拒绝这个"无理的要求"。瓦希是一名艺术评论家，对音乐颇有造诣，而讽刺性也恰在于此：自然总能激起艺术家的回应，即便是持二元论的哲学家们，笔下也流露出对自然的欣赏；而对自然毫不了解、毫无情感的瓦希却是个颇有人气的评论家，这是个艺术完全漠视和拒绝自然的时代。她只在电子媒介中探讨一些高深的艺术话题，居住在地下世界的人们从未看见过真正的自然，机器王禁止人们来到地面上，人们也适应了地下的机械控制环境而不愿去自然中冒险，虚拟社交使他们能够通过电视信号与其他成员交流，表面的孤独感在虚拟社交中被消解。更深层次的孤独却存在于那些先觉的反抗者中。

庸碌的人们享受着被智慧的机器王支配的乐趣，自然对他们来说意味着危险、有毒、细菌滋生，只有地下机器世界才代表着安全与舒适。当库诺来到真实的地面上，看见已被现代文明污染的自然，却仍能体会到自然万物的灵性，山水花草的清新，他的精神与宇宙精神融合在一起，因此甘愿冒险在阳光下生活。文本以寓言的方式体现出机器文化控制下人们的自然观和艺术观。福斯特只写过这一篇敌托邦小说，被汤姆·莫兰认为是此文类的开山之作，它对技术影响人类自由精神和日常生活进行了深入刻画。

如果说这个文本还只是对自然的有意忽略，而在《饥饿游戏》《无水洪灾》中，则体现出"第三自然"与"环境无意识"的深层关联。极权统治者模拟自然时注入妖魔化的倾向，以激起大众对自然的憎恶与征服之心。前一文本里，自然被极权者设置成死亡游戏的场所，典型地形是凶险的山林、荒漠，典型气候是暴雨、干旱，各种极端的自然环境和游戏规则使得游戏参与者或主动或被迫地卷入暴力和阴谋中，杀害他人以保自身，电视机前的观众通过观看血腥搏斗获得乐趣。这种对立也体现在《无水洪灾》里，罪犯被关押在一个类似死亡游戏的封闭环境里，这是个残酷的竞技场，任凭他们在此自相残杀，并通过电视直播来满足观众的暴力欲望。凌辱托比和其他女性的布兰科以其残忍和凶蛮成为死亡追捕的赢家，他在极端环境里的极端性格如同调味剂，给文本增添不少惊悚效果，他对托比穷追不舍定要除之而后快推动了托比这条线索向前发展。

电视画面中的布兰科是邪恶人性的代表，封闭着的森林被打上了鲜明意识形态的特征：凶险的自然环境中，人类必须毫无怜悯之心才能征服自然，打败他人成为赢家。"痛弹"游戏（painball，这个词语根据paintball 而来，是指颜料弹，中弹后身上的鲜艳色彩会使得中弹者成为对方或猛兽的靶子，这里又一次体现出玛格丽特创造新词的才能）正是统治者设计的一个暴力娱乐节目，其意在渲染人性的暴虐，而森林在此成为帮凶。这个游戏是对重罪犯人，包括政治犯的惩罚，他们要么选择被直接用喷枪（spraygun）杀死，要么参与到这个罪犯之间的死亡追捕中。摄像机隐藏在树丛里，观众从电视屏幕上能看到故意挂在树上的死者残骸，在饥饿时，或想炫耀自己的残忍时，他们会吃掉这些残体。对这个死亡游戏上瘾的人，即便游戏结束了，也不愿走出林子，他们还渴望着下一次杀戮。正如叙述者托比所说："你不只是越过了界线，而且根本忘了还有界线。你会为所欲为。"这个界线指的是基本的为人的道德底线，失去了这条底线，人类沦落为恶魔的化身。在这个沦落的过程中，森林成为催化剂，它是藏污纳垢之处，阴险暧昧，正如托比所说："里面躲着器官猪，狮羊，还有痛弹犯人。"[1] 这是与《丑人》中截然不同的森林想象，《丑人》中的森林充满了美感与自由，这种不同想象背后隐藏着敌托邦社会对自然的控制策略：要么将其贬抑，异化，要么将其完全隔离，成为禁区，只有突破封锁，才能见识到自然的真实面目。

---

[1]　Margaret Atwood, *The Year of Flood*, Toronto: McClelland & Stewart Ltd., 2009, p. 366.

在生存游戏或更确切地说死亡游戏中，理想化的自然被模拟的第三自然代替，主要展现其凶险粗暴的多重特征。在这个人类仿造的嗜血暴君前，参与这个生死游戏的选手中不了解他的，会被无情地淘汰；完全顺从于他而不知变通的，同样也没有幸存的机会，他只有一个唯一的征服者。第三自然被赋予强烈的意识形态特征，作为被建构的自然，是统治阶级将其价值观念通过媒体灌输入大众头脑的体现。

二 药品敌托邦中自然生命价值的丧失

第三自然是被扭曲、妖魔化的自然，而在药品敌托邦中，焦点对准了技术极权中异化的城市环境与人类，自然的范畴也从各种原型的自然转化为城市中的有机体生物及人工景观。药品敌托邦可追溯到《美丽新世界》中人们享用的索麻，人们在城市中的空虚生活被极权政府提供的麻醉药品所填充。其他不少文本里，药品成为满足医药公司的金钱欲望的工具，通过提供毒性药品，又高价提供解药，把大众的身体健康当作赚钱的机器，人类的生命价值在药品的威力面前不堪一击。凝聚高科技的现代药品通过幻觉和快感给人们提供身体和精神的满足，其实质是生物政治在现代社会的一个权力阴谋。

生物政治以生物的手段来操控人类的数量和发展。当地球上人口数量剧增，资源已远远不够时，将生物手段融入政治中，来有计划地消灭某些群体。《羚羊与秧鸡》中雷吉文大院里生产的"喜福多"药片就是生物政治的外化表现。这种药片打着"造福人类"的幌子，实际是末世灾难之源。书中的这种药品正好暗合了柏拉图对药物的阐述：药物（medicine）指的是一种功能不够明确，既是治疗药物又是毒药的药物或春药。公司生产这种药片的直接目的是获取利润，间接目的是在人们不知情的情况下，用纵欲狂欢来自动降低人口水平，实现其生物政治的最终目标。在此，公司代替国家起着全方位调控作用。秧鸡之类的科学家的想法就是：当人类的资源出现严重匮乏之前，在饥荒和旱灾吞噬整个星球之前，利用这种药片，让供给超过需求，使人类有机会寻找到出路。这种伪善的宣称遮盖不住事实的真相，他们只是企图为自己开辟出生存的空间，参与实践的都是穷国的志愿者。最终，这种药品的后果超出了科学家的控制，在全世界引起了一场瘟疫，消灭了整个人类。这其实是不规则的现代权力被滥用的结果。正如福柯所说：现代权力滥用的现象越来越严重，滥用权力的方式越来越狡猾。

无政府主义的时代，统治者最有力的思想武器是人们对"快乐原则"的信奉，作为末世人们的最高原则，它的核心之一是放纵的性欲，通过药品增强性欲，造成了扩大自由的假象，其实质是加强了统治。"人类能动性和被动性的整个向度都正在失去爱欲的特征。"[1] 马尔库塞将性欲与爱欲区分开来，将自然环境与建构环境对于爱欲与俗化的性欲对立起来，"弗洛伊德没有把爱欲等同于性欲，而是将性欲看作爱欲向温柔和爱慕的自我升华"，因此他并不认为人的解放就是人的性欲的毫无限制的满足。[2] 现代资本主义是压抑爱欲的社会，如同敌托邦文本中的描写，无政府主义盛行的杂市中性自由泛滥，但这种性自由成为意识形态的一部分，被用来为统治阶级的政治利益和经济利益服务，在性的满足中加深人们的异化状态，这种满足是空虚的快乐，是末世享乐主义的表征，性不再是反抗统治阶级的工具；后者由此把人们的需要和欲望纳入统治中。性欲成为隐秘的统治目标，而药品就是实现其目标的具体手段。

在另一些文本中，描述了当自然被忽略、被破坏之时，人们的身体和精神也趋于衰退，形成对药品的过度依赖。《美丽新世界》中的索麻实际是精神毒品，麻醉着大众对自由，对自我的渴望，在幻觉中他们停止对现状的思考，失去了怀疑能力和批判能力，在毒品激起的幻象中麻痹自己的思想。在生物暴政时代，人类生命价值成了医药垄断公司的利益筹码，人本身成了"保护健康"幌子下的实验品，致命的超级细菌伪装成良药进入了千家万户。默斯塔法·芒德认为："上帝不能兼容机械和普适性的快乐。你必须做出选择。我们的文明已经选择了机械、药品和快乐。"[3]《无水洪灾》这个书名就有丰富的寓意，即象征《圣经》中摧毁一切生物的灾难，但又并不等同于诺亚从中幸免的那场洪灾，这

---

[1] [德] 赫伯特·马尔库塞：《单向度的人》，刘继译，上海世纪出版集团2008年版，第60页。

[2] [德] 赫伯特·马尔库塞：《爱欲与文明》，黄勇、薛民译，上海世纪出版集团2008年版，第186页。

[3] John Hickman, "When Science Fiction Writers Used Fictional Drugs: Rise and Fall of the Twentieth-century Drug Dystopia", *Utopian Studies*. Winter 2009, p. 141.

次席卷全球的灾难是由药品引发,利欲熏心的未来人类为了获得最大化的利润而制造出病菌再制造出解药来出售,但当病毒与细菌的变异已非科学家能控制时,大多数患者的身体便被细菌溶解,永久消失在地球上。从轻微的地方性传染到全球性爆发,短短几天内世界上就留下了许多空城。药品催化出让人战栗的噩梦,它毁灭着人们的身体和灵魂,整部文本是生物暴政将人类带入绝境的预言。

《丑人》中同样涉及药品敌托邦,极权政府对大众运用隐秘的生物权力,施行大脑手术,提供麻醉药品,将大众思想简化成一种思维模式,在只追求身体快乐的同时,抹杀自我意识。这种快乐原则以失去独立思考能力为代价,在药品与手术的作用下,人们只懂得欣赏单一的美,对自然只有恐惧、厌恶,在封闭的城市空间中满足于科技非人格化的模式。对他们来说,快乐不是生活目的,不是他们选择的目标,而是让快乐适应于给定的生活模式。如同爱默生所说,他们完全生活在理解的水平。无法真正行使意志,大脑宛如镜子,只能反映外部世界,满足于处理现实的事情。① 而这个外部世界只是一个封闭的、与自然隔离的城市空间,因此他们只能沉淀出一种厌恶自然的无意识。正如布伊尔提出的术语"环境无意识",人对自己包含于作为一种个人和社会存在条件的环境之中这一情况具有必然不完全的认识,它既意味着向一种更完全意识发展的潜力,也意味着对这种潜力的限制。② 在这些虚构文本中,环境无意识走向了潜力被完全限制的一面,对环境——自然环境与建构环境——的认知如同其他感知力一样,被异化的现实遮蔽,而且不是个体现象,是整个集体的环境无意识,极权政府是培养这种环境无意识的土壤,归根结底,这种集体性的无意识是权力机构的运作结果。

三 基因敌托邦对生态伦理的挑战

生态批评与文学批评伦理学的一个重要区别是"前者(生态批评家)着眼于整个人类的环境道德,后者(文学批评伦理学)则更关注

---

① [美] 利奥·马克斯:《花园中的机器》,马海良、雷月梅译,北京大学出版社2011年版,第181页。
② [美] 劳伦斯·布伊尔:《环境批评的未来:环境危机与文学想象》,刘蓓译,北京大学出版社2010年版,第156页。

批评家自身的伦理道德。"① 本节主要从生态批评的视角切入，不涉及批评家自身伦理道德。伦理探讨人与他人、人与社会的关系，而生态伦理是关于人与自然，人与非人类生命体的关系，它与现代生物技术的崛起有着密切的内在联系。生物技术在 21 世纪的突出表现是基因工程的迅猛发展。基因工程是指基因的重组，其实质是在生物体之间转移遗传信息，目的在于使生物体发生性状的改变，并遗传给后代，给人类提供需要的动植物品种。其中，既有动物或植物之间的基因转移，也有人与动物之间的基因转移，尤其后者在传统伦理观中是灰色地带，带有人类基因的动物器官移植入人类身体，人类的自然属性和思维属性都必然发生改变，"人是什么"的问题就出现了新的答案。如果基因工程缺乏必要的法律监督和伦理约束，就很可能会将人类引入工具理性的歧途，严重破坏、甚至毁灭人类的文明。

在敌托邦文学中，末世的人类为了功利目的，任意改造自然，组合新的基因及生命形式，毫无对其他生命体的基本尊重，甚至对人类自身也是如此，生物技术公司妄图通过药品和基因工程来控制世界，实现其生物暴政。基因敌托邦的普遍主题就是掌握基因嫁接技术的科学家们为了利润最大化或是为了满足自己的权力欲而将各种生命形式任意结合，制造出违背自然规则的怪异物种，破坏了自然本身的平衡，构成生态伦理意义上恶的一端。"按其自身结构和功能自然地生长和发展，促进其发展便是善，否则便是恶。"② 人类对自然界的加工没有引起自然界的繁荣，反而引起了它的衰败与报复。它破坏了自然界本身的物种稳定，人为更改存在的链条，导致各序列的失衡。基因污染的恶果将人类带入困境，而敌托邦文本中有关基因工程的想象往往以科学话语的形式呈现出来。

玛格丽特·阿特伍德的科学话语在《羚羊与秧鸡》中体现得较为典型，其中提到了各种任意的基因组合，既有事实基础上与科学研究相一致，如对器官猪的大量描写。科学已经证明，猪与人的器官构造最为相似，基因也较为接近，猪的成长周期也较快，因而它成为最重要的器官

---

① 王宁：《文学的环境伦理学：生态批评的意义》，《外国文学研究》2005 年第 1 期。
② 曹孟勤：《人性与自然——生态伦理哲学基础反思》，南京师范大学出版社 2006 年版，第 243 页。

移植对象，在良种转基因宿主猪体内培植各种安全可靠的人体组织器官——一种快速成熟基因被拼接进器官猪体内……一只器官猪一次可长出五六只肾……但当全球环境恶化，肉类供应不够时，这些器官猪也成为人类餐桌上的美食，但吉米不想吃与他自己很相像的生物，哪怕只有一部分相像。① 这就涉及一个伦理问题：当人体内安装上了猪心，那他还算人吗？正如国际基因会大会主席海因斯宣称的：我们都是生物机器，和其他机器一样，可以复制，改变，或叫申请专利。② 那么，被复制和改变了人体器官的人类又在什么程度上改变了思维属性和自然属性？文本虚构的突破伦理界限的基因工程更尖锐化了这个伦理问题。除了以现实科学为基础的基因工程描写，也有纯属想象的基因工程，如浣鼬等。其中较为奇特的是鸡肉球，是一个像大皮球一样的物件，上面似乎覆了一层有许多小点的黄白色皮肤，里面伸出二十根肉质粗管，每根管子的末端各有一个球状物在生长。它们是鸡的各个部分，"一个上面只长胸脯，还有专门长鸡腿肉的，一个生长单位长十二份，头在中间，嘴巴开在最上面，营养饲料从这里倒进去，没有眼睛，喙什么的，不需要，而那些鼓吹动物福利的疯子对此无话可说，因为这东西感觉不到痛苦"。③ 夸张的想象以科学话语表达出来，蕴含作家对动物权利论的思索：动物关怀伦理的出发点是动物也能感受到快乐和痛苦，而当动物失去这种感受力，也就不成为伦理关怀的对象了。这也为基因科学家的恣意实验制造了理由。

《无水洪灾》进一步延续了《羚羊与秧鸡》的基因工程想象，一些顶级科学家组成了"疯癫亚当"，为了抵抗公司的极权统治，利用生物技术拼凑出不同的生物形式，再将它们释放出来，如同定时炸弹一样的这些微生物能够吃掉沥青，基因嫁接的老鼠能够攻击汽车。科学家们本来以为当基础设施被破坏后，地球可以自我修复，但事态的发展已经超出了他们的控制，这些基因生物陷入混乱，经过基因嫁接的它们没有天敌，具有更强的生命力，它们的大量繁殖打破了自然界的生态平衡。导

---

① Margaret Atwood, *Oryx and Crake*, Toronto: McClelland & Stewart Ltd., 2003, p.26.
② 阎华飞：《基因工程中的伦理道德探析》，《武汉科技大学学报》2001年第3卷第4期。
③ [加拿大] 玛格丽特·阿特伍德：《羚羊与秧鸡》，韦清琦、袁霞译，译林出版社2004年版，第210页。

致了超级细菌的肆虐和大灾难的发生。这是对末世生存境况的反讽：对公司极权的抵抗造就了另一种生物极权。与此相对，具有生态良知、但并非"上帝的园丁"这个宗教组织中虔诚信徒的托比表达出对非人类生命物的怜悯。"（她在花园里）摘了些芹菜，弹掉上面的绿色甲虫，一脚踩上去。然后，觉得内疚，她又给它们做了个指甲盖大的坟地，为它们祷告灵魂自由，祈求原谅。即使没人看着她，这习惯也很难改掉。"①

之后她把蜗牛和鼻涕虫小心地转移到其他地方，把长着人脸、本制造出来消灭昆虫结果却吃掉蔬菜的基因生物扔过篱笆而不是踩踏上去，虽然明知它们还会回来吃掉蔬菜。它们都是上帝的造物，亚当一号说过没有公正理由绝不杀生，虽然托比并非虔诚信徒，可是这个组织潜意识的影响已经使她的思想接受了生态精神的洗礼，将自然界与人类的生命价值融为一体。

《迟暮鸟语》中的未来社会基因工程高度发达，从转基因动植物发展到了转基因人类，这些"人类"组成了一个极权制社群，突出了生态灾难后基因工程与极权统治的政治想象。灾难后的社会中，人类已无法自然生殖，只能通过无性繁殖的基因工程来实现延续，而基因人组成的社会是一个以同性恋为常规性模式的社会，长相一模一样的兄弟姐妹组成一个同性恋群体，个体的自我意识已完全被集体意识所代替，规范化、律令化的生活填塞了基因人的想象空间。由于他们自身便是技术的产物，他们潜心钻研的就是通过技术繁殖自身，维持这个基因人部落的各方面平衡。对他们来说，技术改造是最高目标，而有性繁殖的"自然人"则沦为了奴隶，处在部落的最底层。对技术的狂热以对自然的忽略为代价，他们对自然缺乏感知，畏惧厌恶，毫无挖掘自然内在价值的意图，不能适应自然变化。与自然的敌对态度，加速了这个部落的生存危机。只有基因人凯莉生下的自然人马克在森林中如鱼得水，渴望了解自然界的奥秘，熟悉周围的河流、夜空的星辰，这种对比的寓意勾勒出作者对基因工程的态度。

《丑人》则涉及对转基因植物的文学想象。白色的花经过了转基因

---

① Margaret Atwood, *The Year of Flood*, Toronto: McClelland & Stewart Ltd., 2009, p. 16.

嫁接，没有天敌的制约，在自然界的竞争中占有绝对优势，吞噬了地面上的其他植物，蔓延成一片花的海洋。视觉的满足以自然的多样性被破坏为代价，打乱了自然的内在秩序，损害了本身生态系统的完整。

当然，基因工程不能一面倒地反对。应辩证地看待这个科学现象，如果是出于纯粹利润的目的去改变物种基因，破坏自然的内在序列，缺乏法律与伦理的束缚，那就意味着技术沦落为暴政的刽子手，必将给人类带来不可逆的伤害。

四 机器敌托邦：人机关系中被抽空的自然

机器在敌托邦小说中总是作为一种与自然对立的意象存在，与绿色景观形成巨大的反作用力。机器敌托邦可追溯到第一部现代敌托邦作品《机器停转》，福斯特在这部作品中描述了机械化时代中人类的麻木与无知的快乐，被过度满足的需要将人类引入机器王的控制陷阱中。机器操纵着人类的各个方面，从衣食住行到舆论和娱乐，无所不在的人机关系将自然排斥在生活之外，成为一个被抽空的幻影。不少评论注重从意识形态角度对此文本展开批评。

机器敌托邦是对发达工业社会的写照。马尔库塞指出，在发达工业社会中"生产装备趋向于变成极权性的，它不仅决定着社会需要的职业、技能和态度，而且还决定着个人的需要和愿望……技术成了社会控制和社会团结的新的、更有效的、更令人愉快的形式"。[①] 机器与技术不仅是一种促进生产的手段，还成为塑造社会与个人需要的形式，它不再是个中立性的传统概念，而成为统治系统的一个有机部分（在技术参与统治的时代），"对自然的实验，改造和组织都仅仅作为统治的材料。……技术的合理性已经变成政治的合理性"。[②] 如果说马尔库塞的笔下，技术还起着媒介作用，将文化、政治、经济都并入了一种无所不在的制度中，吞没其他历史替代性选择，而在福斯特的想象中，机器与技术本身就被设成了最高统治的象征。在这个机器王国里，人们异化的劳动是爱欲无法进入劳动领域的阻碍，因为它不能使人们获得快乐。或

[①] [美] 赫伯特·马尔库塞：《单向度的人》，刘继译，上海世纪出版集团2010年版，第6页。

[②] 同上。

者说，获得行使自由意志的快乐。机器王主宰着人类的身体和精神，人类成为机器强权下面的弱者，公众健康状况退化，机器王强有力的思维功能和控制功能监督着人类成为它顺服的臣民。不少敌托邦文本的共通点是在这些技术极权社会中，自杀行为合法，人们还随意杀害看不顺眼的人，没人能集中精神看完一本书。这是一个病态社会的常见症候。

《机器停转》是对机械技术的批判，福斯特运用了混合着神经，心理和公众健康的科学话语来使读者产生共鸣。机器敌托邦里的人类与强权的机器王形成鲜明对照，臣民们身体极度虚弱，因为技术已经代替了所有的体力劳动，他们也与自然完全隔离。身体功能退化成婴儿状态，他们有什么需要时只用按一下机器按键即可，文本中的母亲瓦希便被形容为一堆肉，脸色白得像蘑菇，没有头发和牙齿，走路时歪歪扭扭，而房间里充斥着的超量信息暗指对神经系统的损害，这个庞大的信息网络是对生存空间的挤压，居民无法认清生存空间的结构和方向，迷失在这个充斥幻影和模拟的空间里，由巨机器控制的超空间比实际存在的空间还要真实，自然成为一种有害的想象，她的价值被强权的机器抽空。福斯特认为在工业城市的现存状况对于城市居民及其后代都极为有害，因为居民们长期暴露在有害的环境中，削弱了生命力，呼吸着包含有机废物的气体，吃着干涩、肮脏的食物。有毒环境与无营养的人造食物是敌托邦小说中常见的描写。而机器对人的控制更常见于赛博朋克小说中，主要涉及电脑网络对人思想和生活的支配，如有关计算机伦理的《神经漫游者》。

这些不同形式的敌托邦往往互相交叉，指向多重的批判维度，既有对技术暴政的抨击，也有对宗教极权的谴责，还有对无政府主义的讽刺，但不同政治形态中的异化空间里，自然总是走向两端，要么是孤立一隅、处于原生状态的飞地，要么是被人为干预、被生物学毒物污染后伤痕累累、无法修复的畸形自然，作为中间地带——被人类精心看护、茁壮繁茂的山林河谷总是在敌托邦文本中缺席。除此之外，这些文本中的城市环境的典型样态是"棕色地带"，这是一个环境分析学家在20世纪90年代创造的一个术语，表示（尤其在内城贫民区）受到毒物污染、威胁健康并需整治的地点，与富裕的城市近郊和远郊"绿色地带"相对。同时也可用于广义地指代因人类活动而退化的景观。[①] 此处是对这个术语的广义的使用，指因人类活动而被破坏的环境。对棕色地带的想象和反思，揭示出隐含作者对天地神人共在的诗意栖居的向往，对人与环境和谐共处的本真状态的追寻，是"我"与"你"的无声对话。

第二节　"我"与"你"：诗意栖居的美学

　　敌托邦文本的环境想象都蕴含一个旨归，人类要想在地球上长久繁衍下去，要想与地球母亲达成和解，就必须诗意地栖居在这个星球上，在运用高科技提升生活质量的同时，又要保持人类童年时期的纯净灵魂。敌托邦文本并非一味地排斥科学技术，只是质疑它在极权统治下的使用目的和唯科学主义对人们思想的侵蚀。科学也并非与诗意栖居相对立，在尊重自然内在价值、顺应自然这个有机体的循环往复规律、节约自然资源的前提下，科学与在城市中诗意栖居同样可以并行不悖，乃至互相交融。

　　诗意栖居不仅是一种生存方式，也是一种反思态度，一种精神追寻。海德格尔早已提出现代世界的危机是现代人忽略了自己诗意的生存根基，不再进入与天地神的关联之中，他被作为 Gestell（集置）的力量所鼓动，自以为是主宰者，于是，天地间并无任何强制"中心"的本原被掩盖起来了，他促逼着自然，在解蔽的意义上摆置着自然，它逼迫着人将自然当作一个研究对象来掌握。敌托邦作者关心的是同样的问题，他们笔下描述的未来社会正是将人与神、人与他人、人与自然、城市与自然对立起来，将可带来最大化利润的技术提升奉为圭臬，导致了传统社会价值观念的沦丧，从而构成了一幅黑暗的敌托邦场景。

　　弗洛伊德的心理学术语也可被用来表达诗意栖居的核心观念——人与环境的和谐。"过去，人们几乎像看待自己身体延伸而成的地域那样在能使个人获得愉快的环境面前心驰神往。今天，这样的环境已急剧减少。接踵而至的，便是力比多的亢奋'领域'也相应减少。其实际效

---

① ［美］劳伦斯·布伊尔：《环境批评的未来：环境危机与文学想象》，刘蓓译，北京大学出版社 2010 年版，第 148 页。

果就是力比多受到限制和约束、爱欲向性经验和性满足方向退化。"[1] 机械化的环境阻止力比多自我超越，狭隘的性行为则得到加强，性自由所带来的俗化的快乐压抑了升华，这种快乐是那个社会的重要组成部分，不再具有否定性。马尔库塞注意到环境对力比多的升华或超越的影响，在他看来，自然、不受现代资本主义文明污染的环境促进爱欲本能，具有审美自由，他举的例子简单直接：恋人在郊外漫步和在曼哈顿大街上漫步是体验爱欲和性欲的不同过程。解放本能，意味着人与自然将通过其固有的力比多力量的释放，而不是通过统治与剥削得到实现。[2] 爱欲使人与自然达成和解，而非现代社会中统治与被统治的身份。他笔下，自然与受文明污染的城市环境相对立，前者是积极的力量，能够扭转进步的方向，对西方现代社会有破坏性意义，"他把弗洛伊德关于在现代文明中爱欲受压抑的观点与马克思关于劳动被异化的观点相结合，发起了对资本主义社会的总批判。人的本质要求解放，可是在现代资本主义社会中，它却受到压抑"[3]。马尔库塞将心理学概念进一步发展成政治概念，并蕴含了社会学和哲学意义。詹姆逊也提出类似观点："某种个人的或前个人的弗洛伊德的性本能通过一种社会欲望领域而得到扩大和完善……"[4] 自然能够使人们的爱欲本能释放出来，处于精神升华的状态。与自然和社会和谐共存的生活方式是诗意栖居，它并非要归隐自然才能实现，在合自然目的性、充分观察自然进而表达自然、能够呈现自然的内在价值和灵性的建构环境里，同样可能体验到这种生活方式。这就是诗意栖居在城市生活中的形态。

　　海德格尔心目中的诗意栖居是适应自然、融入自然的存在方式，马尔库塞的诗意栖居蕴含着环境对力必多的升华，因而促进爱欲的自由释放，他们所指的环境主要是指未受现代文明污染的自然。而当代人更为关注的现实问题是如何在城市里诗意地栖居，这里的栖居总是以人为建构为先决条件，这就预设了人在环境中的能动性，表现为在某个特定地

---

[1] [美] 赫伯特·马尔库塞：《单向度的人》，刘继译，上海世纪出版集团2010年版，第60页。

[2] [美] 赫伯特·马尔库塞：《爱欲与文明》，黄勇、薛民译，上海世纪出版集团2010年版，第187页。

[3] 同上书，第8页。

[4] 弗·詹姆逊语，转引自王逢振《反乌托邦与后现代》，《南方文坛》1997年第3期。

方人们对自然的模仿或是改造。这种模仿或改造不是单纯的个人建造，而是体现出自然和文化的影响。"地方的循环围绕把自然和文化维系在一起"，三者互为补充，因自身调节和人为干预而变化的自然，结合历史沉淀与时代精神的文化，共同构筑出一个现实的地方，它将人们容纳在乡村与城市的范围中。敌托邦文本中，自然在城市里的赝品是伪生态景观，这种城市往往是人们无法定位自身的超空间，是环境否定美学的体现，人们的存在方式与诗意栖居相去甚远。

一 诗意栖居与环境想象中的伪生态景观

诗意栖居是一种和谐地与自然共处的生活方式，但它并非是指只有在荒野型的自然中人才能体验到心灵的自由和精神的纯净，如果人们怀着热爱自然、尊重自然之心去追寻自然的精神价值，在现代城市里也可以构建出这种与自然共融的环境，建构日常生活世界中自我生存的家园。布伊尔指出，只关注自然的环境，把自然写作看作是最有代表性的环境文类，是较为狭隘的。在环境批评的进程中，文学与环境研究必须发展一种"社会性生态批评"，像对待自然的景观那样认真地对待城市的和退化的景观。[1] 敌托邦文本中的城市往往就折射出一种退化的景观，它是诗意栖居的对立面，缺乏家园感的建筑与街道是单向度的人们活动的地方，自然要么被隔离，淹没在灰色的视野中，要么被过度改造，抹去其本性，成为伪生态景观。

城市中家园的式样被界定为"生态景观"，它是对文明/自然、理性/人文之间冲突的调解，是对喧嚣时代的人们渴望回归自然的解答。在城市中栖息的人们，如何才能感受自然，进入天地神人的循环之中，是生态景观的重要命题之一。在新的潮流驱动下，城市伪生态化景观也随之而生。伪生态景观，是现代性规制下的生态假象，但它剥夺了自然的有机功能和审美观感，体现人为目的性的强势霸权，是对自然本性的僭越。人的能动性超越界限，沉溺于纯人性化的生活世界中，不去限制

---

[1] Michale Bennett, *From Wide Open Spaces to Metropolitan Places*: *The Urban Chalenge to Ecocriticism*, ISLE, 8 winter. 转引自 [美] 劳伦斯·布伊尔《环境批评的未来：环境危机与文学想象》，刘蓓译，北京大学出版社 2010 年版，第 25 页。

自我，不能认识到自我行动中具有破坏性的一面。① 这里笔者要指出的是，不仅是城市，还包括人们的其他聚居地，只要这个场所经历了人们有意识地改造自然的活动，而且这种人类活动不依循自然的本性，不体现自然的有机功能和内在价值，都可能造成伪生态景观的泛滥，与自然精神背道而驰。

伪生态景观的缔造者没有意识到"人与环境是相通的，不能将二者分割开来，不是反思、分析、判断的实体对象，是人们生活和感受的经验场所，是人们获取城市经验的有机语境"。② 这里，我们把城市改为地方，逻辑仍然成立，地方是人们获取地方经验的有机语境，人与地方并非主体与客体的关系，是相互包容、相互适应的关系。

《羚羊与秧鸡》生动地描绘了一幅未来社会精英分子聚居区的伪生态景观。作家阿特伍德一贯对这种与自然空间对立的人造社会公共空间持批判的态度，她笔下的未来世界分为肮脏的杂市（典型的棕色地带）与整洁的大院。被高高的围墙隔离出来的大院是一个表面洁净的封闭空间，树木修剪整齐，所有的一切自成体系，生活流程万无一失。这是个看似完美的空间，吉米母亲却冷静地指出：这一切都是人造的，只是个主题公园而已。③ 同《使女的故事》中大主教们的堡垒相似，大院被围墙、坚固的大门和探照灯保护着。

这个科技至上论泛滥的空间承载着隐秘的欲望信息。朴素的自然已被各种各样的精美人工制品取代，主题公园式的精致景观却使得人们失去了家园意识，对纯粹视觉效应的追求却有悖于自然本身的有机功能，同时还需付出高额的维护费用，这也与自然本身的生态效应相对立。大院里的"自然"景观只是一种伪生态景观。在这样过于理性化的场所中，人工雕琢压倒了对"顺应自然"的追求，结合敌托邦文本中描写的视觉图像时代和虚拟技术时代，人们片面追求直接的视觉享受，消解了自然的内在价值。大院作为一个封闭的环境，标准化的建筑群，忽略

---

① 王强：《城市生态景观伪生态化的哲学反思》，《自然辩证法》2010 年第 26 卷第 11 期。
② 陈后亮：《城市环境的人本之思——试论伯林特的城市美学观》，《广西师范大学学报》2010 年第 2 期。
③ ［加拿大］玛格丽特·阿特伍德：《羚羊与秧鸡》，韦清琦、袁霞译，译林出版社 2004 年版，第 29 页。

了个性特征，缺乏本地氛围和历史关联，因而深化了居民的冷漠心理。小说中精英们居住着的大院完全按人的理性尺度来设计，却丧失了自然本身的有机功能和内在价值，体现了人为的强势霸权。如果说"城市的所有细节被人们感知，城市的生活环境决定了人们可能产生的行为方式和思考方式"，① 这种纯粹理性算计下的环境设计给居民带来的是压抑和冷漠，加重了理性对人文的凌驾，仍是不成功的居住模式。

而培养未来科学家的沃特森·克里克学院则是伪生态景观的极致：门口放置的吉祥物羊蛛是首批基因拼接成功的产物，学院内的地面装饰植物是研究植物转基因的学生造出的既抗旱又抗涝的混合品种，其花和叶子都是艳丽明亮的铬黄、火红、亮蓝，到处点缀着巨大的假岩石，粉红色的人造蝴蝶翅膀有烙饼那么大，能飞，能交配和产卵。② 自然作为有机整体的功能被人为的机巧打乱，不合自然目的性的唯科学霸权主宰了人们的思维模式，对自然内在价值的忽略阻断了人们对于自然本身的想象，遮蔽了人们对于自然本身价值的体认，浓厚的人为痕迹也破坏了自然作为有机体的内在秩序，更刺激了人们进一步征服自然的决心。如果说作为培养科学研究人才的大学呈现如此人为景观还有其合理性，那么对那些未来的女科学家的描写就带有明显的作者意图：她们不拘小节，不修边幅，发型看起来是用厨房剪刀理出来的，T恤上印着复杂的数学等式，很少用文字，文字几乎被淹没在符号和数字的海洋中，对她们来说，世界作为可读文本，机器作为工具，"是另一种秩序的延伸，是我们语言的附加物，是数学的辅助语言，是洞察、剖析和揭示事物的秘密、隐含的意图和未用的能力的方式"。③ 她们的逻辑思维高度发达，但情感淡漠，审美迟钝，对自然缺乏敏锐感受力。作者夸大了科技精英的传统形象，她们对科学知识的狂热以丧失感情和丰富的审美感知为代价。

在光鲜的科学外衣下，隐含作者又不无讽刺地戏谑着这所高科技学

---

① 陈后亮：《城市环境的人本之思——试论伯林特的城市美学观》，《广西师范大学学报》2010年第2期。
② [加拿大] 玛格丽特·阿特伍德：《羚羊与秧鸡》，韦清琦、袁霞译，译林出版社2004年版，第206页。
③ Emmanuel Mournier, *Be Not Afraid*. 转引自吴国盛编著《技术哲学经典读本》，上海交通大学出版社2008年版，第390页。

院设计的产品，它们总是违背了设计者的初衷：自动调节干湿的假岩石在雨天会爆炸，将改造过的海藻植入浴巾中，它会在地面上肆意生长……自然的力量隐藏在层层的面纱之后，当人们自以为了解了她的真相，她会以另一层面纱覆盖自身。当科学发展违逆了自然的内在规律，当唯科学主义、唯理性主义支配了人类的大脑，最终人类和自然都会被留下不可修复的伤痕。

文本中的伪生态景观体现一种人为的强势霸权，而作品中的空间想象类似于超空间，是后现代主义的空间特质，这种空间形式与诗意栖居的生活方式不相兼容。

二 诗意栖居与断裂的超空间

诗意栖居意味着人在与环境的融合中定位自身，也定位作为"你"而非"它"的城市。人与环境的默契沉淀出亲切的家园意识，这种意识使得人在发展自身的同时，也将环境维护纳入考虑之中，这样，可持续发展的良性循环消解了人体在超空间前的无力感。所谓超空间，詹姆逊将之界定为"空间范畴终于能够成功地超越个人的能力，使人体未能在空间的布局中为其自身定位；一旦置身其中，我们便无法以感观系统组织围绕"，敌托邦的城市是一个个超空间，"人的身体和他的周遭环境之间的惊人断裂，可以视为一种比喻，一种象征，它意味着我们当前思维能力是无可作为的"。[1]

我们将此概念稍作延伸，这种断裂并非只限于身体与物理空间中，它也意指着在超空间里，人们思维停顿，自我意识模糊，与其存身的环境呈僵持状态。在异化的城市中，居民既不能识别自己的方位，也不能识别他们置身其中的总体方位。空间的意义已转移到"认知测绘"上。[2] 詹姆逊的认知测绘注重人在特定空间中对政治无意识的想象，他极为强调这个概念的政治革命意义，但它其实也基于对人与环境的思考，它有助于认识我们自己与周围环境的关系，"在特定的境况中表达那无法表达的都市结构组合的整体性"。[3] 敌托邦文本中人们的生存空

---

[1] 李世涛：《重构全球文化抵抗空间》，社会科学文献出版社2008年版，第66页。
[2] 同上书，第43页。
[3] 同上书，第68页。

间也是对人物思维方式、文化状况的隐喻性表达,读者将表面上的碎片聚合起来,搭建起环境的统一结构,就可以想象一个整体的敌托邦社会。《羚羊与秧鸡》《无水洪灾》中,要么是泥沼般的杂市,要么是戒备森严的大院,二者都让读者产生疏远感,是人们不能适应的环境,如同迷宫一样不能引发家园意识,《让开些,让开些》同样描写了人口过剩的城市中,杂乱不堪的街道与房屋,而心理科幻小说《天钩》则极富想象力地描绘出身体与环境的断裂是心理与环境断裂的表征,随着梦境不断改变的周围环境,不断加重奥尔的心理症结,拷问着他的良知,构成了未来社会的文化寓言。

　　超空间使人们失去距离感、方向感,也丧失对自己和世界的认知,思维不能对事物进行正确的判断和反映,感情也陷入停滞,与此同时,它也夸大了环境中的人为建构因素,掩盖了自然的本真状态。在超越人们认知能力的空间中,人们认识不到自己的处境,对自然、社会无法展开更广阔的想象,只能成为国家机器的听命者。这与敌托邦文本中常见的社会境况一致:整个社会的阶层流动是停滞的,固定划分的阶级在思考和行动时都带着它们特定的标签。如果说自然是一块被禁闭的飞地,那么城市如同一个密不透风的铁桶,各个阶层只能在被规定的模式内生活,不能独立思考,语言被剥夺了丰富的能指和象征,它的唯一功能就是表达工具。自《美丽新世界》《1984》以来,阶层差别在敌托邦文学传统中一直鲜明存在,敌托邦的社会往往是停滞不前的社会。《华氏451》里的蒙泰戈代表了一个阶层思想向另一个阶层思想流动的过程。《羚羊与秧鸡》里的杂市人无法定位自我,而这部文本中却不允许个人定位自我,蒙泰戈只能跟从极权者的意志,在表面井然、实则混乱的超空间里徘徊。从排斥到怀疑到接受,他对书本(象征传统文明)的态度是与他对自然的态度同步改变的,对书中知识的接受和对自然的敏感组成了一条线索的两个分支。作为职责是烧书的消防队员,他突破了他的阶级局限,他是他那个阶层的先知先觉者,对主流意识形态鼓吹的思考方式和信仰产生动摇。

　　与此相对,他的妻子让电子音像充塞了整个家庭空间,却失落了对自然的感知。这对夫妇的相反立场突出了悖论式的生存状态,在这个超空间中,人性、自然与敌托邦社会不可调和。蒙泰戈对自我、自然的全新体验应归因于属于不同阶层的克拉丽丝的思想。如同自然的化身一般出现的、精灵一样的克拉丽丝出生于被贬斥的知识阶层，她对于自然的感知和体验感染了蒙泰戈，她诗意栖居的生活方式打破了敌托邦文本中停滞不动的超空间，让自然的清新微风吹拂进这个断裂的地带。蒙泰戈作为极权统治的工具，本来对季候变化麻木不仁，但最终克拉丽丝的诗意话语，她的独立思考方式和对清新自然的感知唤起了他的个体意识和对自由的追求，促成了他对自身、社会与自然的思考，解除了超空间对思维的束缚。

三 诗意栖居的肯定美学与敌托邦城市环境的否定美学

如果说诗意栖居是一种理想的、与环境共存的生活方式，敌托邦文本中对于城市环境的想象则往往处于对立面，它们所描述的城市与人们期盼的城市环境相反，是消极意义上的审美体验，或者说是一种审丑。关于城市的审丑美学，作者各施其谋，以文字表达自己城市环境的忧思。城市环境的审美价值涉及对于城市各层面的文化建构，有表层的，如建筑群、街道及标牌等表征出的城市风格、"记忆中的地方"的熟悉度和与其他城市的形象对比之类的感知体验，也有更深层次的，如历史沉淀下来的各种传统在其表征物中的呈现和变形、当前主流意识形态在城市设计理念中的倾向性、对城市形象的人文思考、对市民间和谐关系的促进或是反向促进等。城市环境的审美价值以前被单一化地讨论，往往指涉的是肯定的一面，但这只是一种狭义的理解，正如程相占所说，城市美学也必须考虑"消极或负面的审美价值"（negative aesthetic values）：城市环境众多的负面现象都会阻碍知觉兴趣，诸如噪声污染、空气污染、刺目的标牌、管道设施、充塞着垃圾的街道，呆滞的、陈腐的而又压抑人的建筑设计，以及传统邻里关系的毁灭等。因为在许多情况下，审美价值以令人不悦、痛苦、不正当的或者破坏性的方式呈现。也就是说，在最基本的感知体验中，这种体验本身是令人讨厌的、使人悲痛的或者有害的。审美体验并非永远是良性的。[①] 这意味着，城市美学包含肯定和否定两个方面，审美并非只有单纯的积极价值，它也有消极

[①] 程相占、［美］阿诺德·伯林特：《从环境美学到城市美学》，《学术研究》2009年第5期。

的一面，它引发人们的负面情感体验，压制人们的本真自我。消极的城市美学体现人们的贪婪欲望，揭示生存困境，暴露城市中道德的沉沦。贫困地区的环境污染、人口拥挤，这正是环境正义的核心议题。它不仅引起伦理学意义上的关注，还有相伴而来的审美破坏。否定美学与肯定美学形成对立，城市对人们审美感知的凌辱，造成审美伤害。这种消极的、否定性的审美价值，融合城市的功能和伦理取向，使得后者成了享乐与消费的场所，资本家实现利益最大化的场所，也是道德衰退的场所，否定美学对现实的批判性也正体现于此。

敌托邦文本中的人工环境除了伪生态景观，就是对城市美学的否定性想象。这种想象成为文本中的重要构架，既提供了情节发展的动力，也提供了可能的结局。《羚羊与秧鸡》中的杂市充满危险，细菌、污染的空气无处不在，"尽管有消毒的交通走廊和高速子弹列车，穿越城市时总是存在危险"，"望不到尽头的肮脏街道，各色各样数不清的汽车，有的还从尾部排出烟雾，成千上万的人奔忙着，嬉笑着，吵闹着"，[①]破损的城市中人口密集，自我供给不足，可持续发展的可能性被阻断。负面的情感体验使得人们对城市丧失了家园感，自我定位模糊，更易陷入道德真空。

城市不仅是从环境意义上来说是个污水池，从道德角度上来说也是个泥潭。杂市与大院的对比清楚地勾勒出一个伦理维度，这也是环境正义的频繁话题：富人区里有洁净的空气，安静行驶的电动高尔夫球车，有优美舒适的布局，而与之相对，贫民区里的弱势群体居住在嘈杂、拥挤的环境中，破旧的街道上满是排出有毒气体的汽车。这些话语传达出作者对于环境公正的反思，而此文类作为隐喻型的启示录，其想象部分来源于对现实的伦理批判，对生态问题的反思，对狭隘人类中心主义的抨击。这样，美学与伦理结合在一起。

人口数量与环境质量有着密切关系。人为的污浊拥挤环境，侵犯人的基本尊严，损害人的感性，挑战伦理极限。敌托邦文本中对于人口暴增至危险边缘时的描述就同人口骤降时的描述一样皆有不少后继者。《让开些，让开些》就描绘出这样一幅人口过剩的场景。哈里·哈里森

[①] [加拿大] 玛格丽特·阿特伍德：《羚羊与秧鸡》，韦清琦、袁霞译，译林出版社2004年版，第66页。

于1966年出版的这部小说,想象在不远的将来——1999年人们的生活境况:世界人口失去控制激增到70亿,仅纽约市人口就上升到三千五百万,各种资源紧缺,尤其是水资源,供水基础设施破败不堪,温室效应使得整座城市闷热潮湿,如同刚洒过水的铁蒸笼。隐含作者借人物索尔之口表达了他的观念:人口控制才是人类最后的获救希望,不断增长的人口数量必然会导致人类的毁灭。人口控制与可持续发展有其因果关联,这也是这部小说的主题之一,因此零人口增长运动的创建者保尔·艾里奇为此书平装版作序。文本的社会背景是60年代和70年代的纽约,是对当时可感知的社会潮流的推演。如果任由人口数量发展下去,环境必被破坏,人类也将面临生死抉择。但对人口的控制又涉及一系列复杂问题:例如如何避免控制人口时出现的种族歧视,以及与基本人权的冲突等。

环境破坏加剧人们的异化状态,为了幸存,在这个日趋败落的城市中,市民们不得不抓住任何机会,即使代价是伤害他人,剥夺他人的生存权利。由于能源短缺,许多机械运输方式已被人力所代替,贫穷的市民居住在从前停车场上早已废弃的汽车[①]里,在2008年版的后记中,哈里森聚焦于未来社会可持续能源的短缺,其实他在1966年本书初版时就早已忧虑于能源问题了。在现已静默无声的地铁站,更贫穷的市民居住于此,靠政府救济过活。大量的农场被化学品污染,城市被灰尘所淹没,政府不能够供应基本的食物和水,连配给制也无法继续实施,人们不断示威,抗议。整部文本采用荒凉、疏远的笔调,如同路人的观点一般客观可信,传达出他对当权者的不信任。这些画面都是对否定美学的展示。

诗意栖居作为一种理想的生活方式,与敌托邦社会的各种生活方式截然对立,它是对人性、神性的倡扬,对自然精神和内在价值的肯定,对天地神人和谐共存的表达,也是对被现代技术奴役的生活状态的反思和批判。

---

① 哈里森在本书中自创新词,tugtrucks,幽默传神。

第三节 人性与神性中的自然精神

与环境相关的文学想象，往往是对于人性、自然与神性之间的关系的想象。人类应当对宇宙万物保持敬畏之心，感激自然的慷慨馈赠，敬畏自然万物中沉潜着的神性价值。"这里的神性类似于宗教意义上的终极关怀的表达，而非人格神、自然神。神性的存在并非指严格的宗教意义的皈依，而是宗教世俗化（如禅宗）的信仰化生存，是海德格尔所说的天、地、人、神的四方游戏。"[①] 它既是文本中体现的伦理道德/反伦理道德的思想坐标，也体现审美的内蕴。神性的缺失与人性的迷失往往有着内在联系，缺乏精神信仰的人，忽略精神价值，少于反思自身，容易落入利己与自满的泥沼，困于欲望的陷阱。

从西方文化传统来看，不少学者认为引领西方民众精神的宗教——基督教对于环境危机有不可推卸的责任，它的人类中心主义思维方式是导致危机的根源。尤其是许多深层生态学家，他们对于西方传统宗教和哲学进行了反思批判。历史学家怀特是对基督教进行生态批判的先锋之一。早在20世纪60年代他就发起了一场关于基督教应为现代生态危机负责的抗议。1967年，怀特在美国的《科学》杂志上发表了一篇《我们生态危机的历史根源》的论文。在这篇后来引发巨大反响的论文中，怀特将生态危机的历史根源归之于犹太—基督教的"创造"教义。而生态神学在对人与自然关系反思的基础上，提出了建构新型人与自然关系的生态理念、生态原则和生态思维，它们是基督教生态神学对生态学的理论和实践提供的重要精神资源和价值理念。[②] 此外，另一分支从过程神学的角度来探讨基督教中的生态价值观。它与创造神学表现出某些共性，但也体现出不少差异。过程神学的基本信念是"变化中的宇宙整体观"，认为宇宙既是一个完美和谐的整体，那个整体又是鲜活的、流动的、始终处于一个变动不居的过程中。位于过程神学网络中心的角色依然是上帝，但他不同于传统神学中的造物主，而是"在万物内既能保

[①] 李松：《生态批评的身体美学视角》，《中南民族大学学报》2010年第2期。
[②] 梁卫霞：《生态神学：对人与自然关系的反思和重构》，《学术月刊》2010年第6期。

持万物的独特性，又能使之朝着组合和整体方向运动的那种因素"。[①]
上帝在宇宙之中，宇宙是上帝的一部分；由此，上帝的信徒必须持守一种灵性的生态伦理观，以圣洁的情感善待自然万物，既认同其各个成员的生命价值，又珍视宇宙本体的整体统一性。其中，莫尔特曼的思想尤为称道。他认为，导致生态危机的原因是多方面的，是综合性的；生态危机既是技术和工具的危机，也是道德和宗教的危机；其恶果不但是人类物质家园的毁灭，还是其精神家园的丧失。[②]

文学作品中对于生态与宗教、生态与信仰化生存之关系的探讨并不鲜见。一方面，敌托邦文本正是对现代人上帝观念的扭曲和缺失与环境危机之间的联系进行了文学想象，想象在无神无信仰的时代，当人们失去了对自然的看护和关爱，人性神性也到了濒危的边缘，处于共在被遮蔽的状态中，如《使女的故事》《羚羊与秧鸡》；另一方面，质疑生态神学的某些过激主张，以反讽的形式来探讨其伦理观的实践价值，如《无水洪灾》。

一 自然与神性的缺席和异化

基督教作为西方宗教的重要派别，它对于世界及人类的起源和终结、各种纲常伦理等进行了独特的阐释。它和其他传统宗教一样，其核心是信仰和崇拜。"他们通常认为存在一个或多个神，在一种被外在的超自然力量所创造和控制的宏伟计划中，它们通过分配我们的角色从而给我们生活以意义。我们的职责是服从和赞美这些力量的存在。"[③] 而在不少敌托邦小说中，宗教已被弃之不顾，信仰与崇拜已沦为了过时的名词。人们只关心现时的物质享受，把精神的渴望和彼岸的幸福置之脑后。无政府主义的未来社会已没有宗教的立足之地，要么宗教就成为一种极权的统治形式，自然也在人们的头脑中失去其灵性和内在价值，与城市环境一样同被异化，或被隔离。

有些敌托邦文本涉及对基督教与环境之间关系的直接描述，如《羚

[①] 段琦：《当代西方社会与教会》，转引自梁工《生态神学与生态文学的互文性》，《解放军外国语学院学报》2010年第4期。

[②] 梁工：《生态神学与生态文学的互文性》，《解放军外国语学院学报》2010年第4期。

[③] 曹荣湘：《后人类文化》，生活·读书·新知三联书店2001年版，第62页。

羊与秧鸡》《无水洪灾》《使女的故事》。还有些文本，表面上并不包含宗教训诫，但细心的读者却可以捕捉到隐藏着的基督教情怀，如《长路》。前文已提到，不少哲人智者已就自然、科学与宗教之间的关系进行过深入思考，在现代技术主导人们生活方式、思维方式的背景下，作为超验本体的上帝，在自然科学的强力进攻下节节败退，成了一个被掏空的偶像。破解了自然密码的人类坐在巨大的机器中，占据了上帝的位置，行使着转换基因、创造新物种的权利。人类不承认自然的内在价值，不承认自然是秩序井然的有机整体，也不承认其灵性。在敌托邦文本中，宗教信仰和自然神论中万物的灵性往往被遗弃，人们的信仰是科学技术，或消费享乐。摆脱了伦理和法律束缚的科学技术作为一种新的操纵自然万物和精神的意志，它巨大的内驱力逼促着人们无休止地劳作，试图满足自己对于物质和权力的欲望。最终这股强力将人们卷入毁灭的漩涡中。

　　《羚羊与秧鸡》中，无论大院还是杂市的人们都如同存身于一个"迷失的星球"，此时的宗教已脱离社会生活和社会行为，不再是社会的中心，上帝已被人们抛诸脑后。"人类'自我'的无限制地膨胀，破坏了自然的生成规律，破坏了地球乃至宇宙发展的规律，造成了巨大的副作用。"[1] 在无价值观、无目的、无根基、腐败的杂市，处处是虚无主义的泥潭。它是个巨大的皮氏培养皿，到处都是脏东西和有传染性的原生质。还有流浪汉、乞丐、不匀称和畸形，人们寻欢作乐，醉生梦死，这是一片上帝从未眷顾的精神荒原。在大院的技术专制分子看来，自然是潜藏着危险的有用物品，而上帝则是完全不用存在的精神毒物，有碍于人类自信心的无度膨胀。"自然与上帝都需要被关在笼子里。"人类需要墙垣的保障，自然之于动物园如同上帝之于教堂。

　　在大院，科学家们希望通过病毒传播来毁灭某些人种，并通过基因嫁接重新创造某些人种。这同基督教中唯一的造物主是上帝耶和华显然是对立的。科学家代替了上帝，站在造物主的位置上。人类生命的建立与摧毁，上帝被摒弃在外。在这个唯技术论的国家中，由于宗教不能解释人类的生存环境，只能退出历史舞台；或者自信心膨胀的科学家们根

---

[1] 杨传鑫：《绿色的呼喊——20世纪生态文学略论》，《中南民族大学学报》（人文社会科学版）2004年第1期。

据圣经故事,代替上帝的先知来创造神迹,如一种命名为"摩西模型"的提供饮用水的产品,其广告词是"杖击即可",[①] 引用摩西以手杖显示神迹的典故,寓意鲜明。他们借用科学理性将上帝从人们的头脑中赶出。秧鸡更是反宗教的先锋,他认为"有上帝就没有人",把上帝与人绝对对立起来。当技术发展到可以随心所欲根据基因来创造物种甚至人类时,上帝的缺席也就必然了。在秧鸡创造的秧鸡人中,没有宗教信仰,没有偶像崇拜,没有等级观念,不需要工作,工作是对人类的惩罚和快乐的否定,没有独立意志,也不需要沉思,那是以前教士僧人的爱好。秧鸡根据他自己的主体意愿创造出的人类已不知道神的存在了。神性在这个未来社会里处处缺席。

有些激进分子对这个技术专制主义国家发起了某种形式的攻击。以宗教为名义的反抗是其中之一。"上帝的园丁"是一个激进、具有破坏性的宗教组织。当秧鸡这些科学家试图以自己的力量去撕毁契约,重新定义人类时,他们嗅到了危险的气息,便起而反抗。这个宗教组织的成立正说明了宗教是绝望的人的希望。那些希望政治变革的人找不到其他对抗方式,只有求助于宗教作为革命的形式。而这个革命的宗教组织,并不是以正面的姿态出场,它的代表人物之一伯妮斯是个纵火狂,当她与雪人合住一套宿舍时,她烧掉了他的皮拖鞋以示反对他的食肉习性,又烧掉了他所有的短裤以示她对两情相悦的厌恶。她的行为带有不可理喻的狂热色彩,显然并不是一个真正的英雄人物。作为激进分子的代表,她既是革命的,又是反人性的,这个团体的失败,表明了宗教在生物暴政下的偏执与无能。阿特伍德的反讽笔调蕴含着复杂的感情,在她下一部作品《无水洪灾》中,对生态神学的观念作了更仔细的文学描绘。作者在给予这些人同情之余,又多了几分嘲谑,以暗指它并非生态问题解决之道。

二 自然的伤痕和彼岸的模糊

基督教中,人类偷吃禁果犯下的原罪,这已成为无法挽回的事实,但人类只要在现世中用自己的行为去理解和体现上帝的仁慈宽容,就可

[①] [加拿大] 玛格丽特·阿特伍德:《羚羊与秧鸡》,韦清琦、袁霞译,译林出版社 2004 年版,第 207 页。

以洗清罪孽，摆脱苦难的现世，进入光明的彼岸。因此，对彼岸的向往，向来是基督教教义中重要的构成部分。小说中不管是杂市里及时行乐的各色人等，还是在大院中潜心研究的科学家，都对死后的归宿漠不关心，认为天堂就是现世，但是它不是通过神的力量创造的，它是凭借自己的力量创造的。秧鸡在大院里主持的"天塘工程"，以及网上的"疯癫亚当"游戏，无疑是对基督教的公开讽喻。未来社会里的人们不相信基督教的拯救观念，实质上是指出人们处于赤裸裸的无救赎状态。不管是身体，还是精神，都无法在自然和宗教中获得拯救。这些骄妄狂傲的科学家们篡改着自然的内在序列，僭越上帝的权力，给自然带来不能修补的累累伤痕。

当病毒大爆发时，世界的各个城市都陷入瘟疫之中，人们惊慌失措，四散奔逃，预感到末世的来临。只有到了这个时候，到了完全绝望的时候，人们才开始想到借上帝的手来扑灭灾难，引领他们到幸福的彼岸。在一片恐怖的景象中，人们开始祈祷，追悔他们以科学技术代替神圣信仰的错误。而这时的祈祷纯粹只是心理的安慰。当唯一的幸存者雪人来到象征大自然的海滩，他所做的是回忆灾难以前的日子，以及如何度过这种无衣无食的处境，他也没有思考过上帝的拯救。这一片被现代文明所污染的海滩，容纳了他和那群秧鸡人，是否是那个模糊的彼岸？海滩仍然静谧优美，但人类文明的遗迹，各种污染物已经涌上海滩，对自然的破坏无法修复，人类自身只能走向灭亡。

《长路》中的父子俩同样挣扎在伤痕累累的此岸，遥望着模糊的彼岸。跋涉在长路中的受难基督形象又暗含一丝获救的亮光。

三 质疑困境：异世界搁浅的方舟

在《羚羊与秧鸡》中神性是缺失不在场的，而《使女的故事》则想象性地批判了它的对立面——当宗教走上了极权的道路，对神学经典的阐述降格为对字面意义的完全照搬，那么，试图依靠宗教来提升人们的价值观念、解决生态危机同样不可能，渡向彼岸的方舟也会搁浅在欲望的沙滩。作家将生存环境置于政治与历史的审视之下，试图对宗教、政治与生态的内在关联展开文学想象。按照保罗·蒂里希的观点，与人同为受造物、同时堕落的大自然，既不是与人分离和对立的没有自身价值和存在意义的东西,也不是需要人用科技加以控制的对象,更不能被视为人的对立面而被排除在拯救之外,"大自然与人一样,都是拯救的对象和持有者,在堕落与拯救的过程中,大自然担当着重要的角色"。蒂里希关于自然与人同时堕落、同需拯救的观点,从生态学的角度发展和丰富了神学的基督论和拯救论,弥补了传统神学在拯救论上对大自然的忽略。[①]

如果说基督教本身可以挖掘出生态思想的一些资源,来表达对自然和人的堕落的关注,但当宗教与极权联姻,能否解决自然和人类的困境?极权是伴随反现代文明的非理性思潮而生的,其本质是反民主的政治形式。而在描绘未来黑暗世界的反乌托邦小说中,构筑了一个个极权治理下的未来非人世界。在这些文本中,极权已经超越其政治的本质规定性,延伸到宗教、经济、思想、环境的各个领域,渗透到未来人们的日常生活和精神体验中。

不管是政府为权力主体,还是以教会为权力主体,极权形式有其如上所说的共通性,而宗教极权作为宗教与政权的结合体,又有其特殊性。《使女的故事》以宗教极权为主要批判对象,描绘了未来社会宗教统治下黑暗中世纪的复归,以及民众生存环境的恶化。阿特伍德具有敏锐的政治意识,开阔的生态视野,她将文学话语、生态话语、政治话语相结合,对极权社会的夺权手段、群众基础、治理手段及其统治实质进行文学加工,融史实与虚构为一体,书写了一篇未来社会的政治寓言。围绕极权批判的核心,作家对抹杀民主政治的极权与生态环境的破坏之间的联系展开了文学想象。

夺权前教会以"信仰"为旗帜将宗教狂热分子或权力狂热分子聚合在一起,以对灵魂的拯救,呼唤基督精神的复归为宣传手段,打着救赎的口号以使基督精神成为普世性标准,这个群体的建立便催生出革命的主观因素,而手段是暴力的:枪杀总统,用机枪扫平国会,军队宣布进入紧急状态,并把这场劫难归咎于伊斯兰教狂热信徒。社会本身已千疮百孔,生态环境、公共治安、价值体系等都已脆弱不堪,无法抵御那些狂热分子的铁腕强力。人类作为物种的一部分,已被各种有毒物质严重

---

① 梁卫霞:《生态神学:对人与自然关系的反思和重构》,《学术月刊》2010年第6期。

污染："有四分之一的胎儿是畸形……空气中曾经到处是化学物质，辐射线，放射物，河水里遍布毒分子……身体里面是的变形蛋白质，像玻璃一样尖锐的劣质晶体，危害健康……此外还有变异的梅毒，没有一种菌体可以对抗。"① "各家报纸都报道着水沟或树林里的尸体，被棍棒打成残废或被打死，或者按从前的说法被奸污。"② 这是宗教夺权前的生态和社会环境，而宗教夺权后，生态问题并未改观，反而愈演愈烈，环境污染似乎控制了，社会治安在严密的监视机构的作用下也改善了，但在这个停滞不前的社会中，人口出生率年年下降，食物短缺，作为专职生育机器的使女们仍然不能为社会增添人口。与《羚羊与秧鸡》中科学家企图由药品来人为控制人口不同，《使女的故事》中是由自然选择造成的人口负增长，人们尽管采取各种措施希望增加人口，然而作者在此设置一个隐喻：极权社会与人口兴旺总是相对立的，它象征一个黑暗的时代，人类、环境都无法获救。

而《无水洪灾》中，生态神学以模糊的形象呈现出来。作者对"上帝的园丁"既有同情，也有讽刺，与《羚羊与秧鸡》相比，这个宗教组织更被赋予同情之心。伊甸沿如同一个生态实习基地，润在这里接受了生态神学教育，托比在这里培养出生态自我意识，亚当一号在这里实践着他的生态规划与救世理想。但伊甸沿又是一个虚幻的桃花源，虽然有生态与神学精神的支撑，但缺乏与现实对垒的基础，亚当一号的最终失败不可避免。文本开放的结局并没有给出所有问题的答案，但结尾处幸存的宗教组织成员与科学家们的会合隐含着可能的解决方案：宗教与科学的联姻或许是一个隐蔽的出口，被毁灭的自然仍须用人类对它的敬畏之心来修复，只有绿色的生态方舟才能载着人类越过末世困境重述神话。

以上讨论的是对基督教社会生态观及生态状况的文学想象，在某些敌托邦文本中，则描绘了东方宗教的生态智慧。与敌托邦小说中对基督教生态观的描绘相对应，在某些敌托邦小说中则描写了传统宗教，尤其是东方宗教中，如佛教、道教和伊斯兰教中的生态智慧。佛教生态观认为人类应当以众生和自然界中平等的一员对待生命、对待自然。特别是

---

① Margare Atwood, *Handmaid' Tale*, Toronto: McClelland & Stewart Ltd., 1985, p. 122.
② Ibid., p. 66.

第三章 "我"与"你"和我与"他"的伦理选择及美学内涵

要与善恶原则结合,善待生命、善待自然;而不能以主宰者自居而危害生命,危害自然。① 除佛教外,道教也受到西方生态学家的重视,如澳大利亚生态哲学家西尔万(R. Sylvan)和贝内特(D. Bennett)说:"道家思想是一种生态学的取向,其中蕴涵着深层的生态意识,它为'顺应自然'的生活方式提供了实践基础。"② 勒·奎恩的《天钧》就体现出佛教和道教的影响。此题名来自《庄子》,她还曾翻译过老子的《道德经》。除《天钧》外,对佛、道哲学体会极深的厄休拉·勒·奎因在乌托邦小说《倾述》中也表现出一种众生平等的循环时间观,叙述者萨蒂把阿卡星球的宗教体系定义为佛教或者道教类型的宗教哲学……永生不是终点,而是连贯的。在这种时间观中,人与自然物我合一,"躯体是世界的躯体,世界的躯体就是我的躯体。所以,如此一来,由一生二"。"这五条树枝孕育出无尽,树叶与花朵枯亡,复又重生,(万物)皆从此理。"③ 他们的思想体系与生活方式是普世等同的,蔓荼罗既是一棵树,一具躯体,一座山,它"一生万象,生生不息,万象往复为一",④ 动物、人类、植物、岩石、河流,每样分离、聚合、变换成他物,变换成总体,一体中拥有无尽的变化,在她神秘深邃的宗教话语体系中,自我在循环中得到永生。

在我与"你"的伦理选择中,体现出生态美学的内涵。它的叙事方式将在下一章详细阐述。

---

① 何保林:《论佛教众生平等思想与佛教生态伦理思想之关系》,《河北经贸大学学报》2009年第3期。
② 乐爱国:《道教生态伦理:以生命为中心》,《厦门大学学报》2004年第5期。
③ [美]厄休拉·勒·奎恩:《倾述》,姚人杰译,新星出版社2007年版。
④ 同上书,第114页。

第四章

敌托邦语境下的环境叙事

上一章从伦理和美学角度讨论了敌托邦文本的环境想象。作为虚构的文学作品，这些文本也是叙事学的研究对象之一，同其他虚构文本既有着叙事上的共通之处，也有其个性表现。我们既可以从总体叙事结构和叙事形式及叙事的修辞学意义出发来研究，也可以探讨相关的叙事规律在敌托邦文本中的具体运用，其中涉及创作的种种要素，如人物、情节、结构、时空设计、视角、话语表达方式等。在对文本的模式研究中，学者也有不同的关注点，有注重形式的结构模式研究，也有注重内容的价值模式研究。除此之外，读者以何种方式接受文本也是叙事学的分析对象。正如徐岱所说，现代叙事学是以读者作为探讨中心，以文本作为思考，所谓技巧也就是对阅读心理的有效把握。[1] 这句话可理解为，形式结构以技巧为基础，而写作技巧的存在意义与读者接受方式有关，忽略读者心理和审美感知，忽略文本书写策略，就不是真正的文学批评家，只是文本的社会历史研究。面向不同读者群，本章对女性视角和青少年视角下的环境书写策略进行具体分析，以特定文本为研究对象，通过几部典型文本，找出此亚文类在环境叙事中的一些共通规律或个性描写，以更深入地理解文本的写作技巧，探讨如何通过这些技巧隐含作者对读者施加价值伦理方面的影响，勾勒出他/她环境想象在文本中划出的具体线条。

如同其他虚构文本，敌托邦文本的环境叙事采用讲述和描述的混合手段，热奈特称之为"展示"和"讲述"，讲述使故事后退，描述则拉近距离。对这两种手段的灵活调度，不仅可以有效地建构起叙事文体，

---

[1] 徐岱：《小说叙事学》，商务印书馆2010年版，第207页。

而且还可以把握审美表现的光圈，获得所需要的艺术效果。① 讲述让读者感知到叙述者的存在，而在描述中叙述者往往通过个性化想象之笔激起读者的思维活动。敌托邦文本中关于环境灾难、异化自然与本真自然的话语往往采用细节描述来，看似客观，实际也浸润着隐含作者的价值观和意识形态。灵活的讲述方式和既接近现实又超越现实的环境描述构成"可信的陌生感"，在意义的探究中读者体会到阅读的乐趣。

女性主义的敌托邦文本中，注重不同视角的观察范围，强调对身体、身份的研究，象征代码的运用，同时隐含作者往往通过灵活控制叙事时间机制，描述人物时间观，来深入挖掘女性心理和体验。结合本书的环境内核，本章第一节讨论敌托邦文本中女性视角下的环境书写，叙事时间和女性人物时间观，阐释有关女性/自然/他者的象征代码；而第二节涉及青少年敌托邦小说，它们往往可纳入情节模式，叙事序列也有一定规律可循，人物常有双重身份所决定的观察角度；第三节是对意象与文本话语形式的探讨，这也是对此类文本进行形式分析的重要组成部分，因此单列一节来细察此文类话语特色。最后，分析中国敌托邦小说的创作与批评情况，并以中国的一部未来小说——韩松生态敌托邦小说《红色海洋》为个案，分析这位新锐作家的环境叙事。

第一节　女性视角下的环境书写

女性与自然的联系是生态女性主义核心命题，"生态女性主义应成为一项伟大的文化重估活动，即重新评价妇女、女性特质（feminine）以及自然的地位"。② 生态女性主义书写中强调了女性与环境的关系，并将科学、哲学、传统宗教、人类学、心理学等思想嵌入文学表达中。女性视角下的环境书写并不等同于生态女性主义书写，虽然二者有重合之处。前者是文本中女性人物观察到的自然或人工环境，或是女性叙述者所讲述的有关环境的话语，既有对景物的客观描述，也可能在观察和叙述中渗透着历史文化和意识形态机制的影响；只有当叙述者或人物所

---

① 徐岱：《小说叙事学》，商务印书馆2010年版，第189页。
② ［澳大利亚］薇尔·普鲁姆德：《女性主义与对自然的主宰》，马天杰、李丽丽译，重庆出版社2007年版，第9页。

见所说所想不仅与环境和女性有联系，而且表达或暗示出自然与女性同为男权社会中他者的存在状态，同时文本还蕴含着生态世界观和伦理价值观时，才上升为生态女性主义书写。《迟暮鸟语》的作者虽为女性，文本还对失去控制的基因工程提出批判，但并非生态女性主义作品，因为它并没有将女性与自然在父权制下同为被压迫者的状况联系起来。

继生态女性主义文学相应而生的生态女性主义批评有多种定义，如劳伦斯·布伊尔认为其涵盖的意义包括："对将自然作为女性的父权式再现的批判、对女性在博物学史、科学研究、自然写作上扮演重要角色的修正式再发现；针对开采或利用的伦理学提倡一种'关心哲学'；对所谓存在与女性与自然间（生物学或精神上）神秘关系的亲和关系的复原。"[1] 此处的"批评"，是一种广义的立场，而从狭义的文学角度来看："生态女性主义视角如何加强探讨文本中不同角色的联系与差别——人类与自然之间，文化与自然之间，不同种族、阶级、性别、性取向的人之间——影响我们与自然，我们相互之间关系的差异与联系？"[2] 这些也正是本章节从叙事学角度讨论的问题。

沃霍尔认为："如果说女性主义学者关注的是'作为妇女来阅读'与'作为男人来阅读'之间的区别，那么女性主义叙事学家关注的则是叙述策略本身的修辞效果和作者如何利用这些效果。"[3] 作者有意识地采用特定写作技巧来表达，希望读者能在细读中理解。这也就是说，文本在创作之初，其技巧采用便有其作者意图，读者如能领会这种意图，作者和文本叙事策略便取得了成功。这也是结构主义叙事学家与女性主义叙事学家的区别所在：前者一般仅关注文本结构本身所产生的修辞效果，排除了不同读者的接受程度，也不关注文本创作时的历史文化语境，而与此相对照，女性主义叙事学家十分关注作者选择特定叙述技巧的社会历史原因、女作家采用的叙事结构、叙述策略及其蕴含的意识形态。从研究方法而言，申丹认为："叙事学研究可以分为叙事诗学（语法）和叙事作品阐释这两个不同类别，这两种类别对于社会语境的

---

[1] ［美］劳伦斯·布依尔：《生态批评的崛起》，转引自韦清琦《生态女性主义：文学批评的一枝奇葩》，《外国文学动态》2003年第4期。

[2] 谢鹏：《生态女性主义文学批评及其在中国的接受》，硕士学位论文，湘潭大学，2005年。

[3] 沃霍尔语，转引自申丹等《英美小说叙事理论研究》，北京大学出版社2005年版。

考虑有完全不同的要求，类似于语法与言语阐释之间的不同。"[1] 因此，叙事诗学有其自足性，不需要、不应当考虑社会历史语境，而个体文本的阐释则应当考虑到作者/读者个体的各种自身因素对创作和阅读的影响。环境问题属于社会历史语境范畴，那么，它就不归为叙事诗学讨论范围，而应是个体文本的批评范围。本章主要集中于个案分析，将具体作者/读者的性别、种族、成长环境等个体因素纳入叙事研究框架中进行阐释，探讨具体敌托邦文本中的书写策略。

一 女性视角下被看的客体：对象化的身体与对象化的自然

如果说"女性主义乌托邦思想，不管是抽象的还是具体的，不管是文本中的还是政治的，都代表了每个时代女性最深切的愿望，其基础都是对既定的两性秩序的批判和否定，对一种理想两性关系模式的肯定和追求"，[2] 那么女性主义敌托邦小说也蕴含着同样的主题。比如《使女的故事》，它是加拿大女作家阿特伍德的代表作之一，文本张扬着强烈的女性意识，以第一人称展开的叙述中，"我"所看到的两种社会制度——无政府主义社会和极权社会——中的女性生存状态和生态环境，其中穿插了由"我"转述的另一女性莫伊拉的叙述声音，以及在篇末的"史料记载"中，从权威学者皮艾索托充满男性优越感的叙述里展现出故事发生时的社会及生态环境。

文本中第一人称叙述的经验性视角和回顾性视角交相替换，时空的穿插体现了物理时间和心理时间的差异，两种视角呈现出不同社会环境，但生存环境却有相同之处：生态恶化、人口急剧下降、病毒蔓延，人类濒临灭亡的边缘。从叙述者是一位从事文字工作、能够自食其力的知识女性来看，尤其从她喜爱收集古旧书籍这一点来判断，她所接受的教育和自身修养使她能够对比社会变动前后的生活状况，体会自我意识的存在与失落，虽然不太明白自己应采取的行动，但能够认识自由选择的可贵，也能认识到宗教极权中自然美被人为消解、异化后生活的空白。

---

[1] 申丹：《叙事形式与性别政治》，《北京大学学报》2004年第1期。
[2] 刘英、李莉：《批判与展望：英美女性主义乌托邦小说的历史使命》，《四川外语学院学报》2006年第6期。

使女作为"行走的子宫"有为国家生育的责任,但却被剥夺做母亲的权利和责任。"我"本是一位小女孩的母亲,"我"的母亲身份却在这个宗教国家中被强行剥夺。残缺的母亲身份是女性主义文学批评关注的话题之一,残缺的母亲与分裂的自然同为他者,是被压迫的客体,是"我"亲身体验过的痛苦,在这个父权国家里,如同安德丽娜·里奇在诗歌中所写:所有的父亲在叫喊"我"的儿子属于"我"。母亲被隔离在子女之外,① 第一人称的细微心理流动使得叙述显得真实。使女和夫人"争抢孩子是被禁止的,但这事儿是很经常的,超出了人们的预料"。母性本能与政府戒律相冲突时,女性会以反抗统治者的形式来保卫自己作为母亲的权利,虽然总是以失败告终。

而从叙事者的角度看,一个失去女儿的聚焦人物所能看到的世界是变形的,"我"所能发出的声音是喑哑的,创伤体验使得这个世界在"我"眼中处处体现出变形、流血、黑暗的意象,由于阶级、性别的双重压迫,没有话语权的"我"在生活中只能保持沉默,但受过良好教育、从事文字工作的经历终于使得"我"录下自己的日常生活和社会及生态状况,在对自己心理和社会现实的揭示中最终夺回了话语权。文本的话语形式是以第一人称口述方式来表达的,坚持"我"的真实立场,"我"的个人视角,在两种时空间穿梭的"我"的女性体验,在这个场所里,"我"的声音就是叙述者的声音,正如"我"所认为,"任何被压抑的声音总会想法让自己被聆听,即使是以无言的方式"。② 对极权统治的反讽语调让读者信任她的客观,增强了她的叙述有效性,这些角度就归入了女性主义叙事学范畴。

这名跨越两种政治制度的育龄女性,也是一名有着良好生育能力的健康知识女性,先后经历无政府状态对身体作为消费对象的滥用和极权社会对身体作为生育工具的苛刻管理,两个世界的对比体现出社会从恶走向更恶的境况。身体不具有权利,不享受政治保护,而只承担责任。而这种责任也被政治化了。同女性主义文学批评一样,身体也是女性主义叙事学的关注对象,叙事学家沃霍尔在分析《劝导》中的聚集者安妮时指出:"观察是一种由身体器官的行为,因此对安妮观察的表述不

---

① Margaret Atwood, *Second Words*, Toronto: Anansi, 1982, p. 163.
② Margaret Atwood, *Handmaids' Tale*, Toronto: McClelland & Stewart Ltd., 1985, p. 161.

断将注意力吸引到身体上来……安妮作为其他人物的观察者和其他眼光的过滤器，具有穿透力的眼光洞察出外在表象的内在涵义，体现出在公共领域中对知识的占有和控制。"[1] 这实际体现出对男权制二元对立的颠覆：看与被看，公共现实与私人现实。《使女的故事》同出一辙，女性身体的革命性解构着父权制的威严，对自己身体的控制意味着对自己权利的争取。这与现象学家梅洛-庞蒂的身体观相吻合。他指认我们的身体不是我们进行认识或知觉活动的中性工具，而直接就具有一种意向性的功能。而霍兰明确指出"（身体的解放）既是对男权政治的稳定性的威胁，又是神秘的救赎的入口。这个危险的空间中蕴藏着革命和更新的可能，但是却是以残酷的，非人性的方式"[2]。

身体是革命的力量，却又内含着危险的因子。"对社会成员性爱的干预和控制，不仅是极权的必然表现，更是其发展的根本要求。"[3] 在这个宗教极权国家里，展示身体被严格禁止，使女服装将女性身体包裹得极为严实，头上还戴有双翼头巾，使身体与外界隔离，谁也看不见谁。身体是应当被完全遮盖的对象，尤其是女性身体，是引起罪恶的渊薮。"我"心底的反抗就从身体的反抗开始：当"我"走过岗亭，走过两个年轻的卫士身边，"这两个年轻人还尚未被准许接触女人……我扭了扭屁股，感觉整条红裙跟着动了起来，就像躲在围墙后惹事儿，或者拿根骨头在狗够不到的地方逗弄它一样……我喜欢有这种权力，这种用骨头逗弄狗的权力，虽然消极，但它也算是我的权力。"[4] 对女性身体的注视是一种父权的体现，当主教注视着"我"，带着观看铁笼里囚犯的表情，看着"我把润手液擦到手上，再擦到脸上"。[5] 而"我"观察主教的身体时带着反讽的色彩，一个被统治者的顺从眼光注视时却成了一种讽刺的眼光："一个男人，一直被一群女人注视着，那感觉一定极

---

[1] 申丹等：《英美小说叙事理论研究》，北京大学出版社 2005 年版，第 302 页。
[2] Thomas Horan, "Revolutions from the Waist Downwards: Desire as Rebellion in Yevgeny Zamyatin's We, George Orwell's 1984, and Aldous Huxley's Brave New World", *Extrapolation*. Summer 2007.
[3] 牟学苑：《"反面乌托邦三部曲"中的性与爱》，《外国文学》2007 年第 5 期。
[4] Margaret Atwood, *Handmaids' Tale*, Toronto: McClelland & Stewart Ltd., 1985, p. 32.
[5] Ibid., p. 168.

度怪异。让她们从始至终不眨眼地注视。"① "她从体内注视着他。我们全都注视着他。这是我们能做到的一件事,我也确信它的意义。"② 文本中多次提到"我"对他身体的注视,当统治者成为被看的对象,被仔细品评的对象,他的权威也在无形中消解了。

身体除了能生育,再无其他存在价值。"我"从夫人的口中得知使女为了受孕,与医生私通以怀孕而证明自己的存在意义,这是我们中一些人活着的唯一目标。身体的本能需要被压抑以免欲望泛滥,男女之间的结合是无情无欲的,纯粹只是为了增加国家人口。如果说"书信体小说中女主人公表现出来的对性的拒斥大都展示了她们对自己个性的坚决捍卫",③ 那么,后现代视野下的使女们往往与之相悖:对性的接受是对身体本能的顺从,以此展示出对自己个性的捍卫,"我"对尼克主动投怀就是对自己作为独立个体的承认,尽管风险巨大,"我"仍然抓住每个机会与他相见,尼克成为"我"的欲望对象,这样,"我"虽然失落了话语权,但是还有对身体的部分主导权。

在女性视角下,"我"用揶揄的口气来谈论主教家里的"授精仪式",它是去掉感官享受的男女结合,毫无神秘与隐私,被描述为"一件严肃的正事儿,是为了向国家尽义务"。④ "爱情"成为一个多余的名词,是一个"畸形年代"的历史偶然,是与自然相违背的人类变异了的感情。清醒的观察,反讽的语调,衬托出一名知识女性对自身处境和社会生态环境所感到的无奈和绝望,认识到"我"不过是一个把身体和可能的后代抵押给国家的奴隶,而且环境的破坏还使得后代的繁衍已不太可能。正如达德森在文章中指出:"使女与'奴隶叙事'中的女主人公有明显的相似之处:父权制中白人男性对后代的合法拥有权,如同在奴隶制中,尽管是妇女经历生产之痛,然而白人奴隶主,同基列国男性一样,宣称对女性身体的合法权利。'我'只有通过满足身体欲望,

---

① Margaret Atwood, *Handmaids' Tale*, Toronto: McClelland & Stewart Ltd., 1985, p. 98.
② Ibid., p. 99.
③ 露丝·佩里语,转引自[美]苏珊·兰瑟《虚构的权威——女性作家与叙述声音》,黄必康译,北京大学出版社2002年版,第34页。
④ 同上书,第189页。

来进行唯一的反抗。"①

在叙述者的眼光中，自然也是被压抑的客体："田野中的百合"被禁止用为店名，因为它的诱惑力太大，因而现在许多地方仅有简单指意的招牌，连店名都没有。② 大自然从人们的生活中被隔离，"（鸢尾花）美丽清新……看起来那么有女人味儿，居然没有一直被人连根除掉实在让人惊奇"。③ 自然的多样与丰富引发人的生命本能和对美好的追求，这也正是极权统治者所恐惧的：夏天的枝叶摇曳多姿，女神似乎也会降临凡间，周围满是欲望的气息，④ 统治阶层正是要通过压抑欲望来控制身体和思想。只有那些特权阶层，可以拥有自己的私人花园，而从叙述者的视角来看，这些花园中的植物，不过是变形的意象：流血的郁金香、鸢尾花被比拟为滴血的心房、苍白的月亮，等等。

在"我"敏锐的感觉，丰富的想象中，"我"道出了被污染的自然与被毒害的身体的直接联系：一个生命的摇篮，由大大小小的骨头组成，里面充满有害物质、变形的蛋白质，像玻璃一样尖锐的劣质晶体。女人们服用各种各样的药片、药丸，男人们给树木喷杀虫剂，牛再去吃草，所有那些含有化学物质的粪便最终流入江河。⑤ 引人注意的是，这里特意强调女性的身体与自然都被化学物质和放射线污染毒害，根据常识，男女的身体都会被辐射物和化学成分损害，但这里特别指出的是女性的身体，作为生育机器的身体。这样的身体生下来的孩子会是什么样谁也说不上来。非正常婴儿的概率达到了四分之一，出生率还一直在负增长。人类与自然都到了濒临灭亡的边缘。正如阿特伍德早在写这本书之前所说："没有什么比人类这个种族的未来更处于危急之中的了。"⑥

激进的女权主义者、同性恋者、"我"的朋友莫伊拉也作为叙述者出现在文本中，"我"以直接引语转述她的女性与环境相关的话语，突出她鲜明的个性，同时，"我"想保留她说话的口气，用这个方法让她

---

① Danita J. Dodson, "We Lived in the Blank White Spaces: Rewriting the Paradigm of Denial in Atwoods' The Handmaid's Tale (Margaret Atwood)", *Utopian Studies*, Spring 1997, p. 66.
② Margaret Atwood, *Handmaids' Tale*, Toronto: McClelland & Stewart Ltd., 1985, p. 35.
③ Ibid., p. 161.
④ Ibid., p. 162.
⑤ Ibid., p. 123.
⑥ Margaret Atwood, *Second Words*, Toronto: Anansi, 1982, p. 257.

永远活着。她的话语不受叙述者的干预:"在隔离区,现在女人们已经被彻底洗脑。有时她们要清理战后的死尸……更糟糕的是处理那些有毒废物和含辐射物。听说在那里最多不过三年鼻子就会落掉,皮肤会象胶手套一样垮下来。……她们基本都是社会想丢掉的累赘……所有人都穿着长裙……男男女女都一样,我想让他们穿裙子是为了让他们觉得自己下贱。呸,连我都觉得下贱,谁会忍受得下去?"[1] 莫伊拉爱恨分明的话语凸显出她不愿委曲求全的性格,然而最终她被送到了色情俱乐部,意志涣散,麻木不仁,"我"再也没有见过她。除了她的话语被转述,她的锋芒、她的存在烟消无痕,成为另一个反抗失败的例证,女性生存处境与生态环境仍旧在恶化着。正如莫兰所分析,个体经验与整体机制运行的冲突之间的关系,权力结构粉碎了反对者的抵抗,以妥协的语调结束,然而可用之弥补的是被击败的个体成为一种理想化的悲剧英雄。[2] 莫伊拉便是这样一个悲剧女英雄。

在此书后记中,极有威望、学识丰富的皮蒙索托教授的发言有理有据,论证充分,指出宗教极权为了自己的统治目的,打着借鉴自然的旗号:有关自然界"一雄多雌"的社会生物理论被宗教极权利用来作为实施其荒谬做法的科学依据,就如同达尔文主义被早期意识形态利用了一样。[3] 宗教也被利用来作为统治的工具,其社会本质是反自然、反科学,也反教义本身的。他的发言雄辩有力,定下了相关研究的权威基调,而从他对有关女性词语的调侃中,可以看出即便在那个相对开明的社会,文化环境仍然容纳着性别问题的存在,他的权威基调更巩固了这一事实。根据罗兰·巴特的论点,书名为诠释代码,*Handmaids' Tale* 的书名在男性专家看来,又有另一层含义。这部书稿由维特教授加上此名,皮蒙索托专门指出 tale 与 tail 为同音异义词, tail 这个词语有(女人)阴部之意,由此书名被赋予了性意味,研讨会也成了皮蒙索托卖弄幽默的场所,包括他有意突出"欣赏"一词在古英语中的(与女子)"性交"之义,将"妇女地下之路"戏称为"负心女地下之路",等等。

---

[1] Margaret Atwood, *Handmaids' Tale*, Toronto: McClelland & Stewart Ltd., 1985, pp. 259-261.

[2] Tom Moylan, *Scraps of the Untainted Sky: Science Fiction, Utopia, Dystopia*, Boulder: Westview Press, 2000, p. xiii.

[3] Margaret Atwood, *Handmaids' Tale*, Toronto: McClelland & Stewart Ltd., 1985, p. 318.

对此书名的嘲讽性诠释，也是对未来社会女性地位的想象。

史料部分中，主持这个研讨会的主席为土著女性，表面上看性别问题似乎不那么尖锐了，但从发言人的语调中，看似宽松的环境仍然体现出性别偏见和男性的优越感。这一部分突出了历史真实与文本虚构的结合，作者虚构出一个叙述者受自身局限和时代束缚所不能看到、无法说出的文本真相，从男性的眼光来解读文本，分析女性叙述者，反映了性别问题仍然未能解决。细心的读者可以从后记的过去时态中推测基列国已经成为历史，社会生态环境或许已得到改观，但父权制的根源却并未能根除，它随着文明的发展还继续存在着。

《羚羊与秧鸡》中阿特伍德第一次以男性作为叙事者展开叙事。在她的批评文集《第二位的话》中，她就提过：设想她在小说中将男性设为主要人物或叙事者（当时她还没有创作过以男性为主要人物的小说），"我不想让我的男性主人公过于邪恶，如同海德先生，相反，我会试着让他像杰克尔医生，一个有弱点但本质善良的人"。同时，她也指出："我们在小说中男性人物身上看到的困惑、绝望、愤怒和冲突并非只存在于小说中，他们就存在于真实世界上。"[1] 她希望在小说中展示出一个生活中的真实男性，而非激进的女权主义者眼中具有象征性对立意味的男性。这部文本虽属于科幻文类，但立足于现实的社会生态危机，从第三人称有限视角出发来想象末世环境灾难爆发的各种根源，其中便穿插着两个并非绝对善、也非绝对恶的男性人物的价值观和伦理取向，回应了她早些时候提出的男性人物观：两名男性，其一名叫格伦，又名秧鸡，是典型的理性至上科学家，企图以基因改变世界秩序，取代上帝，是"一种新的人类类型——浮士德式的人，这种人持续不断地、无止境地扩展他那控制自然的权力——进行的控制所具有的、新的绝对价值……"[2] 他是科学权力的代言人；其二是叙述者吉米，也叫雪人（这个名字让读者联想到在温室效应中逐渐融化的喜马拉雅雪人），是秧鸡（传统的东方女性形象，温顺美丽，缺乏独立性，从儿童时期的性奴隶到长大后成为秧鸡女友，始终是附着于男性的存在物，周旋于秧鸡和吉米之间；这二人用当时已灭绝的物种为她起名，富有深意，这透露

---

[1] Margaret Atwood, *Second Words*, Toronto: Anansi, 1982, p.429.
[2] 吴国盛编：《技术哲学经典读本》，上海交通大学出版社 2008 年版，第 249 页。

了秧鸡的宏伟计划之一——试图通过基因重组来让已消亡的物种复活)的朋友,从事文字工作,珍惜传统文明,认为自然万物应该如其所是。他感情丰富,人性未泯,却玩世不恭,深刻感受到唯科技社会里文科生就是失败者的别号,因而在对社会的失望中自我麻醉,具有男性和女性的双重气质,更像一个游走于男女之间的双性人。英格索尔出色地分析了他的双性气质。[①] 首先,文本中基因工程被认为是男性所执着的,这体现在他父母对于此工程的冲突中。他母亲曾经也是极有才华的基因工程专家,因不能忍受丈夫儿戏似地对待自然界的生命,辞职然后又离家出走。尽管代价高昂:可能被判终身监禁或是莫名遇害。然而,除了对自然生命怀有同情之心,保持基本的生态伦理底线外,儿时雪人眼中的母亲却离传统的女性形象太远:整日抽烟,困顿沮丧,对他时冷时热,他与母亲的相似之处也正在于此,他既非典型男性,也非典型女性,既悲天悯人,又玩世不恭。其次,他对艺术的辩护也让他归类于"女性气质"和自我沉醉之类,相对于秧鸡和科学,这二者在近未来时代归属于男性,是权力的象征,后来雪人被秧鸡雇用做广告文案,也是他对成为他下属的雪人的女性身份的确认,这种确认让他有生出优越感,如同他在上大学时将雪人称为神经典型一样。

此外,雪人将羚羊视为倾注热情的偶像,而秧鸡只把她当作性工作者,一个利用对象;他对于雪人和羚羊的精神及经济控制,都透露出他的父权强力。他将文本中的主要女性人物羚羊建构为母性神的变体,而羚羊就此满足了他对于女性的想象——母亲和妓女的叠加形象。[②] 尽管羚羊扮演着母亲的角色,教会秧鸡的孩子们在自然环境中如何生存,然而她只是父亲神的替代品。在这个新天地中,这些孩子们,如同鲁滨孙的"星期五"的集合,是被父亲按照理想的模子创造出来的高级物种,而其他物种是地球母亲繁衍出的二等品。小说中的羚羊、雪人和模拟人实际都受着秧鸡的操纵,作为他者的雪人和羚羊,实际是丧失了主体性的边缘人群:雪人对自身和对世界的困惑,羚羊对伦理关系的模糊,都说明了在这个科学超越道德的社会中,艺术、自然、伦理被弃的状态,

---

[①] Earl G. Ingersoll, "Survival in Margaret Atwood's Novel Oryx and Crake", *Extrapolation*, Vol. 45, No. 2, Summer 2004.
[②] Ibid..

只有科学是唯一的胜者,秧鸡以其科学家的身份完成了上帝的工作。

问题在于为什么读者对于这样一个毁灭了世界的父权制代表并不感到憎恨,这就同叙述者的观察角度有关。叙述者雪人是秧鸡儿时朋友,对他了解颇深,雪人对他的成长经历的回忆,把读者带进了大院的畸形世界观里,秧鸡并非造成灾难的唯一罪人,社会环境才是催生出这样一个撒旦式天才的根源。他如同玛丽·雪莱笔下的弗兰肯斯坦,玛丽·雪莱也让她的读者们对弗氏产生同情感,而非一味的憎恨,尽管他的造人项目本身是误导性质的。正如华莱士所说:"我们的同情是被那些我们了解其思想的人唤起的。"英格索尔也认为,读者并未把秧鸡当成一个邪恶的或是无可救药的疯狂科学家,是因为雪人对其童年和少年时期的叙述,对这样一个少年天才,读者会以欣赏的态度来看待,除此之外,他哈姆雷特式的再婚家庭也让读者能够理解他对科学的偏执(父亲不满公司将病毒植入维生素的做法,不愿成为肮脏交易的同谋,他的朋友兼上司"彼得叔叔"担心他泄露秘密,将他陷害,母亲为求自保嫁给他)。吉米试图用人文思想置换秧鸡性格中传统科学家的冷漠无趣,在二者的友谊与交锋中,读者可以得知秧鸡的畸形性格很大部分归因于家庭和社会环境,而这样的环境往往让艺术理想落败于科学狂热。加上生态环境的急剧恶化,大院精英与杂市人群处于两极的生存状况,让秧鸡们只能投身于以科学重造世界的目标中,当然这个目标还包含着利润的向度,比如研发促进性能力、同时又被植入病毒的喜福多药片,既可以消灭无价值的普通大众,人为地进行物种选择,又可以获取丰厚利润。如此一来,世界尽在科学家的掌握之中,科学家们成为新的社会领导者。

这种新的社会领导者类型所具有的至高无上的意志活动正在逐渐取代自我,"成为一种新的'唯意志论'"。[①] 他们的意志活动和拥有的权力改变了世界和人们的生存方式,对自然和人性都造成了不可逆转的破坏,"过度的权力与生产力,与同样过度的暴力和破坏之间的联姻,难道纯粹是一种偶然现象吗?"[②] 当科学膨胀为极权,成为一个极端排他的封闭结构,成为一台无限度的利润机器,对自然的踩躏和掠夺成为常

---

① 吴国盛编:《技术哲学经典读本》,上海交通大学出版社2008年版,第249—250页。
② 同上书,第504页。

态，秧鸡的畸形心理也就这样被塑造出了。如果换个观察角度，秧鸡在读者的头脑中形成的可能就是一个贪恋金钱的科学狂人形象，而叙述者雪人通过回忆儿时朋友，通过对事件的选择，还是体现了他的个人感情，尽管他的话语表面上客观，保持了距离，但这种感情也在影响着读者对秧鸡作出判断，消减了对他的憎恶之感。

而雪人被选为叙述者，有其视角优势：作为一个基因科学家的儿子，熟悉唯科学主义者们居住的大院，家人归属于精英群体，而母亲是怀疑大院精英价值观的女科学家，最后逃离了这个泥坑。他继承了母亲的感性和人性，颇有点艺术才华，在艺术学院生活了几年，清醒地看到了艺术和人文在这个末世社会中的无用。他的叙述声音既是哀悼人文理想的悲声，又是沉迷挣扎于欲望中的浊音。就文本中末世社会的主流价值观来看，雪人是一个失败者，与羚羊一样都是在唯理性主义的父权制下妥协的人物，前者成为秧鸡致命药品的宣传幕僚，后者为销售这种药品足迹遍布各国，他们的区别只在于所受的教育不同，知识结构及对社会的认识有差异。尽管雪人在这部小说中被赋予了叙述的权利，但他只是一个目击者似的叙述人，充当了"EYE"（眼睛）的功能，而不是未来社会中具有个体意识的"I"（我），他同羚羊、同自然一样是末世的他者。雪人的生活背景使他了解大院和杂市两种完全对立的生活，由他充当叙事者，可以交代事件前因后果。他头脑清醒，却又自甘堕落，对社会生态环境观察入微，却又无法超越其上或努力改变；与那些自命不凡的科学家相比，他更注重感情，对物种更有关爱之心，秧鸡才在最后一刻将秧鸡人托付给他，让他成为看护他们的"牧羊人"。如果说秧鸡以前对雪人的女性气质加以贬低的话，在生命的最后一刻他却肯定了雪人的女性气质。

除了玛格丽特·阿特伍德在生态女性主义敌托邦小说领域的努力，还有一位美国女作家勒·奎恩在这方面也有较大影响。她的乌托邦小说《黑暗的左手》和《被流放者》较为知名，前者刻画了未来世界双性同体的人物形象，是她女权观点在文学上的生动映射。她也关注生态问题，《天钧》就是对现实社会生态与女性问题的双重想象。这部1973年出版的小说虽未引起批评界的热烈反响，但乌托邦学者汤姆·莫兰、文化学者詹姆逊和环境批评家布伊尔·劳伦斯都提及过此文本，并给予较高评价。叙事者奥尔虽为男性，但他如同雪人一样，有着鲜明的女性气质。他重情而感性，对自然有着敏锐的触觉，对人类和物种充满怜悯之心，除此之外，他从事设计工作，设计的是与女性联系紧密的厨具，这也有其象征意义。当他因为梦境的困扰而前去哈伯的诊疗室治疗时，从哈伯的观察角度，他发觉眼前男子（奥尔）的"眼睛非常美丽，尽管他不常用这个词语"。美丽往往是对女性的描述，这也体现出奥尔外在的女性气质。另一主要人物，心理学家哈伯则是一个理性至上的科学家原型，具有典型男性气质。他积极主动，强壮有力，也是心理实验中的主导者。他胁迫奥尔，让他的梦境服从于自己的意愿。他将拥有异能的奥尔看作是一个"消极的废物"，[1] 与奥尔的女性气质两相对照，二人冷漠、自负与内疚、困惑的心态在末世的环境危机中相互交织，同时，在世界因奥尔梦境而改变的过程中，两种心态也体现出两人的价值取向，这为文本情态模式的采用提供了必要条件。

叙事者奥尔与外星人可以心灵相通，互相理解，他在社会中的边缘状态和他内在的沟通能力也印证了他的女性特质。阿特伍德说过"妇女愿意同其他女性谈论她们的弱点和恐惧，而男子通常不愿意与同性谈论他们的弱点和恐惧"，[2] 这句话指出男子普遍缺乏同性间深入沟通的状态。而奥尔心电感应式的沟通能力是哈伯的梦境机器所不能代替的。通过这种灵异的沟通方式，奥尔知晓外星人降临地球并非为了摧毁地球，而是要融入这个星球中[3]（这种对善的外星人的描写接近巴特勒《思乐创世纪》系列小说中的外星人奥安卡黎。人类被来自太空的奥安卡黎所拯救，这些外星人认为人类的等级制度导致了持续的战争和毁灭。当然，在地球环境已严重破坏的今天，在高科技武器具有大规模杀伤力的今天，人们不能依赖外星人来解决实际问题，巴特勒在后来的小说《播种者的寓言》中，让女性奥拉敏娜建立乌托邦社区，寻找出路解决外星人解决过的问题）。

而勒·奎恩让奥尔与智能高度发达的外星人联手，嘲弄着哈伯对于

---

[1] Le Guin, *The Lathe of Heaven*, Burlington: Harcort Press, 2000, p. 124.

[2] Margaret Atwood, *Second Words*, Toronto: Anansi, 1982, p. 425.

[3] Peter G. Stillman, "Dystopian Critiques, Utopian Possibilities, and Human Purposes in Octavia Butler's Parables (Essays on Octavia Butler)", *Utopian Studies*, Winter 2003, p. 15.

未来平静、平等社会的构想，尤其这种平静和平等是在无情地让亿万生命瞬间消失后。从奥尔的视角来看，唯理性主义的科学家不能带领人们避开世界的灾难，最后哈伯自己的精神崩溃便是疯长的唯理性之花结出的恶果。接着外星人开办的公司甚至还雇用奥尔，以比人类管理者更人性化的工作方式来讽刺人类的自私和贪婪。在温室效应持续恶化世界环境、人口数量不断增长的未来社会，是否只能通过梦境和外星人来解决问题，这只是隐含作者的一个文学想象，但当想象被叙事技巧赋以外形，让读者从叙事者的视角观察自身与社会生态环境，隐含作者的问题也被延伸到了每一个读者身上。

1993年出版的《播种者的寓言》也是一部生态女性主义敌托邦，是第一位在科幻界获得声誉的美国黑人女作家巴特勒的代表作之一。它以第一人称日记体裁展开叙述，对生态、性别、种族、宗教、政府权力等问题的关注交织于文本中，展现出宏阔的视野。如同乌托邦学者巴科利妮所说，它是"从当代趋势发展出的未来的想象，比如不断增长的社会细分，经济不公，全球变暖，反政府权利（《播种者的寓言》）和反宗教权利（《天才的寓言》）的政治幻想"，这些想象在文本中得到了具体的描绘。巴科利妮还详尽比较了巴特勒和另两位批判敌托邦女作家伯德金和阿特伍德的女性写作策略。[1]

特克斯特将她同斯坦利·罗宾逊一起看作是90年代的后现代科幻作家，并认为他们笔下的公司（对政府功能的代替）成为敌托邦写作的焦点。[2]

这部小说以日记形式记录了一个十五岁的黑人女孩奥拉敏娜的三年经历，从早熟的少女到创建一个宗教并担负起它的领袖重任，她试图化解女性、社会、种族、生态等的危机。"地球之籽"（Earthseed）教派建立了，教义与赞美诗都由女孩亲自制定，在黑暗的敌托邦社会中它像一道自由的曙光洒向众人，但这个故事最后的结局是开放的，谁也不能得知还会发生什么，这个团体到底能否实现人们救赎的愿望，倾覆的世

---

[1] Raffaella Baccolini, "Gender and Gente in the Feminist Critical Dystopias of Katherine Burdekin, Margaret Atwood, and Octavia Butler", *Future Females: The Next Generation*, ed. Marleen S. Barr, Lanham: Rowman and Littlefield, 2000, pp. 13-34.

[2] Douglas W. Texter, "A Funny Thing Happened on the Way to the Dystopia: the Culture Industry's Neutralization of Stephen King's *The Running Man*", *Utopian Studies*, Winter 2007, p. 43.

界能否重建。

第一人称经验视角真实地记录下"我"寻求宗教慰藉，直至创办新宗教的心路历程。与《使女的故事》结构类似，只是清醒的女叙事者以明确的时间刻度开始和结束文本，体现她能够把握自我的能力，以及改变现实生活的决心，她以具体行动建立了一个生态和谐的融洽社区；而《使女的故事》则通篇是模糊的时间词语，记忆、现在、未来纠缠在一起，经验自我与回顾自我时时交错，证明她在宗教极权国家里无法定位自身，丧失了行动能力，只能做些私下的怨诉，但无法改变社会生态环境。

阿特伍德的另一部小说《无水洪灾》是以两位女性叙事者轮流进行叙述的形式展开的，隐含作者以复杂的叙事策略表达生态、性别、科技（尤其是基因工程）之间关系的主题，其中夹杂着对享乐主义和低俗大众文化的批判，是一篇典型的生态女性主义小说，笔者在下一节列出相关表格来呈现时间、地方、聚焦者、事件及生态意义之间的联系。

二 《无水洪灾》的叙事时间设计与生态主题

小说的时间机制是构成叙事的控制机制的重要部分。小说家通过在文本中重新创造一个时间体系，来达到虚构的真实，这种虚构既可以明确的时间刻度来体现，也可能是模糊的时间流动，被打乱的时间顺序被任意组合成一个个零散的片段，读者要正确解读文本，就需要在头脑中重新整理出故事时间，以厘清其中情节的逻辑关系。敌托邦文本的写作时间与故事时间往往是倒错的，前者先于后者，因而对读者产生一种陌生感与超现实感，而这几部女性敌托邦文本的隐含作者极大限度地隐蔽了故事时间，没有明确的时间刻度，"故事的现实指向一旦被切断，象征效应便取而代之成了注意中心"，[1] 这也是此类文本象征功能的一个体现。这些文本与其他虚构作品一样，隐含作者通过对叙事时间和故事时间的有效操控，如间隔、停顿、比例等，有利于帮助读者看到人物的内心，体验人物的情感变化，呈现心理真实。叙述者在过去—现在的交替叙述中突出显现生存环境的剧变，而变动中又可察觉到因果关联。隐

---

[1] 徐岱：《小说叙事学》，商务印书馆2010年版，第283页。

含作者尤其注重对时序的灵活运用，时序有其因果逻辑与象征意义，对时序的安排潜藏着隐含作者的主观意图，读者对时序的梳理可以有助于更好地理解文本。

《无水洪灾》采用两个女性叙述者叙述各自在灾难后的经历，及对灾难前的回忆为核心，其中涉及同一灾难性事件。叙述者分别以第一人称与第三人称内聚集的有限视角，围绕一个宗教团体"上帝的园丁"，讲述了从灾难发生前二十年到灾难当年的社会与生态状况。而文本中每一章节标出灾难前的年代，以现在进行时和过去时相交叉的方式进行叙述，如同徐岱所说："现在时有参与性，过去时与完成时有历史性。"[①]语言中不同的时态表现控制着故事与读者的距离，使得这部文本在未来的陌生化时空中，又具有现实感和历史感，让读者与叙述者一起体验那个恐怖的灾难，回忆灾难前的黑暗年代。

此书题目 The Year of Flood 直译是《洪水之年》，这个阐释代码便与时间有着深刻联系：故事开始之年，即洪水发生之年，指向了未来维度，正如大多数敌托邦文本。未来的洪水会带给人类怎样的灾难？它如何发生，人类又如何获救，或者灭绝？它同时也是一个文化代码，众所周知《圣经》中的洪水故事与诺亚方舟，在这场因上帝的愤怒而引发的洪水中，人类及生物大多被淹没溺毙，只有极少数幸免。这个题目就给读者预设了一个黑暗画面，读者得出一个直接判断：小说与洪水、灾难有关。但是否阐释正确，还需进一步阅读。直至第6页，从润的话语中提到无水洪灾（waterless flood），读者才得出非洪水引起人类灾难的结论，它只是一个隐喻，从托比的口中提到致命病毒，读者可能会猜测洪灾是喻指席卷全球的病毒，继续阅读证实了这个判断：故意植入药品中的病毒如洪水般成为全球祸患。当然，如果读过同一作家2003年出版的《羚羊与秧鸡》，读者的正确判断可能会下得更早一点。

文章开篇为上帝的园丁赞美诗，是韵体诗，以现在时写出。小说是从中间开始，两个叙事者一为托比，用第三人称有限视角；一为润，用第一人称人物视角，当灾难发生之时，托比在位于郊区的阿诺优温泉美容中心，她将自己封闭起来，室内有她苦心经营的"方舟"（储存食物

[①] 徐岱：《小说叙事学》，商务印书馆2010年版，第359页。

之所），同时当食物短缺时，她还不得不穿行在城市与郊区，这个角色能够让她目击灾难后的城市；另一灾难幸存者，第一人称叙事者润在灾难发生前被关在封闭的房间里等待检查是否被客人传染病毒，由此躲过一劫。在跨度二十年、复杂的时间顺序中，众多的人物先后出现，加上文本中元小说的性质，理解文本不是一件轻松的任务。但情节之间又潜藏着各事件间的逻辑关联，当一个细心的读者梳理出文本的因果链条，理解到了隐含作者复杂的时间叙事策略，便会享受到阅读的愉悦和智力挑战的成功。这里，笔者将时间、发生地、叙事者或说话者、时态、重要生态/环境事件以表格形式列出，以阐明女性叙事者眼中观察到的灾难前后的生态环境及她们经历的重大事件。时态后面括号里的数字为文中小节，小说一共被分为 77 节。

时间	地点	叙事者或说话者	时态与话语	重要生态/环境事件
第 25 年	阿诺优温泉美容中心（避难所）	托比：第三人称有限视角	现在时（1）	观察灾难后场景，回忆伊甸沿各"园丁"
第 25 年	色情俱乐部（避难所）	润：第一人称回忆视角	现在时加过去时（2）	叙述此时的心理活动，回忆无水洪灾发生之日
第 5 年	伊甸沿（废墟楼顶）	亚当一号：布道词及赞美诗	现在时	从内心命名自然万物，以符合它们的语言
第 25 年	阿诺优美容中心（避难所）	托比：第三人称	现在时（3）（4）加过去时（5—10）	灾难后现在的行动。回忆：家庭破裂，布兰科欺凌，逃到伊甸沿，获得绿色慰藉。
第 10 年	伊甸沿	亚当一号：布道词及赞美诗	现在时	尊重其他生命，人类自负是罪恶
第 25 年	色情俱乐部（避难所）	润：第一人称	过去时（11—17）	回忆灾难；回忆继父热布，因他来到伊甸沿；对比大院、伊甸沿两种生活
第 10 年	伊甸沿	亚当一号：布道词及赞美诗	现在时	人类自我毁灭；挪亚方舟拯救，搭造末世方舟
第 25 年	阿诺优美容中心（避难所）	托比：第三人称	现在时（18）加过去时（19—23）	灾难后现在的行动。回忆：布兰科因犯法参加"死弹"游戏；伊甸沿与琵拉建立友情
第 12 年	伊甸沿	亚当一号：布道词及赞美诗	现在时	学习自然知识，获得求生技能，认识植物并感恩自然

续表

时间	地点	叙事者或说话者	时态与话语	重要生态/环境事件
第25年	色情俱乐部（避难所）	润：第一人称	过去时：灾难当天（24）伊甸沿（25—30）	回忆灾难当日；回忆在伊甸沿接受生态教育，具生态意识；伯特种植大麻被捕
第12年	伊甸沿	亚当一号：布道词及赞美诗	现在时	尊重低等生物，微小生物，上帝造物皆有意义
第25年	阿诺优美容中心（避难所）	托比：第三人称	现在时（31）加过去时（32—36）	灾难后日记提及雪人和秧鸡人，误为幻觉；回忆在伊甸沿接替琵拉为夏娃六号
第14年	伊甸沿	亚当一号：布道词及赞美诗	现在时	庆祝愚鱼节，关爱鱼类和其他海洋生物，谴责人类严重破坏海洋环境
第25年	色情俱乐部（避难所）	润：第一人称	过去时：灾难当天（37）伊甸沿（38—42）	回忆灾难当日；随母回到大院，想念伊甸沿，认识雪人
第18年	伊甸沿	亚当一号：布道词及赞美诗	现在时	万物皆有存在理由，内在价值，蛇的智慧象征存在的整体，它每部分体验上帝意旨
第25年	阿诺优美容中心（避难所）	托比：第三人称	现在时（43）加过去时（44—48）	灾难后遭遇基因生物；回忆布兰科被释放，袭击伊甸沿，托比改换身份来到阿诺优
第21年	伊甸沿	亚当一号：布道词及赞美诗	现在时	伊甸沿迅速壮大，面临政府迫害。讲述动物为植物授粉，果核里蕴藏生命
第25年	色情俱乐部（避难所）	润：第一人称	过去时：灾难当天（49，50）玛莎学院（50—52）阿诺优（53）俱乐部（54）	回忆灾难前后；学校遇见雪人，母亲改嫁后辍学，托比让她进入阿诺优，后来她自己进入了色情俱乐部
第24年	无名地	亚当一号：布道词及赞美诗	现在时	伊甸沿被破坏；纪念历史上为保护物种而牺牲的勇士，重申万物构成整体
第25年	色情俱乐部（避难所）	润：第一人称	过去时：55、56	阿曼达前来俱乐部解救润
第25年	阿诺优美容中心（避难所）	托比：第三人称	现在时（57）	灾难后现在的行动，遭遇器官猪
第25年	色情俱乐部（避难所）	润：第一人称	过去时（58）	灾难后阿曼达与"我"在俱乐部相会

第四章　敌托邦语境下的环境叙事　　159

续表

时间	地点	叙事者或说话者	时态与话语	重要生态/环境事件
第25年	阿诺优美容中心（避难所）	托比：第三人称	现在时（59）	灾难后现在的行动，体验莫测的自然力量
第25年	色情俱乐部（避难所）	润：第一人称	过去时（60、61）从俱乐部前往阿诺优	与阿曼达同在俱乐部
第25年	无名地	亚当一号：布道词及赞美诗	现在时	在记忆中保留物种名称，饥荒时捕食动物，为之祈祷
第25年	阿诺优美容中心（避难所）	托比：第三人称	现在时（62—67）	灾难后现在的行动，救护润
第25年	无名地	亚当一号：布道词及赞美诗	现在时	纪念雷切尔·卡尔逊；"我们"将在上帝的翅膀下得到庇护
第25年	无名地	润：第一人称	现在时（68）	与托比同行寻找阿曼达，发现奥兹遇害
第25年	TEX-MEX	托比：第三人称	现在时（69、70）	托比的野外生存技巧和适应力；遇见濒死的布兰科；与另一园丁成员会合
第25年	无名地	润：第一人称	现在时（71）	认识"疯癫亚当"组织中幸存的科学家
第25年	无名地	托比：第三人称	现在时（72）	知晓热布下落，他在寻找亚当一号；基因狗夜袭
第25年	无名地	润：第一人称	现在时（73）	获悉天塘计划，秧鸡人（人造人）；前去寻找阿曼达
第25年	无名地	亚当一号：布道词及赞美诗	现在时	"我们"行走在艰难的旅程中，上帝给予"我们"自然绿色的奇迹
第25年	无名地	润：第一人称	现在时（74）	遇见秧鸡人
第25年	无名地	托比：第三人称	现在时（75）	托比对秧鸡人和幸存者的想法；思考自然的美丽
第25年	无名地	润：第一人称	现在时（76）	救出阿曼达，遇见雪人
第25年	伊甸沿	亚当一号：布道词及赞美诗	现在时	瘟疫即将夺走"我们"生命，宽恕让物种灭绝的人
第25年	无名地	润：第一人称	现在时（77）	开放的结局：一队歌者走来，是谁？带来希望，还是彻底毁灭？

从表中可以看出隐含作者精巧的时间策略。在这个从中间开始叙述

的文本中,直到 61 小节前都是现在时和过去时相混杂的叙述。对第三人称叙事者托比来说,灾难后现在的行动和对过去的回忆相交错,这种事件的间隔是结构方面的重要课题。奥索夫斯基对康拉德小说的间隔有过精彩论述,同样也适用于这部文本:在一个故事中留下间隙,后面再回过头来叙述,因此而与一个编年史的次序不断地放在一起,使读者本来不理解的事件逐渐明晰起来。这不仅能加深读者对故事的印象,而且还能够调动读者的想象力,使其在一定程度上卷入文本中来。① 其中,以现在时展开的各个行动描写,突出了托比敏捷的行动能力、实干精神以及对自然知识的运用,给她的幸存提供了合理预设,如在第 3 小节中,几个短句中动词的并列使用展示出她行动的迅速和反应的敏锐:

> 托比从楼顶走下来,把自己包在粉红的长罩衫里,用超 D 药水去杀虫,又调整了她的宽边粉红太阳帽。然后她锁上前门,去打理花园……她捉了些鼻涕虫和蜗牛,拔了野草,没理会马齿苋:那个以后可以蒸着吃。(Toby makes her way down from the rooftop, covers herself in her pink top-to-toe, sprays with superD for the bugs, and adjusts her broad pink sunhat, Then she unlocks the front door and goes out to tend the garden.... she locates several slugs and snails and pull out some weeds, leaving the purslane: she can steam that later.)

尤其是后一句,and 的连续使用充分反映了她行动的熟练。

而对润来说,由于困在洗浴美容中心,人物的行动功能被消减了,只能以回忆展开叙述。对过去的回忆又分为两部分:灾难当日的回忆和对在伊甸沿生活的回忆。润躲避在封闭的空间中,在漫长的等待救援过程中,行动被弱化,被大量的思想活动代替,在其后的文本中也展示出了润缺乏行动能力的特征。她对伊甸沿的回忆让读者了解到她生态意识的产生背景,隐含作者也借此阐明了她的价值观。时间安排主要集中在"上帝的园丁"这个生态神学组织创立第 25 年,也就是灾难这年,亚当一号的布道词和赞美诗作为形式上的文本分隔符,穿插于托比和润现在

---

① 徐岱:《小说叙事学》,商务印书馆 2010 年版,第 204 页。

的行动和对过去的回忆中，布道词的发布时间清楚表明了文本中这个宗教组织二十年（从第 5 年开始到第 25 年灾难爆发，亚当去世，但并未标明具体的历法时间）里坚持的生态教义，对灾难的预期和准备。

分隔符的通篇贯穿呈现出鲜明的意识形态，宗教的生态精神已烙刻在两位叙事者的思想中，这也是隐含作者干预文本叙述的重要表现。即便隐含作者在叙述亚当一号这个人物及宗教活动时，带着一贯的揶揄和调侃的语气，但对其生态精神、传教热情、敢于承担责任还是肯定的，他是末世里传送和平与救赎的福音，尽管这种福音太过理想化。从两个叙述者的角度来看，她们都受其影响，有自觉或潜在的生态意识，是他发送信息的深层接受者。同时，布道词还起了推进叙述的作用，两位叙述者都以有限视角叙述她们的经历和回忆，限制了对周围世界事态发展的观察，亚当一号在布道词中间杂了他对世界的观察和评述，丰富了叙述层次和文本内容。

从时间比例来说，不管是托比还是润，对灾难后的生存状况的展示和叙述篇幅都少于其在伊甸沿生活的回忆，这种时间比例的安排透露出隐含作者的意图：生态预警并非是文本主题，对"生态思想蕴含着救赎的可能性"进行具体细致的描绘才是重点，因此，伊甸沿的时间对叙述者来说是价值时间，而非空间时间（物理时间）。即便在伊甸沿，叙述也并非面面俱到，时间的省略很明显，除了提到的几个时间，如第 14 年、第 10 年等，还有很多年份完全被省略掉，只有发生重大事件的时间被提及，这也使得浓缩的文本产生紧张感。

润如同末世的一只消极被动的羔羊，虽然因生计而在色情场所工作，但本性天真单纯，对他人抱有太多信任，在伊甸沿的经历又培育出潜在的生态意识，她的幸存让读者看到黑暗社会的一丝亮光。而具有强大行动能力的托比是一个积极的守护者，她对润如女儿，对琵拉如妹妹的情谊也是书中的动人之处。在细读过程中，读者会有个有趣的发现：文本中的润、托比和《羚羊与秧鸡》中的雪人都曾在玛莎·格雷厄姆艺术学院就读，分别学习了舞蹈、草药疗法和文学。被末世轻视的文科学生和传统文明的继承者成了叙述者和幸存者，这也指出了隐含作者的态度。

就叙事的时间机制来说，科幻小说中还有个值得提及的问题：如何灵活运用时间词。科幻小说中，一个确定的未来时间会增加读者对于陌生化场景的期待，而作品中语意模糊的时间词会拉开文本和读者的距离。这部小说中没有确定的时间刻度，读者只能得知故事发生在不远的未来。文本共十四章，每章开篇便是一个模糊的时间词：第25年，第10年，第14年等。这些时间的参照对象，或是说起始点却没有表明。由于没有与读者阅读时间相参照的确定时间，读者必须根据上下文，自己来推测出时空坐标系，这也突出了文本的建构性质。时间词可分为三种，一是历法时间词，二是言语定位时间词，三是参照定位时间词，[1]在虚构文本中，第一种运用较少。在敌托邦小说中，更是如此。（也有例外，如《播种者的寓言》就用了历法时间词，从 2024 年 7 月 20 日开始，到 2027 年 10 月 10 日结束，但这可能是由于这部小说日记体裁的需要，清楚的时间刻度标明事件的进程，叙事以时间顺序展开。）这部作品中每章开篇即是一个参照时间词，一个不确定的年代，从随其后的每章布道词来看，读者可以判断出是以伊甸沿的建立时间为元年作为参照物的。根据语境，读者得知"上帝的园丁"在此处生活 25 年，直到他们预料到的瘟疫——无水洪灾的来临。这段时间，也是信徒们以生态精神努力挽救自己和大众，同时又惴惴不安地等待最终审判的时间。时间的插入，体现出隐含作者的干预，作者需要将创立时间作为参照，帮助读者厘清灾难发生前后的逻辑框架。

从中可以看出，尽管后现代小说中时间模糊，还运用了变形、意义含混等修辞形式，但即便是打破了传统的线性时间观，读者仍能推导出故事的因果逻辑，这同小说本身的自足性有关："小说的叙事不指向客观的外部世界，因此其语言的运用只要符合故事与性格的内在逻辑即可。"[2] 王燕认为，小说叙事为展现线形时间流中的人生和经验，时间词的使用可以充分注意到时间描述的创造性和审美特征。

三 女性敌托邦文本中的循环/整体时间观

叙事时间是叙事学中的重要单元，热奈特《叙事话语》中着重提到了时序、时距、频率等，不同的叙事时间结构有助于从不同的角度揭示

---

[1] 王燕：《小说叙事时间词语用特点分析》，《社会科学家》2008 年第 1 期。
[2] 童庆炳：《文体与文体的创造》，云南人民出版社 1999 年版，第 136 页。

主题、展示人物，也体现出作家的创作风格。阿特伍德的文本时间一贯较为复杂精巧，较少单线叙事，常呈现出插叙、倒叙、顺叙等多样化的时间结构。她笔下的托比、使女、润，都拒绝接受基督教的线性时间观，而相信整体时间观或循环时间观，这也是一种生态时间观。勒·奎恩笔下乌托邦小说《倾述》的女叙述者乃至《天钩》中具有女性气质的奥尔，同样如此。

《无水洪灾》中托比生态自我观念的形成与她时间观念的改变同步，源于她来到伊甸沿并与琶拉和蜜蜂们深入接触后。其时她已不自觉地转换了她原有的线性时间观念。"时间不是逝去的旧物，而是超越自身的永恒存在，是你漂浮其上的汪洋。"① 这种时间观早在作家1988年出版的《猫眼》的第一句中就已提道，"时间不是线状而是一种维度，如同空间般的维度"。这种时间观与女性主义倡导的时间观一致。克里斯蒂娃指出，男性的时间是一种线性的时间，而女性的时间是一种循环往复的永恒的时间。男性的时间概念是有计划有目的，呈线性预期展开、分隔、发展和抵达的时间，也就是历史的时间。②

女性主义的时间观也与生态主义倡导的时间观一致。文中亚当一号曾说过，"须得观察朝阳初升，月相变化，因万事万物皆有其季候"，③这种季节性便是时间的循环性。时间是循环的，而个体只是万物中一个小的部分，在对自然的认同中，将旧有的小的自我与新的大的自我融为一体，在整个生命系统的循环往复中，自我实现其存在意义。这种时间观念与其信奉的万物相依，生命循环相一致，在参与到自然的循环中时，小的自我方体现出生之意义。

对道家哲学体会极深的厄休拉·勒·奎因在《倾述》中同样表现出循环时间观，她（叙述者萨蒂）把阿卡星球的宗教体系定义为佛教或者道教类型的宗教哲学……永生不是终点，而是连贯的。在她神秘深邃的宗教话语体系中，自我在循环中得到永生。

巴特勒则干脆在《播种者的寓言》中将上帝这个指称更改为"变

---

① Margaret Atwood, *The Year of the Flood*, Toronto: McClelland & Stuart, 2009, p.101.
② Martha Sharpe, Margaret Atwood and Julia Kristeva, "Space–Time, the Dissident Woman Artist, and the Pursuit of Female Solidarity in *Cat's Eye*", *Essays on Canadian Writing*, Fall 1993.
③ Margaret Atwood, *The Year of the Flood*, Toronto: McClelland & Stuart, 2009, p.163.

化"，其实质是喻指时间，因为时间的本质即是变化。印度《吠陀经》中说："时间征服了整个世界，它上升着，成了至尊之神。"而路易·加迪也认为："生命来自时间，时间的流逝使生命体衰老，消亡。"① 时间是不可能被打败的，它就是一位隐形的上帝，非人格化的神，它就是变化的起源，也是恒常的存在，只有变化是不变的。奥拉敏娜将变化立为新的上帝，也就是看到了时间前面人们的不可作为，它既创造又毁灭，拥有无限的潜能。但同时又认为，要赋形上帝，先要赋形自我，要让自我在时间的苍穹中凝聚成核，而非散漫无际。文本中反复出现的一首诗：你所触到的/你使之变化/你所变化的/变化着你/唯一持久的/即变化/上帝即变化/它如同对你诉说：/你在时间中改变自身，/你也改变着时间，/没有什么不会改变，/因为上帝就是改变的根源。② 时间是生命的土壤，我们必须在时间中学习、传授、适应、成长。这也是对基督教线性时间观的背离。

四 《使女的故事》中环境性象征符码的运用

罗兰·巴特认为文的一切所指均可分为五个符码：阐释符码，指以不同方法表述问题、回答问题，以及形成或能酝酿问题、或能延迟解答的种种机遇事件，诸如此类功能的一切单位，书名往往是一个原初的阐释符码；意素符码，是含蓄意指的所指，是典型的，最卓越的所指，是个变化的因素，可融合其他相类的因素，以创造性格、环境、转义、象征；文化符码，发自人类传统经验的集体而无个性的声音，是"我们在解释日常经验时所不假思索地利用的知识库"；情节符码和行动符码被统称为"布局符码"，和深思熟虑地确定情节结局的能力相关；象征符码，是多元复合性与可逆性的专有领地，具有深邃神秘的意义，③ 华莱士认为"它基于二元对立"，④ 是象征性对立物展示自身的场所。这五种符码代表五种声音：经验的声音（布局符码）、个人的声音（意素符码）、科学的声音（文化符码）、真相的声音（阐释符码）、象征的声音

---

① 徐岱：《小说叙事学》，商务印书馆 2010 年版，第 275 页。
② Octavia Butler, *Parable of the Sower*, New York: Grand Central, 1993, pp. 1, 79, 195.
③ [法] 罗兰·巴特：《S/Z》，屠友祥译，上海人民出版社 2000 年版，第 79—85 页。
④ [美] 华莱士·马丁：《当代叙事学》，伍晓明译，北京大学出版社 2006 年版，第 167 页。

(象征符码),这几种声音汇聚成立体的文本空间。敌托邦文本中同样存在这五种符码模式,每个语段可以用巴特分析《萨拉辛》的方式去仔细分解。在本章中,笔者试图对生态女性主义小说《使女的故事》涉及的环境性象征符码进行论述。

这部1985年完成的敌托邦作品既有鲜明的女性主义观点,又有强烈的生态主张,其中象征符码的大量使用便是一种呈现女性与环境主题的叙事技巧。它既是对话语的控制,又是对故事的操作。象征符码与传统文学术语象征的意义有所不同,象征这个词本身就具丰富能指,而韦勒克认为共同的取义部分也许就是"某一事物代表、表示别的事物",[①]并产生出在符号及其所代表的事物之间进行类比的原意。在文学理论上,这一术语较为确当的含义应该是:"甲事物暗示了乙事物,但甲事物本身作为一种表现手段,也要求给予充分的注意。"[②]"私用象征暗示一个系统,而细心的研究者能够像密码员破译一种陌生的密码解开它。"[③] 它不同于前代诗人广泛采用并容易理解的象征,那通常是一种私用的象征。而巴特所指的象征符码,已从诗歌文本扩展到了虚构叙事文本,并且,在巴特的理解中,象征符码更多了一层对照的意味,象征结构是"覆盖诸多置换与变体的全部空间……在象征域内,突现了辽阔的范围,即对照的范围",[④] 对照是理解象征符码的立足点,从双方的对照中起出暗含的意旨,由陌生化的延长达至审美想象。本节讨论的象征符码与女性质素、环境相关,从这些环境性象征符码中,揭示了自然象征物与人物/叙述者之间的内在情感联系,符码的多元复合性与可逆性强化了文本的文学性,理想读者可以感知到当隐含作者在刻画女性幽微旖旎的心理时,眼光转到了人物所生存的环境,它作为"指示性标志"进入"静态的母题"的领域,[⑤] 体现了环境象征物在功能上的重要性。

[①] [美] 勒内·韦勒克、奥斯汀·沃伦:《文学理论》,刘象愚、邢培明、陈圣生、李哲明译,江苏教育出版社2005年版,第214页。
[②] 同上。
[③] 同上书,第215页。
[④] [法] 罗兰·巴特:《S/Z》,屠友祥译,上海人民出版社2000年版,第81页。
[⑤] [美] 华莱士·马丁:《当代叙事学》,伍晓明译,北京大学出版社2006年版,第118页。

《使女的故事》采用后现代写作手法，充满了多义与重复的意象，而元小说模式、反讽修辞及开放式结局更使文本显得扑朔迷离，呈现了一个严酷苛刻的清教徒未来世界及在此中生活的"我"的精神状态。作者使用了不少环境性象征符码，来表达女性与环境同为父权制下他者身份的事实。这些象征符码以总体或具体环境为暗示手段，通过对比、置换、变形成人物的独特心理感受，发出女性叙述者自己的声音。

　　1. 地下/水中

　　大地常被喻为人类的母亲，是人类得以生存的坚实物质基础，也是提供精神能量的无尽源泉。而在《使女的故事》中，这个传统比喻被相对立的象征符码所替代，无政府状态下遭受环境污染的大地已沦落为有毒物质的聚生所，人类与自然处于对峙中，此后政治形态从一个极端走向另一个极端，在基列国夺权后，空间又异化为宗教极权的统治场所，生态继续恶化，"海洋渔业早在几年前就消失了，如今还能吃到的一点儿鱼是在养鱼场里养殖的，吃起来一股泥腥味，新闻说沿海地区正处于休整时期……难道它们（金枪鱼、龙虾等海洋生物）也会像鲸类一样灭绝吗？"[①] 除了物种濒临灭绝，严苛的宗教信仰又让鲜艳的花朵、美丽的自然成了被隔离的对象，以此来禁锢人们的欲望，封闭室与等待室成了典型的空间形态，女性叙事者通过潜入地下来逃离异化的精神与生态空间。

　　与潜入地下相类似的象征符码是潜入废墟，当阿特伍德评论1973年里奇的诗歌《潜入废墟》时，她就对诗名非常欣赏，认为它是强有力的题目。废墟意指陈旧的神话，尤其是关于男性和女性的神话的废墟，潜入废墟是一段驶向过去的旅程，是为了发现神话背后的真相。[②] 这首诗歌具有浓厚的女性主义色彩。阿特伍德的潜入地下也是与女性主义思想相关的一个象征符码，就它作为意象而言，国内外不少学者皆已言及，如丁林棚在《潜入地下》一文里，联系阿特伍德的诸多作品，从心理学角度分析潜入地下是想象界对象征界的反抗，是无意识的颠

[①] Margaret Atwood, *Handmaids' Tale*, Toronto: McClelland & Stewart Ltd., 1985, p.173.
[②] Margaret Atwood, *Second Words*, Toronto: Anansi, 1982, p.161.

覆。① 国外学者夏农·恒艮在《玛格丽特·阿特伍德的权力：小说诗歌选集中的镜像和意象》中也提到潜入地下的意象。这种意象由于反复出现，成为具有明显多重意义的话语，在与"浮出水面"的对照中，上升为一种象征符码。

在叙述者生活的基列国，地上的空间是毫无自我认同感的，危险而虚浮。"我"在寻找可以给"我"带来归属感的空间，它如同一个洞穴、一个摇篮，或是母亲的子宫。"外面风雨大作，我们在洞穴里拥抱取暖。"② 只有在这里，"我"觉得安全，甚至可以说出"我"的真名，而不再是那个无名的"我"。但"我"自己也知道"我"和尼克的约会之地其实是最危险的地方之一，"我"的想象只是自欺。"我"希望在新的空间形象之中寻找自己的内涵和定义，去寻求自身的新的形象。当事实上的逃离无法达到时，"我"会选择心理上的逃离。《使女的故事》中的"我"，作为一个他者，一个客体，一个政治权力下的听从者而不是发令者，深刻感受到地上的"等待室"的封闭与压抑，试图在新的空间中定义自我的价值，但"我"却无力跨越两种空间形象之间的鸿沟，因此只能在心理层面上作逃离的幻想，"潜入地下"正是心理逃离的一个明证。潜入地下，是一个自疗的过程，表示"我"的自我发现，是"我"对象征秩序造就的所谓女性表现的拒绝。"我沉入自己的身体，如同沉入泥潭和沼泽，只有我知道哪里可以立足。危险的地面，那是我自己的领地。"③ "我"清楚地知道自我被埋葬在一个不能回溯的隐秘的地下空间，而"我"又囿于现时的空间无法迈入新质空间里探寻一个新的自我，只能以一种心理幻想的方式实现逃离。以这种方式，"我"表达出了消极的反抗——被父权社会压抑的自我意识仍然存在着。由此，潜入地下的象征符码有效地凸显了女性叙事者清醒自察而又无可奈何、以幻想逃离此环境进行反抗的内心体验，在话语的多重解读中含蓄呈现故事主题。

与之相反的象征符码是沉入水中，沉入水中是阿特伍德偏爱的一个

---

① 丁林棚在《阿特伍德小说中"潜入地下"主题的反复再现》(《国外文学》2002 年第 1 期) 一文中，他进行了"潜入地下"的主题分析和形式探讨。
② Margaret Atwood, *Handmaid' Tale*, Toronto：McClelland & Stewart Ltd., 1985, p. 281.
③ Ibid., p. 83.

象征符码，尤其在小说《浮现》中，"它更是成了一个核心的功能单元，整个文本围绕浮出水面，女性叙述者的身份追寻最终得以实现。她沉入水中不仅是为了寻找自己的生身之父，也是对自己过去经历的弥合过程，是对未来的展望"。① 在《使女的故事》中，再次提到水的柔和，以及这种柔软感觉对无意识的启封，对回忆的激发。"我走入水中躺下来，任由水托举着我。水如同手一般柔和。我闭上眼睛，突然，毫无征兆地，女儿出现在我面前……心里想念着那个并没在五岁里死去的小女孩……"②沉入水中，是对过去的记忆，过去并非完美，但现在比过去更糟，而未来无法想象。对过去生活中柔软触觉的渴望还延伸到其他事物上："我会帮丽塔做面包，将手伸进柔软、温暖并弹富有弹力的面团中，它的触感与肉体十分相像。"③ 这种柔软触觉是对过去温情的缅怀，它激起心灵深处的人性回声，是被宗教极权隔绝开的自然的另一面；与之相对，地面总是坚硬无比、坚硬、冰冷、僵直，是"我"生活中必须恪守的教条，否则"我"就会感到危机重重。"我"也一如床单一样干燥、苍白、坚硬、粗糙，就像用手指摸过一盘大米的感觉，就像冰雪。坚硬冰冷、失去生机、土壤贫瘠的地面与社会生态环境互相映照，也衬出"我"整日惴惴不安，唯恐惹祸及身的小心谨慎。在使女的叙述话语中，潜入地下/沉入水中成为链接叙述者生存境况与内心情感的象征符码。

2. 红/黄的色彩对比

乔纳森·贝特在《从红色到绿色》中指出："在文学或非文学的话语中，自然现象，如春、夏、秋、冬和色彩常被用来作为一种文化意象，如用严寒的冬天和温暖的春天表现两种不同的政治秩序，以及二者的交替。"④ 而这部文本中也有典型的色彩象征符码，红/黄两色鲜明的视觉冲击力勾勒出一个恐怖的封闭图景与开放的空间。两种色彩的频繁

---

① 丁林棚：《阿特伍德小说中"潜入地下"主题的反复再现》，《国外文学》2002年第1期。

② Margaret Atwood, *Handmaids' Tale*, Toronto: McClelland & Stewart Ltd., 1985, pp. 73-74.

③ Ibid., p. 21.

④ 陈晓兰：《为人类"他者"的自然——当代西方生态批评》，《文艺理论与批评》2002年第6期。

第四章 敌托邦语境下的环境叙事

使用，刺激了读者的想象力，通过具有丰富象征意义的色彩对比，突出一个陌生化的世界。红色有各种象征意义：激情、革命、欲望，在此部文本的后记里提到"二战"期间加拿大战俘营里德国战犯穿的红色囚服，① 和文本中其他地方暗示的意义一样，红色象征单一的血腥、暴力，以及随之而生的恐怖和绝望，这种怪异的内心体验是对异化社会生态环境的印证。在叙事者"我"的眼里，红色是浸透了鲜血的颜色，"像一只鱼眼睛的窗间镜，而我在镜子里就像一个扭曲的影子，一个劣质仿造品，或是个披着红斗篷的童话人物，正下楼走向漫不经心，同时危机四伏的一刻。一个全身滴血的修女"。② "我"每天必须穿着规定的红色长袍和红鞋，单调的色彩加强了中世纪的教会统治氛围，连自然界的植物也无处不被这种色彩浸染：（花园里）黄水仙渐渐枯萎，而郁金香争相开放，光华四射。鲜红的郁金香茎部呈深红色，如同它们曾被砍掉，现在正慢慢愈合。③

对这种比照的无意识联想，被反复提起，而"我"也知道在"我"内心里，"我"必须将它们分得一清二楚，否则便迟早会滑入精神崩溃的深渊，无法生存。郁金香不是鲜血的郁金香，红色的微笑（受害者血迹凝在白布上的印迹）也不是花朵，两者无法相互比照，相互说明……每样东西都是千真万确的实际存在。正是在这一片真真切切实际存在的物体中，"我"每日每天必须以各种方式选择"我"走的路。"我"的真实境况就是被包围在鲜血般的红色中，这极具讽刺意味：因为修女一般穿着肃穆素净的黑色或白色，而故事中的使女作为为上层人物繁衍后代的"行走的子宫"，却被要求穿着象征性与生育的红色，但在"我"的眼中，这种象征生育的颜色却只是血腥与死亡的颜色，"我"想象在卫士面前，"在时明时暗的灯笼的光照下，当我脱下红色的裹尸布，把我的身体呈现在他们的面前"。④ 红布的意象再次被提及是在"我们"满心激动地观看完珍妮生下女孩后，回家的路上"我们"（使女们）面面相对，毫无情感，也几乎没有了知觉，更像一捆捆红布。⑤ 如果负责

---

① Margaret Atwood, *Handmaids' Tale*, Toronto: McClelland & Stewart Ltd., 1985, p. 319.
② Ibid., p. 19.
③ Ibid., p. 22.
④ Ibid., p. 31.
⑤ Ibid., p. 224.

生育的使女们只是没有生命力、没有知觉的红色布料，这个社会的低出生率和人口的负增长也就成为常态了。除了郁金香，花园里的蝴蝶花也像"滴血的心房"，变形的意象是对自我、对自然被扭曲的表达。

与血腥、暴力、麻木的红色相对应的颜色是充满生命力的金黄色，蒲公英的颜色。"这里一棵蒲公英也看不到，草坪里的杂草全被拔除，我渴望能看到一棵，哪怕只是一棵，垃圾般地偶然长在那里，带着睥睨一切的骄傲，拔除不尽，还开着太阳一样金黄的花。它灿烂迷人而又平平凡凡，对每个人都这样美丽绽放。"① 蒲公英虽渺小却并不软弱，总会给"我们"的生活带来亮色，让"我们"以积极的态度面对现实，它是火焰一般的颜色。"我"那时两三岁的女儿，凝聚着"我们"的希望，"在蒲公英结籽的时候，我可以看见她奔过我面前的草坪……像一个跃动的光点，一团炽烈的火，天空中的蒲公英如同一个个小小的降落伞。"② 顽强、活泼、具有旺盛生命力的植物已被清除出花园里，过于整洁的花园呆板单调，太多人为的痕迹反而使她显得矫揉而虚幻，这也是叙事者对于自己现时生活的体验。此后，挽救仪式（女犯人被绞死前的示众仪式）上，"我可以望见……放在眼前草地上的那根绳子的毛发状纤维，草地上的青草有着刀刃般的边缘。在我面前就有一棵蒲公英，蛋黄的颜色"。③ 这句话也是充满讽刺的意味：在死神的漆黑道具上，却跳动着生命金黄的音符，整个仪式如同一出荒诞的戏剧。被蒙蔽的叙事者这时虽还未意识到真相，然而还是不想再看这残忍的绞刑，"我"目光转向青草，转向绳子。死亡的惨剧不忍目睹，只能转移视线，让青草与绳子上的蒲公英唤起对生命的希望，让暗黑底色中透出一丝金色曙光。

自然界的万物总是映射着"我"的内心体验，郁金香的猩红与蒲公英的金黄这对相反的象征符码在叙事者的眼中就是暴力与希望的代名词。

3. 昼/夜

昼与夜是自然界的时间分隔，作者有意识强调夜的意象，文本中夜

---

① Margaret Atwood, *Handmaids' Tale*, Toronto: McClelland & Stewart Ltd., 1985, p. 224.
② Ibid..
③ Ibid., p. 286.

的主题重复出现，有以夜作为开篇的一章，又有以夜作为结尾的一章。总共十五章中，有七章题名为夜。夜如同贯穿了整部乐章的主旋律，不时将读者带入黑暗的未来世界中。与夜这个时间概念相对应的空间，正是在基列共和国建立神权统治之后。当无政府主义的散漫光线被强行压制时，布满空间的是无尽的黑暗，空间里的人与物都被黑暗所笼罩，而墙外刺目的探照灯与之形成鲜明的对比，这个怪异的空间形象让读者灵魂产生惊恐的震颤。然而，这样的空间形象对"我"却是一种安慰："整个夜晚都是属于我的，是我自己的时间，我想怎么打发都可以，只要我不出声，不走动……我步离了自己的时间。步出时间之外。虽然时间仍是时间，我也仍然在它之中。"① 夜晚是可以任由"我"的神思随处徜徉的时候。在夜里，"我"可以回忆过去，可以想象未来。这绝不是乐观主义情绪的释放，而是一种对异化空间的无声抵抗："夜里我躺在单人床上，闭上眼睛，那名字（我本来的名字）便会在眼睛后面的某个地方浮现，无法触及，却在黑暗中闪光。"② 即便"我"已被同化为千万个使女之一，连名字也被夺走，黑夜中"我"仍然会唤醒沉睡的记忆，这种记忆刺痛麻木的思想，激起对现时的思考。

  阳光充足的白昼，"我"必须裹着密不透风的长袍，机械、呆板，思想麻木，受人支使，连自己的面容都要完全从光线中隐去，不能让他人看见，"白色的双翼头巾也按规定必须佩戴，它使我们与外界隔离开来，互相都看不见"。每个白昼里"我"在等待室、围墙与店铺的单调空间中来回，被监听和监视的恐惧感攫夺，卑贱而不安地生活着，"阳光散射着，但仍十分灼人，像青铜色的灰尘遍布每个角落，我跟着奥芙格伦沿人行道轻盈地走着……从远处看这画面一定不错，应该很吸引眼球，……尤其让那些眼目（特务）安心，这本来就是秀给他们看的"。③阳光本身是自由的，"太阳自由自在（free，也有'免费'的含义）地高挂在天上，让人们共享"。④ 而阳光中的"我"充满了不安全感，光明与"我"心底的阴郁构成强烈的反差，"我走下楼梯，在客厅镜子里

---

① Margaret Atwood, *Handmaids' Tale*, Toronto: McClelland & Stewart Ltd., 1985, p. 47.
② Ibid., p. 94.
③ Ibid., p. 224.
④ Ibid., p. 178.

我的脸远远地出现，苍白、扭曲，像一只被挤压的凸出的鱼眼珠"。①阳光下的"我"是一个变形的、陌生的无名女子，自我被压缩为零，是温顺麻木的奴隶。只有在夜里，脱下了强加的伪装，"我"才看得见光明。这种悖论实际是更深层的悲观主义的表现。昼/夜的对比通过文本结构上的有意安排更加浮现出象征意义，强化了文本的纵深感，增加了读者理解文本的有效性。

　　本小节从叙事视角、叙事时间和象征符码三方面探讨了具体敌托邦文本中作者以何种方式表达女性叙事者或具女性气质的叙事者对生存环境的内心体验，以及读者可以如何理解这种叙事手法。从作者意图来看，有着自觉生态意识的阿特伍德坚持物种平等观，人与动植物都是生态圈中的组成部分，认同动物的道德地位。②同样具有生态意识的勒·奎因深受道家和佛教哲学影响，万物平等、生命循环的观念贯穿在她的文本中。她翻译过《道德经》，《天钧》的书名和不少篇章标题便来自《道德经》和《庄子》。巴特勒同样受到东方宗教，如佛教和道教的影响，对《道德经》尤感兴趣，书中小诗的形式便借鉴了老子的这本著作。当她说及创作动机时，专门提到环境对生活的冲击：全球变暖改变我们的生活方式，粮食短缺、水源稀少、饥饿导致疾病，海岸线逐渐退缩。她们都是从生态中心这个基点出发来想象沦落的人与沦落的自然，又以各自的叙事技巧来表达自己的想象，勾画出文学的伦理与审美之维。除了女性敌托邦小说颇受读者瞩目，青少年敌托邦小说也吸引了不少年轻读者，下一节就此类小说的叙事技巧展开讨论。

第二节　青少年视角下的环境书写

　　青少年敌托邦小说针对的读者群是青少年，同其他敌托邦文本一样，既是对盲目乐观主义的否定，也保留了一线反抗的光芒。有学者认为，在西方，对于童年时期的浪漫主义观念一直体现在儿童书写中，因

---

① Margaret Atwood, *Handmaids' Tale*, Toronto: McClelland & Stewart Ltd., 1985, p.19.
② 关于阿特伍德的生态思想和环境保护意识，可参考［加拿大］阿特伍德《生存——加拿大文学主题指南》（秦明利译，中国文联出版公司1991年版）及傅俊《玛格丽特·阿特伍德研究》（译林出版社2003年版）。

而乌托邦在儿童文学中占据了主导地位。但在青少年文学中,更动荡、更黑暗的氛围就常见得多。青少年敌托邦作品提供了有效载体来描绘青少年在政治和社会方面的觉醒,以及他们对于成人及传统机构的权威的思考,因而可能在更广泛的集体框架中探索他们自身的个体位置。文本反复讨论在个体独立和社区及集体身份之间的张力,这种文类中乐观主义提供的解放力量的可能性交织着对社会转型的局限的悲观主义式承认,以及几代人之间的冲突、反抗或是沟通和帮助。[1]

这段话说明了青少年敌托邦文本中,埋藏着此文类共通的革命种子,但革命者,或者说解放性力量由青少年叙事者充当。根据它的读者群体,它也有自身写作特点,相对而言,这类小说主要采用情节模式,单位时间内的故事蕴含量(密度)较大,情节跌宕起伏,具有很强的吸引力,符合青少年读者的阅读兴趣。在青少年敌托邦文本中,大量动词的运用推动情节的快速发展,吸引读者注意力,有利于将文字即刻转化成生动画面。"动词不仅是对人物外在姿态与行为动作的形象展示,而且也是对其内在的心理感受与所处的形势关系的微妙传递。"[2] 动词选择恰当与否决定了句子的优劣,又最终关涉整个语篇的成败。青少年读者更倾向于接受动词中对于姿态与形象的直接展示,但也并非完全忽略心理感知。相比之下,此类文本中对词语的所指更为明确,歧义较少,有助于青少年读者对文本的理解,换句话说,此类文本较注重话语的字面意义,或者常规意义。

如果在文学文本中,"使用语言必须借助于它的固有含义,借助于它规范制约语言的语法习惯",[3] 那么在青少年敌托邦小说中,指称意义更有其重要作用。意义通过确定的所指被表达,尤其是动词和名词的确定所指。语词中语义量最丰富的即为动词和名词,它们是叙述活动的核心语言单位。动词重要性已经提及,名词同样不能被忽略,因为任何运动归根到底总是离不开一定的对象并导致一定的结果的,反映这种对象主体和承担客体的语词是名词。正像福勒所说:如果我们把一个叙述

---

[1] Patricia Kennon, "Belonging in Young Adult Dystopian Fiction: New Communities Created by Children", *Explorations into Children's Literature*, Sept. 2005.
[2] 徐岱:《小说叙事学》,商务印书馆2010年版,第182页。
[3] 同上书,第180页。

行为视为一个命题的集结，那么就必须看到，"一个命题总是由谓语加一个或几个名词而完成的"。① 这是从叙述行为的角度来理解，除此之外，从接受的角度来看，读者的阅读就是竭尽全力命名，就是对文本中的句子进行语义转换。这种转换是游移不定的，其实质就是在几个名称之间犹豫不定。另外，还有它的意向投射的功能，英伽登认为名词确定对象的形式，确定它的质的构成，它的存在方式，因而它具有一种独特的文化投射功能，例如，读者对《饥饿游戏》中叙述者名字"凯特尼斯"作词语分析：所指为一种野生植物，块茎可食，能指为音符与形符，文化投射功能则表明"我"与自然之间的默契关系，为以后"我"在这个生死游戏中获胜埋下了伏笔，就此而言，这个名字确实具有诗意价值和意向投射功能。

本节选取的文本有《饥饿游戏》《丑人》《记忆授予者》《长路》这四部。

一 绿色的陌生化：成长叙事中的叙事视角与身份解读

这几部文本都是采用第一人称或第三人称有限视角，内聚焦的观察点使读者可以看到他们的内心，也可以从他们的眼睛里看到世界。第一人称的一个难点是叙述成为人物的独白，叙述语态的功能性意味着叙事主体必须从人物的生活经验和性情特点出发来展开叙述，这就影响文学性的表达。这就是说，第一人称叙述中，叙述者话语与人物话语应相吻合，必然就要受到诸多限制，而在第三人称叙述中，叙述者话语与人物话语相对可以独立。《饥饿游戏》中少女简短的语句，口头化的词语，都符合她的年龄身份。语态与口吻一致，动词的大量使用，体现出她的敏捷行动能力。而《播种者的寓言》同样以第一人称展开的叙述，这个早熟少女的话语中已涤除了纯真的童趣和快乐，读者感受到成人的理性思维，对救赎希望的寻求，与日后她成为一个宗教团体的领袖相符合，叙述者、人物的性格特点与话语在叙述中保持了一致。

青少年更能敏锐地感受自然，相比成人，他们与自然之间有着更感性、更直接的联系。有着自觉文体意识的作家们在作品中采用青少年视

---

① 徐岱：《小说叙事学》，商务印书馆2010年版，第183页。

角来观察人与自然的契合。在这种视角下,对于自然的描写成为作品审美情调得以生发的源泉。但不同于浪漫主义时期作品,青少年视角下的自然既有明媚和纯朴的一面,也有敌托邦社会中被异化、被祛魅的一面,因而,文本中既赞颂自然的灵气和飞扬的神采,也痛惜被凌辱、变形的自然。在自然万物的声音、形状、色彩、气息中,它们的生命和灵魂照亮了叙事者的心灵旅程。从两种生存状态的对比中,读者不仅感知到自然的优美和壮丽,而且更体会到自然万物的自由自在与盎然生机,引人们回归到本真的生命状态中去。

自由的自然有其内在价值,摆脱了人们的干预与控制,而人们的意志也应同样处于自由状态,对自由自在的自然的向往构成了敌托邦作品的审美层面之一。叙述者的眼中,自然有其生命与情感,他们直觉地体验着外在事物的生命活动方式,并以移情的手法让读者融入自然界中,在视觉与意识的结合中完成审美观照。而敌托邦社会往往是与开放的自然相对立的封闭空间,如果说一开始自然环境及简朴田园生活对敌托邦社会的青少年来说是一个陌生化的世界,如《记忆授予人》《丑人》《无水洪灾》,那么,当他们沉浸于自然的优美中,或接受生态启蒙后,反思所处社会,敌托邦社会就是一个陌生化的世界了。还有相反的情况,如《饥饿游戏》,凯特尼斯从象征自然的森林来到敌托邦社会的中心凯匹特,就是体验一次陌生化的过程。

同时,区别于奇幻文学,敌托邦文本又有一种"可信的陌生化",[①]使得这类文本中幻想的未来世界又呈现出现实主义色彩,在陌生化的时空框架里浮出可信的因果逻辑和人物心理,使读者在文本中看到现实的影子。创造可信的陌生化有三种方法:一是为对于非同寻常的行动的描写找到合情合理的原因。提供这些异于寻常生活的事件成为一种写作技巧,只要因果合乎情理,旅行或不同人物的聚合就是穿起奇情异事的最好链条。乌托邦小说里最常用的旅行模式,表达了从不完美到完美社会的体验历程,而在现代青少年敌托邦小说里,满怀希望的旅行模式被替换成了被迫的旅行以完成某个困难任务,如《饥饿游戏》,或者是由于社区责任感而不得不进行的记忆旅行,如《记忆授予人》,以及探险式

---

① [美]华莱士·马丁:《当代叙事学》,伍晓明译,北京大学出版社 2005 年版,第 38 页。

的旅行《丑人》,后一种模式接近于乌托邦小说,但这种冒险是从貌似完美的现存社会中认识到了不完美,最终"当个体的生命价值得以实现的时候,个体的自由不得不面对外界权威的种种威胁,从而使个体陷入到孤独与怀疑之中"。① 而乌托邦小说是从不完美中想象着社会的完美状态,其过程相反。这些不同动机的旅行使叙事者有机会看到不同于敌托邦社会中的开放自然,或从开放的自然中对比出敌托邦社会的异化状态。这些有着可信动机的旅行构成文本的逻辑链条,在陌生化的时空中串起合理的行为构成行动序列。

造成事出有因的陌生化的第二种方法是人物的选择,利用那些生活在不止一个社会领域中的人物,在不同的阶层流动中观察各类人物的内心世界和生存环境。华莱士认为如果文本强调非常之事,人物就只是一条灰线,起连接事件的作用,而如果作者想使日常世界陌生化,那么这一世界就必须落入非同寻常的眼中。② 如局外人、外乡人、天真的人物等。但在优秀的敌托邦文本中,人物往往并不是灰线,人物和非常之事不可分割,共同凸显出陌生化的世界。《饥饿游戏》里精彩的情节设计,扣人心弦的行动贯穿了一件非常之事——在生死游戏中幸存,但人物并非陪衬,叙述者从贫困的、邻近森林地带的矿业区来到繁华奢侈的凯匹特,如同来到另一个星球,作为一个外乡人,她接触到各类人物,当她以不同于城市人物的眼光观察这个社会,内心经历巨大变化,凯匹特不管对她来说,还是对读者来说,都是一个陌生化的世界。在生死游戏中她不断揣摩对手兼搭档皮塔的心思,立体的心理刻画令人信服地指出她并非一个背景,而是一条主线,她的性格特征在事件中起着决定性的作用。

这表明,人物与行动之间的关系并非一成不变,而是一种此消彼长的动态关系,当行动吸引读者注意时,人物心理可能会暂时从属于行动,而当人们被人物心理所吸引,行动便会暂时从属于人物,即便在阅读同一部作品,读者会根据自己阅读注意力的焦点变化,会在不同的时

---

① 白晓荣:《人类生存的自由悖论——反面乌托邦小说〈发条橙〉的人类生存忧思与警示》,《宁夏社会科学》2008 年第 4 期。
② [美] 华莱士·马丁:《当代叙事学》,伍晓明译,北京大学出版社 2005 年版,第 35—39 页。

刻将自己所关注的信息建立在不同的主次等级之上。① 《丑人》同样如此，人物与事件之间并非对立关系。面临美容手术（实质是洗脑手术）的泰莉热爱冒险的性格引起了一个主要事件——来到处于被隔离的自然中的烟尘区，对习惯了高科技生活和美丽面容的泰莉来说，这是一个陌生化的世界，她的抉择将决定事件的发展方向。即便泰莉的性格没有如凯特尼斯那样细致入微地呈现出来，也并非一条灰线。《记忆授予人》中，成为下一个记忆授予人的乔纳斯在获得记忆能力、了解真实历史、体验了自然的多样性和丰富性后决定逃离这个大一统的乌托邦社区。在拥有了记忆的乔纳斯的眼中，这个社区成了一个陌生化的世界。在不长的篇幅中，作者对叙述者的心理感受描写得相当细腻。这些都表明，人物既非灰线，事件也总是非比寻常，才构成可信的、陌生化的敌托邦世界。

除了人物与事件联结起来的陌生化，敌托邦文本中还突出地表现了异世界中绿色的陌生化。在这个替代世界中，绿色的自然成为一个陌生的能指，被隔绝在敌托邦社会之外，她对统治者来说是一种危险的潜在力量，是必须被压制的客体。《饥饿游戏》中，叙事者作为采矿区的孩子，只能学到单一的采矿技能，"我们在课堂上学的各种知识，最终都要归结到煤矿上，基础阅读、数学，以及大多数的指导都与煤矿有关"，② 直到她第一次采摘蒲公英来充饥，才陆续从妈妈的书上知道了各种植物的名字，什么时候开花，有什么药用价值，哪些可以食用，哪些不能治病。她从中认识了野洋葱、松木，学习了各种自然知识。采矿区中，黑色是典型的颜色，她眼中的人群和周遭环境都被黑色包围着，绿色森林是生活中的禁区；《饥饿游戏》中，用铁丝网围起来的森林严禁进入，但叙事者越过屏障，在树林里打到了各种猎物，采摘野生植物，树林成了一家人的救星。当她为了保护妹妹成为参加饥饿游戏的志愿者的瞬间，她心中有一种渴望：离开这里，到山林中去。而来自极权中心凯匹特的工作人员对自然的了解极为有限，甚至认为"给煤炭足够的压力，它就会变成珍珠"。对这个极权中心的城市描写：直插云霄的

---

① 谭君强：《叙事学导论》，高等教育出版社2008年版，第158页。
② Collins, Susanne, *The Hunger Games*, New York: Schloastic Press, 2008, p. 41.

摩天大厦。在宽阔的柏油路上奔驰的光彩夺目的汽车,一群衣食无忧的人们着装奇特、发型古怪、脸涂彩妆。一切颜色都是那么虚幻。①

这类似于《丑人》中雪对泰莉说过的话:整天待在城市里,每样东西都似乎是假的了。② 在城外森林的两边杂生着古老的大树,与装点城市的二氧化碳吸收器完全不同。雪违背当局规定,夜里带她来到城外的铁锈王国,观看一个过往城市的遗迹,那儿有"真正的树,年代古老,山脉,还有废墟",都是三百年前旧城市文明的残留,泰莉认识到,在这里,他们在课堂上学的自然知识才真正派得上用场。那时人口过剩,肤色不一、外表的差异使人们工作机会不均,甚至长相端正的政客能拉到更多的选票,为了消除外貌不平等带来的差异,规定年满十六岁后施行美容手术,泰莉的启蒙者、好友雪的话语更一针见血地指出:当局让我们觉得自己丑陋,是让我们憎恨自己,当我们在镜中看到自己的脸时,会想象用另一张完美的脸来替代,这时我们会心甘情愿地接受美容手术。③

用统一的审美观来束缚大众,并用手术将大众变为千人一面的美人,没有经过美容手术的人被轻视、被边缘化;人们不再有外表上的多样性,多样化的自然也被隔绝开来。站在城市的废墟中,泰莉想起过去人们的所为:烧毁树木开出空地,燃烧石油以供暖及作为能源,城市成为钢铁、石块的堆放所,植物基因工程吞噬了大片自然:通过与"牧场"(牧场指夹在城市与荒野间的中间地带,工作人员不时在此放火以控制疯长的基因兰花,他们生活在城市之外,虽然也经过了美容手术,但他们对尘雾区人民并不排斥,认为后者对自然了解得更多,这点让他们敬佩)消防员,或者不如说是牧场放火员童克的对话,泰莉知道了野外如草般茂密、洁白灿烂的基因兰花是植物基因嫁接的后果,但它失去了控制,占据了整片土地,将其他所有色彩驱赶出视野之外,而进行基因嫁接的原因是这种植物会产生高额利润,是人们进行物质交易的筹码。这也是那个森林被砍伐、绿色被涂抹的社会的单一文化之表现:这

---

① Collins, Susanne, *The Hunger Games*, New York: Schloastic Press, 2008, p. 52.
② Susanne Collins, *Uglies*, New York: Simon & Schuster Children's Publishing Division, 2005, p. 74.
③ Ibid., p. 22.

种单一文化意味着每类事物同一。①

这颇具讽刺意味：单一文化正是泰莉所生活的社会的文化特征，他们其实不自觉地走上了被毁灭文明的老路。生活在野外的牧场消防员的话语具有可靠性，他们对尘雾区的叙述与城里的人们截然不同，这可看出生活环境对有关自然价值观的影响。旧城市永远消失了，但部分森林留存了下来，正是这些森林抵挡住了基因兰花的侵袭。从大卫（尘雾区的建立者及领导者）的口中得知，森林早在城市之前就已存在，直到城市将她改变为农田和牧场，这种改变使得基因兰花侵袭城市之前它就注定了终将被历史逐渐抹去。叙述者眼中的过去，是读者的现在，生态被破坏、森林被毁灭的场景是对现实的写照。绿色自然在这个高科技主导的敌托邦社会里是被隔离的，是一片陌生化的飞地。

《记忆授予者》更是将色彩的单一化推到了极致：所有色彩被人为消除，绝大部分物种也已消失，社区人们拥有的只是黑白二色，各种鸟类、动物都已成为书本上的名词。《长路》里灾难后的末世冬天，枯萎荒凉，不见人烟，更没有象征生机的绿色。"（亚哈）的一生突出表现了一个……力量竞斗的社会所培育的病理性特征……绿色的陌生化即是个人患病的症候，也是集体患病的症候。"② 在敌托邦文本中，力量竞斗的社会被改换成妥协顺从的社会，但绿色的陌生化却是一致的。

这些叙述者往往有着双重身份：人类极权统治及生态困境的受害者与幸存者/拯救者。这类文本中儿童行动的建构主要基于儿童人物本身的可塑性：既可以带来光明和希望，打造一个更好、更公平的未来，也可以作为无助的被压迫的受害者，最终成为被当权者和社会机构围猎的牺牲品。"特兹从权力角度分析小说中的青少年叙述者，认为他们必须认识到使他们是其所是的社会力量，学会与各种社会机构中的不同权力层次沟通，这些机构，包括家庭、学校、教堂、政府，他们必须在其中起到某种作用；认识到性别、种族、阶级的社会建构，以及关于死亡的文化惯例。她涉及了青少年现实主义小说的总体领域，讨论对权力的生

---

① Susanne Collins, *Uglies*, New York: Simon & Schuster Children's Publishing Division, 2005, p. 182.

② ［美］利奥·马克斯：《花园里的机器》，马海良、雷月梅译，北京大学出版社2011年版，第231页。

产性质及压制性质的反思性探索进行挑战的可能性。"① 笔者认为这种可能性仍然适用于青少年敌托邦小说的读者。

由于双重身份,叙述者的行动功能得以凸显。但叙述者的行动既非理想状态的旅人模式,也非冷漠疏远的猎人模式(旅人模式是指对自然美景的游览式的欣赏,只看到了自然呈现出来的理想的表面状态,是一种布伊尔笔下理想化的田园牧歌;猎人模式是指对自然客观冷静、不带感情的观察和利用,主张对自然加以理性的控制和征服)。② 他们既能看到自然的真与美,也能感受到自然严酷的一面,并合理地利用自然。同时,叙述者的双重身份突出了思想麻木与觉醒的对照。

《饥饿游戏》中的叙述者"我"既是极权的受害者,又是了解自然,感恩自然,并在生存游戏中获胜的幸存者。当"我"因为饥饿而不得不在被围墙隔开的林子里捕食,"我"看到了夏日峡谷里鲜嫩欲滴的绿色植物,尽管身上担负着找寻食物的压力,"我"还是可以在这里欣赏到自然的生机:水波粼粼,天空湛蓝,如同在度假一般。可"我"并非处在理想的旅人模式中,感受自然美景对"我"而言只是心灵短暂的放松,透过美景,"我"还要学会像优秀的猎人一样冷静理智地观察自然、捕猎动物,"我"要利用自然,尽管"我"对于受伤的动物还怀有怜悯之心,尽管"我"要想法对付林中的毒蛇、狗熊及凶残的野兽;当"我"被迫来到模仿自然环境的竞技场,这里对手凶猛,危机四伏,"我"不得不猎杀其他选手以求自保,但"我"和露露间的友情仍是残酷对抗中的温馨一幕,露露死前"我"给她唱起了摇篮曲,词中宁静朴素的自然更映衬出此时此地竞技场搏杀的血腥,在这场游戏中,"我"既不想做输家,被人猎杀,也不想做赢家,猎杀他人,但"我"的生活被迫地卷入这场以模拟自然为背景的杀戮中。《丑人》中的泰莉同样并没有选择这两种模式,起初她生活在自然被隔离出去的城市中,是极权的顺从者,渴望经过美容手术让自己变得美丽,后来被极权政府利用,携带跟踪器冒险来到森林,生活在优美灵动又严酷野性的

---

① Pamela Clark, Carrie Hintz and Elaine Ostry, eds., "Utopian and Dystopian Writing for Children and Young Adults", *Utopian Studies*, Winter 2004.
② [美] 利奥·马克斯:《花园里的机器》,马海良、雷月梅译,北京大学出版社2011年版,第237页。

自然中，泰莉既拒绝表面化的旅人模式又否定了功利性的猎人模式，她可以如同游人般欣赏自然之美，也能适应原始艰苦的生活，充分利用各种自然资源，对两种模式的排斥更加深了她对自然的感受。

相对而言，《记忆授予人》的叙述者乔纳斯对自然抱有更多的理想色彩，因为他的生活中，自然已完全被抹除，只能在记忆授予人的回忆中显现。他从对自然一无所知，认为所在社区是理想社会到拥有记忆能力后，对丰富多彩的自然的向往，在心灵上他经历了一段反抗历程，最终他离开极权社区，去寻找真实的自然。记忆中的旅行是支持他反抗的重要力量，对于自然，他更典型地体现出旅人模式。《无水洪灾》中的润也没有简单地归属于这两种模式之一，当她生活在伊甸沿时，与园丁们过着简朴、回归自然的生活，顺应自然，尊重其他物种，并非功利化的单纯利用，也没有以游历的眼光来浅显地看待自然。

二 青少年视角下的地方经验

地方是生态批评中的一个重要术语，格伦·A. 洛夫曾说过"围绕人性和地方这类术语的一系列观念为文学学者提供了渐入佳境的捷径。"[1] 布伊尔认为，地方经验五维度中的对过去成长地的记忆反映了一生中所增长的地方经验。"我"对自己成长地的记忆影响了对此后所有生活地的反应，对自己的过去有一种意识，"把一个特定地点当地方来经验，地方意识就是一种一系列地方经验的羊皮纸重写本"。[2] 这清楚地表明童年时代对特定地方的地方依附随着记忆会长久地影响一个人此后的地方意识。地方经验不仅包括物理的地方，各种自然或人工景观等客观存在的空间，还有在这个地方中所感受到的气氛、人际关系、价值观念的一致或冲突等人文空间，这些不同的空间融合成童年时期一个独特的地方经验，积淀在成年后的地方意识和家园意识里。

《无水洪灾》中少女叙述者润就从第一人称有限视角展开了对于伊甸沿地方经验的叙述。"我"随着母亲从现代化整洁优美的大院来到伊

---

[1] [美]格伦·A. 洛夫：《实用生态批评：文学、生物学及环境》，胡志红、王敬民、徐常勇译，北京大学出版社2010年版，第104页。

[2] [美]劳伦斯·布伊尔：《环境批评的未来：环境危机与文学想象》，刘蓓译，北京大学出版社2010年版，第81页。

甸沿，进入了这个贫穷破败但自足独立的物理空间。"我"最初不能适应这里极为朴素的清修式生活，这个地方与现代高科技几乎完全隔绝，仿佛倒退回了中世纪。但它的软性空间对"我"有更大的影响，亚当一号吟诵的对于上帝和自然万物的赞美诗，各种有关生态的宗教仪式，园丁们之间纠缠不清的各种关系，尤其是"我"在此地接受的生态启蒙教育，合成了"我"在此处的地方经验。这种地方经验又形成了"我"的家园意识的基础，当"我"长大后生活在其他地方，对于此地总会有无意识的记忆，伊甸沿代替了大院成为"我"真正的家园，她的影响体现在成人后"我"的语言、思想和行为中。这种地方经验成功地塑造出叙述者作为一只末世"迷失羔羊"的性格和心理。

《饥饿游戏》这部文本时间跨度较小，故事时间不超过一年，没有涉及儿童及少年时期地方经验对叙述者"我"成年后的影响，但在文本中读者可以捕捉到"我"对于生活区域外的林子里的记忆已常出现在叙事者的意识与无意识里，林中的徜徉、打猎与采摘野果，轻快准确的各种动作，使得人物的个性更加鲜明，与最后在生存游戏中取得胜算有直接的因果联系。《丑人》同样如此，故事时间的跨度不超过一年，但叙事者在森林里的生活颠覆了她以前的价值观，她开始思考生活的意义，这种地方经验合理地说明了叙事者从服从到反抗的过程。

《记忆授予人》幻想色彩更浓，这个社区里没有颜色，没有音乐，没有多样化的物种。叙述者只能通过记忆传授人传输给他的记忆里，体味奇妙多变的大自然。也就是说，地方经验从传授人那里传到了叙述者的脑海里，燃起了他对于冲破禁锢，寻找自然的渴望。他人的地方经验转变成了自己的经验，也能令人信服地解释他最终选择逃离的行为。

地方经验在这些文本中总是正面的，它引导叙述者建构起家园意识、培育了对于自然的热爱之情。回忆起的地方经验虽经过了主观加工，但毕竟还有其文本中的事实原型，而《饥饿游戏》中模拟自然的竞技场则是虚构物的集合，来凸显自然的严酷。"我"以何种方式在竞技场上求生，躲过猎杀，森林捕猎经验如何帮助她获胜，可用叙事序列进行具体分析。

三 模拟自然中的生死历程：《饥饿游戏》叙事序列分析

青少年敌托邦文本中的叙事同女性叙事一样，也是一种反抗叙事，或者说，和其他现实主义文本一样，总是以对抗为线索并最终走向或明或暗的结局，往往会经过开始—定向—复杂化（行动）—解决—尾声这个过程。①在敌托邦文本中，可以更具体一点地换成：极权社会中的伪完美状态—心理冲突—旅程（历险）—行动反抗—行动失败或成功—返回。（最后一项不是必要的，《记忆授予人》《长路》《播种者的寓言》中叙述者前往他乡，并未返回敌托邦社会或末世社会。）这个过程图不仅表现了时间过程，也表现了主题上的统一。但敌托邦文本与现实主义文本的一个区别在于，它的序列结构并非符合读者的生活惯例和社会习俗，这也是文本陌生化效果的一个重要来源。它不仅包含陌生的时空框架，还有陌生的习俗，如《饥饿游戏》的残酷的游戏规则，《丑人》中十六岁以上青少年必须实行的美容手术，《记忆授予人》里年满十二岁便要被定下将来会从事的工作等。奇异的惯例习俗穿插在行动序列中构成了情节的陌生化，而现实主义文本与之相反，华莱士提到"一部叙事作品愈写实，就愈加紧密地依附于社会惯例所提供的序列性结构方式"。②敌托邦文本中的习俗对读者来说是不可思议、违背人性的，它相应于敌托邦社会的生存环境：自然被隔离，人们缺乏家园意识，无法寻找救赎。

除了习俗的陌生化，从构成文本序列的叙述句中，同样可以清楚地看到在敌托邦社会生态环境里各种人物行动的陌生化。根据华莱士，叙事序列存在的前提是："故事中的诸活动之间有某些联系具有准逻辑的秩序……如出发意味着返回，许诺或约定意味着完成它们的意向；实现某种目标的欲望导致如此行事的尝试等。"③因为有这些可循的秩序，可总结出一个大约的结构来描述各种行动。基于乔姆斯基的结构主义语言学，叙事结构分为表层结构和深层结构。叙事的表层结构是行动序列，或横向组合层面，以叙述句组成，是话语系统里的历时性向度，深层结构作为一个时间序列而以不同的方式具体化，就某种意义而言，它是无时间性的，它们产生出人类行为的规则和规律。如果用二元对立的

---

① ［美］华莱士·马丁：《当代叙事学》，伍晓明译，北京大学出版社2005年版，第91页。
② 同上书，第93页。
③ 同上书，第92页。

语义方阵来列出《饥饿游戏》的图式。

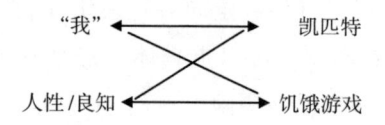

```
    "我"　　　　　　　　　凯匹特
         ╲　╱
         ╱　╲
  人性/良知　　　　　　　饥饿游戏
```

故事的主语是"我"与凯匹特极权政府，二者是矛盾对立的关系，"我"的否定面是饥饿游戏，"我"极可能在游戏中丧失生命，这是一个残酷的，在模仿恶劣自然环境的竞技场上展开的生死搏斗，二十四名选手中只有一名可以幸存，饥饿游戏的对立面是人性/良知，这个游戏规则的制定本身就是反人性的：凯匹特为了提醒人们永远不要叛乱，十二个区中每个区通过抽签，各抽男女青少年一名参加饥饿游戏，这二十四名选手被关在一个巨大的室外竞技场内，模拟各种地形气候，尤其是极端的地形气候，让他们互相厮杀，最后的幸存者就是胜利者。通过电视直播，让全国观众看到残酷的搏斗场面，看到各区的选手相继被杀，以证明凯匹特的统治不可反抗。抽签之日，各区人家皆惴惴不安，只有凯匹特的市民如同过节一般庆祝游戏即将开始。选手要获胜，必须要凭勇气、技巧、智慧和残酷，对自然足够了解，还要丢弃良知和人性。凯匹特的否定面是人性/良知，极权政府企图通过磨灭人们的良知来强化统治，凡有良知的人们都在心里排斥极权政府做法。但这个语义方阵不能揭示另一位主人公皮塔的功能，他与叙述者共同经历了生死游戏，是在文本中制造悬念效果的重要人物，他到底是搭档，还是对手，一直都是叙述者为之困惑，也让读者感到困惑不解的谜，直到中段过后。因此，有必要从人物（行为者）结构分类模式来分析故事，它可以将结构呈现得更清楚。

在行为者分类模式中，格雷马斯区分了行动元和角色两个概念，对于叙事作品的分析具有启发意义和操作价值。按照他的模式，行动元可被分为六种：主体、客体、发送者、帮助者、接受者、反对者。这六个行动元以客体，即主体欲望的对象为核心展开行动。在这部文本中，主体："我"；客体：饥饿游戏；帮助者：勇气、计谋、捕猎经验、求生愿望；反对者：其他参加游戏的选手；发送者：凯匹特极权政府；接受者：全体国民。这是个标准模式，但在文本中，作为反对者的选手们又分化成两个阵营：皮塔身份暧昧，既有帮助"我"的可能，又有暗害"我"的可能，是文本悬念的制造者；露露既是竞争对手，又是让"我"怜惜的伙伴，这种矛盾更让读者深刻体会到这个游戏的残酷。林中捕猎经验作为帮助者，很大程度上决定了"我"的胜利，这也体现出隐含作者的态度：自然除了其内在价值，也有与人类和谐相处，救助人类的价值。作为信息发送者的凯匹特政府，具有绝对的权力指令国民，作为信息接受者的国民只能服从。政府对自然的有意隔离，也是发送出的信息的一部分，阻碍了"我们"对自然的认知和感受，体现出自然与极权的对立。

如果按历时性的表层结构来分析这部文本，它可分为：（1）"我"与家人生活在十二区采矿区。（2）父亲去世，"我"去林子打猎养家。（3）遇见盖尔，他也靠打猎养家，"我们"结为朋友。（4）"饥饿游戏"中妹妹中签，"我"自愿代替。（5）帮助过"我"的皮塔成为同伴兼对手。（6）黑密斯指导"我们"游戏技巧。（7）首次电视亮相，获得观众好评。（8）被割舌的艾瓦克斯：反抗极权的后果。（9）展示技巧，争取赞助。（10）参加游戏，怀疑皮塔为对手。（11）选手相继死亡，与露露结为伙伴。（12）露露死亡，杀死一区选手。（13）皮塔冒死相助，与受伤的皮塔成为搭档。（14）上演感情戏，争取赞助，但皮塔不知情。（15）与露露同区选手放过"我"，后来他被杀。（16）最后一名选手死亡，"我们"获胜。（17）主持者宣布只能有一名获胜者，"我"和皮塔决定双双自杀来反抗此规定。（18）反抗成功，同为胜者。（19）皮塔知道"我"演戏求赞助真相，与"我"疏远。

这些句子组成了复杂，但不能混同的序列关系，可以再简化为七组序列。第一组序列：第1、2句，父亲去世，家计艰难，这是不平衡状态；第二组序列：第3句，去林子打猎养家，认识盖尔，从不平衡到平衡状态；第三组序列：第4句，妹妹中签，将要参加饥饿游戏，从平衡到不平衡状态；第四组序列：第5句，"我"自愿顶替，与皮塔搭档；从不平衡到平衡状态；第五组序列：第6句到第17句，面对反抗极权统治而被割舌的艾瓦克斯，面对模仿自然的竞技场内的死亡威胁，从平衡到不平衡状态；第六组序列：第18句，游戏获胜，从不平衡到平衡状态；第七组序列：第19句，皮塔知悉真相后疏远，从平衡到不平衡状态。这部小说开始于不平衡,结束于不平衡。这种不平衡既有外在原因,也有个人原因。极权政府的压迫让"我"的生活处于动荡之中;生死游戏里"我"的提防心理,求胜心理,和对皮塔的不信任也导致平衡被破坏。敌托邦文本中,不平衡状态总是多于平衡状态,它让读者领会到此类文本的预警性质和对于黑暗未来的忧虑。这些不平衡状态往往伴随自然被社会隔离的现实,以及极权政府对自然的憎恶。

再来看文本的深层结构。深层结构强调以共时性的排列来找到支配这些叙述句的恒常关系,也就是说,按照某种相似特征重新组合句子:(1)"我"在十二区的生活,盖尔的生活,皮塔的生活,都是非理想状态的生活。(2)更恶化状态,"我"参与残酷竞争,各区选手死亡,家人更为无依。(3)"我"的反抗,皮塔的反抗,艾瓦克斯的反抗,前二者反抗成功,游戏规则改变,后者反抗失败被割舌,但皮塔不原谅"我"的隐瞒,胜利后的阴影导致新的不平衡。经过重组,可以看出第一组行为反映出参加游戏前各个角色不理想的生活状况;第二组行为是选手们的钩心斗角,游戏时的各种暴力血腥场景加强了文本的黑暗氛围,同时"我"的家人生活更无助;第三组行为是各人物对极权的反抗:"我"、皮塔和艾瓦克斯的反抗。这种深层结构揭示出表层结构下蕴含的意义:敌托邦社会中的人们处于比现在更糟的生活状态,反抗即便成功,也会付出巨大代价。在这样的社会中,封闭麻木的思想是常态,个人意志与自由难以实现。

文本中象征自然的林子以提供食物帮助行动元保持平衡,而极权政府修建模仿自然的竞技场带来死亡威胁,又打破了平衡,自然与极权之间的对立,统治与被统治的关系在叙事序列中一览无余。

四 美与快乐/自然与自由的两极预设:《丑人》的叙事判断

叙事判断是修辞叙事学中的一个重要概念。詹姆斯·费伦作为修辞性叙事学的领军人物,提出不少在学界颇有冲击力的创见,个案与理论互相印证,反响巨大。他认为,叙事判断主要有三种类型,每一种类型的叙事判断都可能会影响其他两种类型的叙事判断,或者与它们相重合。这三种叙事判断是:对于行动的本质或叙事其他因子所做出的阐释判断;对人物或行动的道德价值所做出的伦理判断;对于叙事及其组成部分之艺术质量所做出的审美判断。在这一命题下，费伦又补充了关于这一命题的两个推论：(1) 同一个事件可能会引起多种判断；(2) 由于人物的行动包括人物自己做出的判断，而读者经常会对人物做出的判断加以判断。① 这三种类型或称为叙事阐释，叙事伦理与叙事美学。叙事判断与叙事进程密切相关。后者取代了"情节"一词来突出读者的阐释经验，在很大程度上充实了叙事判断这一命题。② 费伦认为它涵盖叙事从头至尾的运动和控制这种运动的原则，进程沿着两个同时间的轴进行：叙事文本的内在逻辑和那个逻辑在由始至阅读的作者的读者中引起的一系列反应。它召唤读者参与某种"动态经历"。他提出叙事判断六命题，深入研究了文本、作者、读者之间的关系，认为伦理判断与审美判断密切相关。这也是同普通意义上的"伦理"的不同之处。后者强调社会历史语境下的伦理观念对于个体的影响，而费伦的修辞伦理强调文本中叙述者、人物、隐含作者等的伦理观念对于个体读者的影响。他认为作者、文本与读者之间存在多维互动的关系，因而既关注传统叙事范畴，也借鉴了文化研究中的多元视角，将形式审美与意识形态的关注融为一体，拓展了叙事研究的思路，建构了新的方法论。

　　基于他的理论，在这一节中，笔者将讨论以敌托邦社会生态环境为背景的文本《丑人》中的叙事判断。这部文本预设了两个极点：一个是敌托邦社会标准化的美（外貌美）即快乐，另一个是荒野间自然即象征自由，两个极点分别蕴含相反的阐释判断和伦理判断，隐含作者又以独特的叙事修辞来引导读者对文本进行审美判断。反抗极权是敌托邦小说最重要的主题之一，《丑人》同样如此。但在此章节中，笔者将不再继续讨论这一话题，而是将视角转向叙述者是否接受美容手术这一核心事件。根据修辞叙事的相关理论，集中探讨叙述者、主要人物以及以该事件为核心读者可能做出的阐释判断、伦理判断和审美判断。这三种叙事判断之间的内在联系既推动了小说叙事进程的发展，也促成了小说在叙事阐释、叙事伦理和叙事美学上的结合。

---

　　① 尚必武：《被误读的母爱：莫里森新作〈慈悲〉中的叙事判断》，《外国文学研究》2010年第4期。
　　② 詹姆斯·费伦在《作为修辞的叙事》（陈永国译，北京大学出版社2002年版）一书中论述了他的叙事修辞理论中的一个重要概念"叙事进程"。读者对叙事任何成分（包括技巧、人物、行动、主题、伦理、情感等）的反应和阐释都需立足于叙事进程。

1. "美即快乐"的故事：叙事阐释

小说主要人物包括叙事者泰莉，好友雪、大卫及博士卡柏。按巴特的行动元来分，泰莉是主体，拒绝美容手术是客体，雪和大卫是帮助者，卡柏是反对者。"是否接受美容手术"是《丑人》里推动叙事走向的关键事件，在各个层面上引发多种判断。第一，从构成叙事进程之一的不稳定性来看（费伦认为不稳定的环境是叙事进程赖以存在的基础。不稳定性是故事内部的一种不稳定环境，它可能产生于人物之间；人物与他的世界之间；或在一个人物之内），不同人物对于该事件所做出的叙事判断，及同一人物在不同阶段做出的判断都形成了故事内部的"不稳定性"。第二，叙述者与读者及隐含作者对读者之间知识、价值或信仰之间的共识与差距又形成了话语内部的"张力"。无论是"不稳定性"还是"张力"，都是推动小说发展的"文本动力"。另外，读者围绕该事件所做出的双重判断（对于该事件的判断和对人物判断所做出的判断）则构成了推动小说发展的"读者动力"。[1]

在小说的开始，泰莉以第三人称有限视角的叙述方式提到与朋友白里斯过去的欢乐，现在白里斯离开了她，接受美容手术后在河对岸的新美人城里快乐地生活。她一直渴望着十六岁生日的到来，这样就可以接受年满十六岁就要进行的美容手术。这个手术是一次成年礼，象征着少男少女进入新的人生阶段，此后会居住在新美人城，在当局的精心安排下生活得更快乐更美好。变美是每个人的愿望，泰莉也不例外，尤其是当她的朋友成为美人离开她之后。文本从内聚焦角度展开的叙述透视出她内心的想法，读者阅读到此，也会理解她的想法，到此为止她的叙述是可靠的。当她窥到新美人城节日般的欢乐气氛，便冒着风险偷偷来到那里想见旧友白里斯，后来也确实见到了，但他显然已不看重这份友情，他们之间的默契也发生了变化。他冷淡地看着她的丑陋面容（全是美人的世界里，普通意味着丑陋）和泥糊糊的外套，全然没有激动和欣喜，只是要她在变成美人后再和他见面。[2]

---

[1] 尚必武，《被误读的母爱：莫里森新作〈慈悲〉中的叙事判断》，《外国文学研究》2010年第4期。

[2] Scott Westerfeld, *Uglies*, New York: Simon & Schuster Children's Publishing Division, 2005, pp. 17-20.

此处以自由间接引语表达出的内心想法是她无意识的流露，既高兴又自卑："他现在真美。"（but he was so pretty now.）表示过去的 was 与现在的 now 一起出现在句子里，没有引导句，是典型的自由间接引语，这种话语减少了叙述语境压力，叙述干预较少，从叙述语平滑地过渡到泰莉的心理。他的美丽是每人都看得见的，像孩子般的大眼睛和丰润的嘴，平滑干净的皮肤，匀称的体型，还有其他许许多多的小细节。叙述者还像从前那样把他当作最好的朋友，舍不得离开，但他面容的美和友情的冷淡形成对比，让读者开始怀疑这份友情，能够理智判断的读者此时从表面信息中知晓了比叙述者更多的信息：外貌变美的同时也改变了白里斯的情感。这就造成了读者和叙述者之间的"张力"，在话语这个层次推动了小说的叙事进程。

接着泰莉的新朋友，同一天生日的雪被引入文本，从她的角度对这个事件进一步展开了阐释判断，读者逐渐了解美容术的另一面：她对泰莉说："只有在手术之前，我们才是自己……一旦当他们在你身上施行手术后，削骨、拉脸之类的，让你看去和其他人一个样儿，经历了这些后你对什么都不感兴趣了。"[①] 或者说，你的兴趣和其他所有人的兴趣都一样：聚会玩乐，停止思考不再冒险。雪还说过"他们有意让我们觉得自己丑，这样我们才会憎恨自己"，[②] 站在雪的立场上的阐释使得张力更加强烈，雪的话语透露出她的思想比泰莉更严肃深刻，后者只是如孩童般追求友情和快乐，因此读者相信雪的判断更可靠，怀疑泰莉最初的愿望。当泰莉受到当局要挟来到尘雾区，遇见不愿接受手术的丑人大卫及其同伴，他们在原始森林的环境里过着简朴自足的生活，他们的行为质疑着泰莉当初的阐释判断：在自然中自由地生活，保持个性，与在城市中无忧地生活，却失去独立思想，孰优孰劣？雪的判断与大卫的判断是一致的，他们的判断改变着泰莉的想法，也改变着读者的看法。泰莉在不同阶段得出的不同阐释判断也是故事不稳定性的原因。

在小说的封底，作者向读者提问：每个人都变得如超级模特般迷人，这会带来什么问题？而文本开篇也有与此相对的、摘自《纽约时

[①] Scott Westerfeld, *Uglies*, New York: Simon & Schuster Children's Publishing Division, 2005, p. 50.

[②] Ibid., p. 44.

报》的提问：如果世界中到处都是美人，岂不很妙？这两个对立的问题已体现出隐含作者的立场。读者的回答可能是一样的，对美的追求亘古以来就是不少文学作品的主题，然而，随着叙事的展开，读者对泰莉最初渴望接受美容手术这一行动的阐释判断会持否定态度：由赞同泰莉和白里斯"美即快乐"的判断，走向了雪和大卫得出的"思想自由即是快乐"的判断，需要指出这里的美只涉及单一的外表美。自由体现在城市统治外的荒野中，这是一个原型化的主题：自然是代表自由的。

上文已提过费伦认为阐释判断、伦理判断与审美判断间有不同程度的结合。确实如此，叙述者泰莉，好友雪、大卫及大卫父母、博士卡柏等都对"接受美容手术"这个行为做出了不同维度的伦理判断，而他们的伦理判断又间接地影响了读者的伦理判断。是非明确的伦理判断是在大卫父母揭穿了极权统治的虚伪面具后。

2. 伦理的重估："思想自由大于一切"的叙事伦理

伦理原指社会中人与人之间的关系，而"叙事伦理"则是在承认叙事是一种交流行为的前提下，用来指称作者和读者在叙事文本的基础上进行的伦理交流行为。这是一个大概念，可以用来指所有与叙事的伦理层面相关的研究。需注意的是，它仍然是从内到外的伦理，而非从外到内的伦理，文本的虚构性决定了叙事伦理的这一维度。"叙事伦理"至少有三个研究取向：（1）"故事"层面的伦理；（2）"话语"层面的伦理；（3）阅读伦理。[①] 如果说，传统上人们更关注"故事"层面的伦理研究，那么由于叙事学（以及其他人文学科）带来的启示，人们逐渐认识到，叙事的形式技巧层面也应该成为叙事伦理研究中一个不可或缺的方面。

《丑人》中起初的泰莉和白里斯认为美容手术是通往快乐和自信的桥梁，美人城里的夜夜笙歌，欢声笑语强化了这一认识，美丽让自己快乐，对他人没有伤害，这是一个中立的伦理判断，无所谓对错，哪种选择都有理由。但当泰莉宁肯冒着背叛友情的风险也要接受当局要求，携带跟踪器前往尘雾区，因为交换条件是同意给她施行美容手术，这就出现了一个否定性的伦理判断：背叛友情，打破承诺。她的父母说服她听

---

① 唐伟胜：《叙事伦理：故事，话语与阅读》，唐伟胜主编《叙事》（中国版第2辑），暨南大学出版社2010年版。

从当局命令，这样可以保持正常生活，实质是他们可以保持他们的正常生活，却取消了她的选择权；甚至当她在经历打击后希望和父母住在一起，父母的答复是"这个时候住在家里让人觉得奇怪（青少年都是在校住读）""房间都还没准备好"等。父母本应在子女处于困境时抚慰解忧，分担苦恼，甚至主动承揽责任，但她的父母除了听从当局来说服她，并没有真正从心里去理解女儿，对他们来说，遵从社会惯例比为女儿解忧更重要。这也是家庭伦理被极权统治压制的例证。此外，这时泰莉从父亲的眼里读出了不确定感，第一次认识到父亲对城外的世界可能一无所知，[1] 她的心理成长过程加强了叙述的可靠性。而白里斯也劝说泰莉不守诺言，放弃与雪的友情。读者此时根据自身经验和认知对这些人物做出否定的伦理判断，尽管叙述者此时还只是有着隐约的体会。泰莉来到尘雾区后，这里优美原始的自然，自由独立的生活加强了她对最初想法的否定，对人与人和人与社会的关系进行新的伦理选择，因此她一直没有启动跟踪器，直到意外事件的发生。在肤浅的美和快乐、回归自然和心灵的自由之间她做出了符合隐含作者的价值判断。正是在这不被极权污染的自然环境里，叙述者认识到个体思想的自由大于一切。曾是医生的大卫父母后来揭穿美容手术真相：在手术者不知情的背景下，医生改变了人们的大脑结构，使他们虽然可以正常生活，但基本不会独立思考，只会整日寻乐，这些思想麻木的顺民有利于极权的统治，同时，自然被隔离开来，人们被关在高科技堡垒里更加失去了对自然的热爱之心，也没有兴趣去了解多样化的自然。至此，隐含作者的叙事伦理完全被读者接受：如果为了外表的美而不得不失去自"我"，失去生活的激情和思想的自由，失去对自然的感知和热爱，谁还愿意接受手术？读者也更深入地认识到极权统治的伪善和欺瞒。

3. 内聚焦和自由间接引语的修辞技巧：叙事美学

同修辞伦理相似，叙事美学也是注重从内到外的路径，先辨别一部虚构文本的叙事任务，再对执行此叙事任务的技巧加以论证。费伦认为："与阐释判断、伦理判断相同的是，审美判断既有局部性质的也有整体性质的。但与阐释判断、伦理判断不同的是，审美判断既是第一层

---

[1] Scott Westerfeld, *Uglies*, New York: Simon & Schuster Children's Publishing Division, 2005, p. 117.

次的活动又是第二层次的活动。"审美判断之所以作为"第一层次的活动"(first order activities),是因为读者在做出阐释判断、伦理判断的同时,也做出关于叙事质量的审美判断;审美判断之所以作为"第二层次的活动"(second order activities),是因为审美判断来源于或依赖于阐释判断、伦理判断。① 这两个层次一个强调共时性,即读者同时对文本做出三方面的判断,一个强调历时性,即先做出了阐释判断和伦理判断,再在此基础上进行审美判断。从修辞叙事学的角度来看,叙事是多重交际的行为,同时涉及两方面:隐含作者的目的及叙述目的。在这部第三人称内聚焦的文本中,以叙述者、读者与人物之间的判断张力强化各种不平衡状态,引导读者向隐含作者的设计靠拢,并以此制造悬念,突出叙事的美学效果。第一层次以文本开端为例,叙述者泰莉内聚焦的视角中以过去时态呈现出几组对比:夏夜天空的美与丑,失去旧友的空虚与河那边的欢乐,古老的旧桥与高科技的新桥,在符合人物特征的语言中,大量动词被并列使用,加上附着感情色彩的比喻:初夏天空的颜色是猫呕吐物的颜色。因为失去了白里斯,美妙的夏夜对于她完全变了色彩,变得让人恶心;在黑夜里,沉默的旧桥显得充满智慧,如同一棵老树一样。② 对于敌托邦社会的青少年来说,还能肯定传统事物的价值,显出她的另类特征,这也预示着她以后的反抗。

她瞒过房间里的高科技监视监听设备,从屋里溜到户外的一系列敏捷动作,对环境的细微观察和类比,对旧友的想念,让读者看到一个颇有冒险与叛逆精神同时又感知敏锐的少女,内聚焦视角有助于读者赞成此时泰莉作出的伦理判断和阐释判断,理解她渴望接受美容手术,以见到旧友的想法。此外,叙述声音的转换使文本叙述显得既客观而又展现出叙述者的心理。文中不少话语从叙述者的想法顺畅地转到了隐含作者的判断中。例如:有那么一会儿,泰莉希望跟踪器出毛病……但没有跟踪器,泰莉就会被困在这荒野里,一辈子都是丑人。③ 唯一能让她回家的法子就是背叛朋友。前面一句还是泰莉的想法,但下一句就转到了隐

---

① 尚必武:《被误读的母爱:莫里森新作〈慈悲〉中的叙事判断》,《外国文学研究》2010 年第 4 期。
② Scott Westerfeld, *Uglies*, New York: Simon & Schuster Children's Publishing Division, 2005, p. 5.
③ Ibid., p. 186.

含作者的角度,因为叙述者不会用自己的名字泰莉来称呼自己。只有背叛才能回家,这既是泰莉的困境,同时保持距离的隐含作者也将读者拉入了她的困境。下一例:当她(雪)治好病(恢复意识),她就会恨泰莉的。哪个更糟糕:一个大脑被损伤的朋友,还是一个轻视你的朋友?[1] 如果第一个句子还是比较明确的隐含作者的声音,第二个句子的发出者则相当模糊,读者既可以从泰莉的真实想法这个角度来理解,也可以从隐含作者对读者的提问这个角度来理解,泰莉的心理冲突和选择与读者的冲突和选择融为一体。

整部文本接近于沙漏结构,人物结局与初衷相反:叙述者本来渴望接受手术,在认清事实后决定拒绝手术,但为了帮助好友雪最终还是决定接受手术,并非出于自愿;雪最初拒绝手术,但由于泰莉的无意背叛而被强迫施行了手术。同初衷相对立的行动违背了她们的意愿,叙述者泰莉是出于友情要帮助雪,雪是被极权政府强行接受手术,这两条与原意相逆的序列,配合内聚焦的手法和自由间接引语的使用,在几次历险中完成。一次是当局要求的间谍式旅行,泰莉从城市来到尘雾区,获得信任,自己也习惯了那里的生活,对自然有了新的感知,已不情愿回到城中;一次是自愿的救援式冒险,从尘雾区来到城中,将同伴从特殊管理局里解救出来,但雪已被强行动了手术,"我"亲见她外貌和思想上的巨大转变,对美和自由有了新的体认;文本结尾又是一次自愿的出行,主动从尘雾区前往管理局申请手术,以成为大卫母亲的实验者试验药品疗效,帮助雪恢复清醒,这是出于友情和赎罪感的自我牺牲。

每一次新的认识总伴随着旅行展开。出发、返回的循环,带着不同的动机,最初的叙述者和旧友白里斯看到的是美容手术的表面——让手术者变美丽,但是他们却在伦理/判断轴上做出了错误的选择,在知识/感知轴上做出了错误的阐释,认为外表的美即是快乐,生活在美人城即是快乐,荒野是危险之地。此时读者可能会接受他们的判断,直到白里斯忽略友情,雪引入文本,后者的对立态度成为推动小说发展的动力。内聚焦的叙述者泰莉,旧友白里斯,新友雪,大卫及父母,卡柏博士的先后出现都体现出隐含作者对于平衡与不平衡状态交替进行的设计,叙

---

[1] Scott Westerfeld, *Uglies*, New York: Simon & Schuster Children's Publishing Division, 2005, p. 403.

述者的自由间接引语将她的内心意识不受干涉地呈现出来，描绘出心理的成长，也有效地将读者拉入她的叙述中，强化了"接受美容手术"这一核心事件的张力。由于环境的不稳定性，小说走向了一个开放的结局。在读者对事件的阐释判断和伦理判断与叙述者和隐含作者趋于一致的过程中，在读者对于"自然即自由"这个主题的赞成中，读者也接受了隐含作者的审美判断。

以上从叙事学的角度讨论了敌托邦文本的环境写作策略，下一节从叙述话语与意象的结合这方面来探讨小说如何完成对未来社会生态环境的文学表达。

第三节　自然/人工意象与叙述话语

敌托邦文本既可以从叙事学的角度，也可以从文体学的角度来进行语言分析。在这两个领域，话语包含不同范畴：文本结构范畴（叙事学的话语）和语言选择范畴（文体学的文体）。那么，既然作品表达层有这样两个维度，就有必要将叙事学与文本学结合起来探讨虚构作品表达层的写作技巧。意象主要属于文体范畴，涉及对语言的具体使用技巧，但合理的文本结构与相应的语言选择可以使文本的文学性达到叠加的效果。申丹、王丽亚结合这两种方法，对海明威 1924 年出版的短篇小说《在我们的时代里》中的一个短篇故事作了精彩的解读。[①] 本章主要分析敌托邦文本中涉及各种有关自然/人工的意象在文本中的象征意义，以及隐含作者如何从视角和文本结构来展示这些自然意象，前者是文体学范畴，后者便涉及叙事学。

一　自然意象与叙述话语

现代叙事学（对于叙事手段）的研究重点有两种：叙述和描述。二者缺一不可，互相依赖。热奈特认为前者依附于被视为纯行为过程的行为或事件，因此它强调的是叙事的时间性；相反，由于描写停留在同时存在的人或物上，而且将行动过程本身也当作场景来观察，所以它似乎

[①] 徐岱在《小说叙事学》（商务印书馆 2010 年版，第 73 页）里对同一篇小说的选段也作了描述与叙述的分析，说明描述被转移为叙述所造成的效果。

打断了时间的进程,有助于叙事在空间上的展现。[1] 一个与时间更密切,一个与空间更相关。讲述是一种场景,是行动的发展,是小说的中心,描述是对细节的扩大,对象被拉近,强化了氛围感。布拉德伯雷的《华氏451》不时使用这种方法描述夜空及各其他各种自然意象。

这部文本叙述话语生动优美,风格清新,显示出隐含作者的审美趣味和对自然丰富敏锐的感知。而第三人称叙述者消防队员,或者说专业烧书者蒙泰戈在主流意识形态影响下,憎恨读书,最大的乐趣就是享受烧书瞬间火焰腾起时心里的激动,他身上总有汽油味,极少关注自然,这些特征与隐含作者有极大差异,[2] 叙述语与转述语这两者本应构成差距,但读者并没有感觉到这些差距。在文本开端,当叙述者初见克拉丽莎时,是他烧完书籍下晚班后:"但今晚,现在,他慢得几乎停了下来。他的内心意识冲出来转向街角,听到最微弱的细语。他走向街角,秋天的树叶吹落在洒满月光的人行道上,一个女孩似乎要永远在那里漫步,任秋风和树叶将她带往前方。她的头微低着凝视鞋子扬起飞旋的树叶,她纤巧的脸呈奶白色……"这里,内心意识其实是他的潜意识,听从了潜意识的召唤,他来到街角,从他的视角,观察到了景物和人物,这些细腻的话语不是作为烧书者的蒙泰戈说出,而是此时透露了美好天性的另一个自我。"他们沿着银白色的街道,在这既温暖又凉爽的起风的夜晚漫步,空气里飘来最细微的李子和草莓的清香,他环顾四周,意识到在年底这个时候这些气味是不可能有的。"[3] 从烧书者蒙泰戈的眼光里看到这些优美自然的画面也几乎是不可能的,但这确实是出自他的观察。因而,可以认为是他的第二个自我在潜移默化地影响他。如果这还可能被认为是隐含作者的话语,那么下一句就清楚表明了是他在看他在说:"他在她眼中看到了自己,悬浮在两滴明亮的水珠中,他自己黑暗微小,每个细节却极为清楚,包括嘴唇的线条,如同她的眼睛是两颗奇妙的紫色琥珀,可以紧紧地,完整地抓住他……她的脸如同一缕让人觉

---

[1] 徐岱:《小说叙事学》,商务印书馆2010年版,第186页。
[2] 华莱士在《当代叙事学》里提到在第三人称叙述中,既然根本不提写作的"我",因此就没有区别隐含作者于叙述者的语言学方法(第133页)。因此,我们只能根据人物性格心理及各种成长背景、社会地位等来推断叙述者与隐含作者之间的异同。
[3] Ray Bradbury, *Fahrenheit 451*, New York: Ballantine Books, 1991, pp. 6-7.

得非常舒服的、奇特的、温柔摇曳的烛光。"① 他的眼睛看到了克拉丽莎的美,也以诗意的话语表达了出来,李子、草莓的清香,琥珀、水珠的透明清亮,这些自然界中的事物都成了叙述者在与克拉丽莎散步时无意识地联想到的,细致幽微的感情揭示出叙述者的性格心理,与平时烧书时的他大相径庭。并非隐含作者故意忽略这二者差距,而是他认为叙述者的潜意识里有着美好的天性,只是被极权政府压制了,有了契机就会被激发出来。

后来他来到森林,更显出对自然的丰富情感。"'什么?'他的另一个自我在问,这个潜意识的傻瓜(另一个自我)不时嘟哝几句,全然不管他的愿望,习惯和意识。"② 接下来,正是藏在他心底的自我,对生活的真实发出了疑问:你能从几个人的脸上感受到你自己的表情,又反射回你自己的表情和你内心战栗的思想?……他们不过一起散步了多久?三分钟或五分钟?然而那段时间却显得多么宽广。与其说是叙述者的话语,不如说是叙述者潜意识里的话语。这样,隐含作者与叙述者之间的阐释判断,伦理判断便靠近了,审美判断也因而接合。作者对于潜意识的注重在书的后记里有充分体现:当记者问到为什么读书人选择记忆的是文学类书籍而不是哲学类或其他什么时,他答道是潜意识的选择;叙述者的名字来源蒙泰戈及人物费伯也是潜意识对他玩的计谋(What a sly thing my subconscious was):前者是纸品生产商,后者是一家铅笔公司;又提到潜意识是他的第二个自我,他的秘密自我,他开玩笑地说这个秘密自我没有告诉他为何写《水仙酒》的续集要用四十年,结尾又提到如果没有这个秘密自我,作家就不应当写作。③ 可以看出,他认为潜意识是写作的动力,它并非可以被作家有意地控制。在创作过程中,他给予笔下人物宽松的环境,对于人物的所说所想,作者并不去干预,任其自由发展:"我让他们自己说话。我不去控制他们,我只是给他们一个让他们对我说话的平台。我的所有故事都是人物讲给我的。不是我写故事,是人物写出了我。"也就是说,在他的小说中,他不去操纵人物的言行,而是任由人物的潜意识支配这些人物的行动和思想,

---

① Ray Bradbury, *Fahrenheit 451*, New York: Ballantine Books, 1991, p. 7.
② Ibid., p. 11.
③ Ibid., p. 190.

这样，人物的潜意识也成了人物性格发展的重要因素，同时，通过潜意识的作用，这部文本中叙述者的话语与隐含作者的话语达到了同一个层次。借助第三人称有限视角，他潜意识里对自然的感知被充分表达出来，以意象和隐喻的方式描绘藏在他心底的自然。

在后记中布拉德伯雷提到他十分注重意象与隐喻的运用，森林、大地与河流成为典型意象出现在小说中。"十几年来，他第一次看到繁星出现在他的头顶上，如同一团团闪烁的火焰。"只有来到山林，才能感受到自然的真实与城市生活的虚幻。"当他漂浮在河面上，河水平缓温柔，远离那些在幻像中生活的人们。河水是真实的，它的怀抱平静舒适。"当他逃离城市来到山区，"他停下来呼吸着。大地的味道吸得越多，就越是被大地上的点点滴滴填得满满。他感到非常充实，这里总有太多东西让他觉得充实"。当身体贴近大地，他才感受真实的存在，这些自然意象都有将模式化的思维唤醒的功能，当他仔细倾听着自然的低语，人性也随着被压抑的思想回复到他的心中。

二　故事空间中的自然意象

自然意象在敌托邦文本中不可胜数。除了上文提到的对具体的土地，河流的描写，从更广阔的范畴来说，还涵盖了地形与气候。地形在敌托邦的故事空间中具有主题意义，冒险、旅行等围绕森林或模拟自然展开。故事空间不仅与视角有着深层联系，也与情节和主题有着密切联系。如果说"乌托邦小说往往以一个遥远的空间作为叙述对象，同时强调叙述者必须亲历此境，由叙述者回顾如何出发如何回来的历程，成为一种经典的情节结构模式"[①]，敌托邦小说中叙述者同样经历一个遥远的空间，这个空间的黑暗面或多或少地限定了情节的发展，对作品有一种能动作用，影响着作品的主题意义。相对来说，对森林、自然的感悟总与自我意识的崛起、从顺从到反抗的情节相关，如《华氏451》《无水洪灾》《迟暮鸟语》《丑人》等，而虚假、严酷的模拟自然总与人性的邪恶、自私有关，如《饥饿游戏》《无水洪灾》《羚羊与秧鸡》等。

[①] 申丹、王丽亚：《西方叙事学：经典与后经典》，北京大学出版社2010年版，第140页。

地形中的森林作为飞地，还有其原型含义，在不少敌托邦文本中都建构了一个"森林乌托邦"，它是对封闭的社会空间的反抗。后者是非自然意象，作为极权政府制造的敌对力量，有鲜明的主题色彩，并非价值中立。如果写实主义文本中试图找到荒野与城市之间的中间地带，如同《瓦尔登湖》中梭罗所做的那样，在那里修房、种豆，读《伊利亚特》，测量湖深，敌托邦文本中则将森林的地形元素理想化为一种田园风格，人们自愿贫穷，生活简朴，如同《丑人》中的尘雾区，森林被赋予象征意义，对森林的寻求成为情节和主题的一部分。

正如空间蕴含着主题意义，作为构成特定空间的组成部分——季节也不完全是客观的描写，总是渗透着作者的主观想象与目的，读者可从季节想象中抽离出经验内容。季节范畴有伸缩性，季节再现让敌托邦世界中的人们意识到我们是环境中的存在物。敌托邦文本中寒冬与炎夏是常见的季节意象，尤其是炎夏意象，这与环境污染有关。20 世纪 90 年代以来全球变暖的问题比卡尔逊所关注的杀虫剂问题更不易得到解决，有学者认为二氧化碳和其他温室气体来自世界每个角落，因此，只有修订每样事物，这个问题才能最终被纠正。这个观点中有两个重点：每个角落，强调在地点上无处不受污染的破坏，而每样事物，不仅包括物质世界的实存，还包括人们的思想观念、价值取向等意识形态层次的内容，甚至心理学层次上属于无意识范畴的内容。这句话表明要根治环境痼疾，只能从各个层面上进行激进的改革。

如果梭罗描写无穷尽的夏季是为了表达简朴哲学，对季节的重构是为了将自然纳入他的牧歌逻辑，那么阿特伍德《羚羊与秧鸡》《无水洪灾》，哈里·哈里森《让开些，让开些》的夏季则是自然的变形，及自然被破坏后的报复，体现出人与自然的不和谐。这几部文本中充斥着对炎夏的描写，让人窒息的闷热、炽烈阳光对大地万物的无情烘烤，伴随着头脑的混乱，给读者描绘出让人无法冷静的夏季意象。为了描写炎夏意象，作者将《羚羊与秧鸡》的故事背景放在美国南部沿海地区，美国作为资本主义的代言国，是想象的灾难起源之地，也是被末世的炽烈阳光烘烤着的干枯之地。正如英格索尔的判断："阿特伍德在加拿大能找出这么个暖和地方吗？"这也体现出空间安排与情节和主题之间的关系。①

如果说正统的田园之道是对四季循环的感悟,那么敌托邦文本中单一的季节成为环境的常态。《迟暮鸟语》《长路》便是对无尽的冬天的描绘。《山路》作者麦卡锡凭此著作获得了2006年普利策奖,它情节简单,充斥着不合语法的标点符号,词语中又处处潜伏着严寒的危机。这种让人不适的风格正好相配于那个地狱般的世界,让读者想起贝克特作品的冷漠和荒诞。故事表面上简单,却可以做多重解读。既可以把它当成一个缓慢地、痛苦地饿死的直接记录,或是对我们"毁灭即将来临"的警告,毁灭是因为核灾难导致的环境彻底被破坏。也可以把它当成文明如何从废墟中兴起的寓言。一对无名父子在无名灾难袭击后,在无名的地方跋涉,挣扎着在严冬来临之前抵达无名的海岸。"在第一缕灰色的光线中,他起身,让男孩继续沉睡,走向山路,蹲在那儿观察南方的土地。贫瘠,沉默,不见神灵的地方。可能是十月,他不确定。他们一直向南走。在这儿不可能再过一个冬天。"这条长路是通往地狱的高速公路,在麦卡锡这篇极具震撼力的小说中,寒冷的战栗不仅自始至终地伴随着人物,也伴随着读者。

《记忆授予者》则去除了季节差异,描绘一个没有季节变化的国度,环境与人们的思维方式同时被极权者简化,在没有色彩、没有多样性物种的环境里,既没有对于战争与痛苦的回忆,也没有对于家园和故土的热爱,是单一文化的典型。

故事空间中的这些季节意象都有鲜明的主题色彩,有助于读者加深对文本主题的理解。

三 故事空间中的非自然和模拟自然意象

敌托邦故事的发生往往在封闭、与自然对立的空间里,往往伴随围墙的意象。围墙从信息提供者被送入主题的轨道,在这里它们变成了指示性标志,这个意象既预示着主题,也多少限定了情节的发展。其实围墙的意象在反乌托邦小说中早已反复出现,在扎米亚京的《我们》中,围墙就将城市与自然隔离开来,《华氏451》《美丽新世界》《倾述》

---

① Earl G. Ingersoll, "Survival in Margaret Atwood's Novel *Oryx and Crake*", *Extrapolation*, Vol. 45, No. 2, Summer 2004., Vol. 45, No. 2, Summer 2004.

《羚羊与秧鸡》里与此相近的城市、大院等，不管名字如何，都代表着封闭空间的意象：围墙就是分隔符，墙内是合法而顺从的世界，在这样的空间里塑造出的个体缺乏反抗意识，而墙外代表反抗与自由的世界。

《使女的故事》中用了大量笔墨来描写路途中"我"有意识寻找的一个隐秘目标：围墙。这堵围墙也有几百年的历史了，至少有一百多年了。它由红砖砌成，就像人行道一样。一度肯定也曾在朴实中尽显壮观气派。如今大门入口处已有人站岗，墙顶的铁柱上新近安装了模样丑陋的探照灯，墙底四周布满带刺的铁丝网，墙顶上插着用混凝土黏住的碎玻璃碴。又有六具尸体悬挂在靠近大门口的围墙上。他们被吊着脖子，双手绑在身前，白色布袋罩着他们的头，歪歪地耷拉到肩膀。在这类文本中，与外界隔绝的物理形式塑造了空间中个体的无差别意识，进一步扼杀了自我，巩固了极权。当人们将这种异化的生活习以为常，将失去选择的自由认定为免除责任的最佳方法，人们就彻底失去了反抗的意识和追求自我的意识。围墙已超越其物理存在，作为统治工具和抵抗工具而被赋予一种政治含义。对于列斐伏尔来说，空间"有一种空间的意识形态存在着。为什么？因为空间看起来好似均质的，看起来其纯粹形式好似完全客观的，然而，一旦我们探知它，它其实是一个社会产物"。[①]文本中以围墙为政治象征的封闭空间里，个体为遵从社会秩序，不能越出权力机构所规定的空间范围，在这样的社会生活实践下又进一步强化了统治的权威性。感知到围墙政治性的叙述者其时往往正在经历思想或行为的转变。

模拟自然的意象总是作为自然的对立面出现。在那些生存游戏中，如《饥饿游戏》《无水洪灾》里描绘的模拟自然以极端的严酷出现在读者面前：荒漠，丛林，极端地形，炎热或严寒气候，处处是死神的陷阱。要么就是虚假的幻象，如《羚羊与秧鸡》中的"天塘"和科学家们生活的大院。虽然整洁优美，但其实都是伪装的、模拟的：雷吉文·埃森思大院里的太阳能旋涡净化塔被伪装成现代艺术品，岩石调节器照管此地的小气候，而模拟人，也叫秧鸡人，它们曾生活过的模拟环境同真实环境相比更胜一筹："天塘"的圆顶屋里，长满了树和其他植物，

[①] [法]亨利·列斐伏尔：《空间政治学的反思》，包亚明主编《现代性与空间生产》，上海教育出版社2003年版，第62—63页。

其上是人造的蓝天和假月亮，还有人工雨水。这些模拟自然，装点艺术的环境显然比真实的环境更让人流连，然而，一旦能源停止供应，幻象便如泡沫般消散了，只有真实的自然如故。"东边的地平线上有一层灰蒙蒙的薄雾，正被一道玫瑰红的幻象似的光芒照亮起来。奇怪的是那色泽看上去仍旧柔和……在这一切发生之后，世界如何还能这般美丽？因为它一直就是美的。从岸边塔楼那儿传来鸟类的鸣叫，这声音同人类毫无相似之处。"[①] 人类自己毁灭了自己生存的空间，将城市变为了荒凉的废墟，叙述者的自问自答正是他对自然和社会的深刻反思，他的幸存也让灰暗的文本增添了一点亮色。

作为故事空间的人物活动场所往往显示出叙述者或隐含作者的情感取向，关于空间的描写也吸引着读者进行与主题相关的解读。作家阿特伍德认为美国的帝国主义（历史上的和现在的）及民族主义是造成《使女的故事》中基列国压迫秩序的原因，其空间设置就具有了主题意义。有趣的是，这部小说在故事背景地美国引起了最大的反响，2017年改编成电视剧后也好评如潮。英国读者把它当成幻想作品，加拿大读者会有些忧虑，而美国读者会问："这些还过多久就会发生？"[②] 这也表明文本空间安排与读者接受之间有显在联系。

这部文本蕴含着强有力的暗示：只有当整个人类清醒地关注各种预警的信号，未来发展的方向才可能乐观，各种社会生态环境才能真正改善。

第四节　中国的敌托邦文学创作与批评

一　北美敌托邦文学译介情况

随着生态条件的不断恶性膨胀化，对科技至上主义的负面影响的认识逐渐加深，大众危机意识的逐步形成，加上读者群的多样化审美需求，在北美几乎每年都有优秀的敌托邦文学作品出现。从《迟暮鸟语》

[①] Margaret Atwood, *Oryx and Crake*, Toronto: McClelland & Stewart Ltd., 2003, p.195.

[②] Gorman Beauchamp, "The Politics of *The Handmaid's Tale*", *The Midwest Quarterly*, Vol.51, No.1, Autumn 2009.

《华氏451》《倾诉》《丑人三部曲》到《颂歌》《长路》《羚羊与秧鸡》《无水洪灾》等，它不是一个走向衰亡的亚文类，只要有自然与文明的对立，强权对个性的压抑，这些文化机制就会培育出敌托邦文学的花朵。这个文类不断在北美发展壮大，针对不同读者群，融合新的写作策略及多样化的叙事手段，创造性地想象了后现代生活方式而又不失现实意义。如《华氏451》《饥饿游戏》《无水洪灾》对影视媒介的引入来增强故事的主题性及情节生动性，《长路》中极具实用性的荒野生存技巧及对《圣经》原型的采用，《灰烬之城》《丑人》三部曲中符合少年读者口味的青少年叙事，《使女的故事》中的象征手法及女性主义观点和哥特因子的介入，《无水洪灾》中复杂的叙事时间，以及大部分作品涉及的近未来环境描写，这些叙事元素丰富了此文类的样式，促进了它的不断发展。精彩的文字，曲折的情节后是深刻的思想和尖锐的文化批判精神。

敌托邦三大经典作品《我们》《1984》《美丽新世界》较早被翻译过来，加拿大作家玛格丽特·阿特伍德的两部敌托邦作品《使女的故事》《羚羊与秧鸡》都由译林出版社翻译出版，新星出版社、接力出版社、重庆出版社等也翻译了几部相关作品：《倾述》《丑人》（2007）、《长路》（2009）等。尤其是《使女的故事》引发了经久不息的评论热潮。《饥饿游戏》由作家出版社于2010年翻译出版，但与其他文类相比，还处于相对空白地带，很多既有思想性又有文学性的佳作还有待译介，如勒·奎恩的《天钩》，哈里·哈里森的《让开些，让开些》等。

二 沉默的本土敌托邦文学

相对于在欧美方兴未艾的敌托邦文学，中国文坛却比较沉寂。零散作品偶尔一现，如中篇《浮城》，长篇《黄祸》，已故作家王小波以现代的手法写过《白银时代》，韩松写过《红色海洋》，有些作品接近于此类题材，具有未来小说的影子，如老舍的《猫城记》，虹影的《女子有行》等，但在中国始终未自成一家。对此类文本进行生态批评的文章更为少见。究其原因，有以下几点：

1. 意识形态的差异

敌托邦文学主要着眼点是对"大一统社会"的批判。由于历史的沉淀，虽然已改革开放多年，但这块区域仍较为敏感，东西方不同的意识形态，不同的社会制度，使人们不自觉地避开这块区域。但文学作为艺术表达的方式，最应该体现出开放的思想，开放的学术，因此创作界和批评界还应该以更宽阔的胸襟来对待这一领域。

2. 传统价值观的影响

相对于西方，我国传统文化更为看重个人修为，对社会关注度不够，国人的危机意识较弱，这与人才培养机制有关。近年来已有较大改观，尤其是各方面对生态意识的强调。敌托邦文类志在打破盲目乐观主义的迷梦，让读者能够清醒地认识和批判文本中折射出来的现实生活的危机。

从与之相关的科幻创作来看，在传统的中国科幻作品中，"（作家）对政治的关注变成了对主流文化的图解。以下这些观念和主题在中国科幻作品中是经常可以看到的：人定胜天，和平友爱，爱情神圣，人性高于金钱，公理战胜强权，正义压倒邪恶，科学摧毁迷信，集体主义战胜个人主义，中国人就比外国人好。"[①] 这些成为传统科幻的固定模式，僵化的主题阻碍了创作思维，也扼制了潜在的读者群。科学技术至上的观点作为主流意识形态长期潜伏在人们的无意识里，而在中国科幻创作中也占据着统治地位。如此，就将重视文化批判的敌托邦创作空间挤得越发逼仄。

3. 评论界的忽略

除了创作的困境，评论界也并未重视这一文类。赵毅衡教授曾写过《中国的未来小说》一文，既有理论的深刻与历史的宏阔，又兼想象的飘逸与文采的洒脱，实为难得佳文。他开篇论析中国文学传统中的乌托邦思想，相信其批判锋芒在于前瞻性，而政治层面上的意识形态欲行之有效，必许愿一片乌托邦的乐土，因而意识形态与乌托邦并非对立；此外，未来小说的时间机制、中国未来小说的历史轨迹、当代未来小说的个案分析等均有涉及。王蒙也写过《反面乌托邦的启示》刊登于1989年3月的《读书》杂志，但仅涉及三大经典，没有对中国相关作品的评论。近年来，对国外敌托邦作品的评论文章不少，但对国内作品的评论

---

① 韩松语，转引自杨蓓《韩松小说创作研究》，https：//www.douban.com/group/topic/11381391。

凤毛麟角。因此，可以说，作为文学风向标的评论界忽略了对这一文类在中国的创作。评论界从理论角度的批评还显得乏力，常流于印象式批评，主观色彩太浓，未能从文学规律、文学性本身去发掘，理论基础欠缺。对国内外优秀敌托邦作品的评介还做得不够。当然，对本土作家的引导也力度不足。除了评论界，出版界也对此文类的发展有着举足轻重的作用。对优秀外国作品的译介还可加快步伐，对本土敌托邦作品采取更加宽容和扶持的态度，这样才能促进它在中国的繁荣。

既然敌托邦电影电视作品在中国能广泛流传，证明了此类题材有其存在的价值，那么，文学界是否能考虑到时代条件与读者需求，把本土敌托邦文学作品的创作与评论提上工作日程？是否可以出版一些外国优秀敌托邦作品选集，在中学、大学教材中引入对此文类的介绍？文学走向大众，评论也走向大众，它引导着大众的文学消费意识，引导大众的文本阅读取向，这正是文学的社会功能之体现。

三 血腥与优雅：韩松的《红色海洋》

中国的生态敌托邦创作中值得一提的是韩松。他凭借一部《红色海洋》，在未来小说方面就已奠定了他的地位，成为科幻界的领军人物之一。这部小说正好应和了以下观点："生态文学在调节和维护自然生态系统和人性自然的平衡以及各个系统之间的和谐上有着非同小可的作用。"[①] 吴岩曾评论道："它所描述的有关东西方关系、有关人与自然、有关我们的民族和个体生存的严峻主题，已经大大地超出了当代主流文学的创作视野。……不仅达到了当代中国科幻小说的创作高峰，而且也达到了主流文学创作的高峰。"[②] 他的作品向来以尖锐深刻为其标志，不失为科幻界新锐作家的代表。同时，作品具有鲜明的敌托邦色彩。除了创作，韩松对于中国科幻文学也有清醒的思考，对于小众的这个圈子被误导被误读抱不平，而他本人是理想主义与现实主义的合并项：既在科幻创作中颇有建树，在社会中也具有影响力，是真正为兴趣而写作的科幻作家之一。

---

① 胡志红：《生态文学——比较文学研究新天地》，《贵州师范大学学报》2004 年第 1 期。

② 韩松：《红色海洋》，上海科学普及出版社 2004 年版，"推荐序"第 9 页。

这部小说以第一人称回顾性视角开篇，从我们的过去讲起，讲到我们的现在，我们过去的过去，我们的未来。时空框架彻底被陌生化：不是近未来，而是遥远的未来和过去，第一章就将读者带进生态灾难后的异世界中。四个章节，每一章跨越悠长的时间，一代人的一生，甚至几代人的一生就这样消融在故事时间里，强化了文本的新异性。鲜明的历史感与虚幻感奇特地融为一体，那些人名，或是兽名，让你感觉在阅读现代版的《山海经》《列子》《庄子》，浸润着浓厚的炎黄底蕴，在民族神话的沃土中培植着华夏子孙的文化符码。

第一章尤为诡异，故事空间不是在陆地，而是在深海，况且这海非碧海，而是红得怪异，热得滚烫的深海，人也非两足无毛的陆地生物，而是带鳍发光的海洋生物。背景陌生到如此地步，已接近奇幻了。而其中人吃人的意象已成为主题——吃人，是人的本性，而非环境、生存的逼迫。当人适应环境的选择变为水栖生物，然后又变为吞吃同类的掠食族，这是适应环境的进化，还是退化？在奇幻的想象中，在对女性与海洋的诡秘链接中，对物种、场景的描绘又用了科学详尽的语言，透出科幻的可靠。如果第一部还过于血腥，第四部则是对历史人物的想象，郦道元、郑和等东方文明的传承者试图进入这片红色海洋，文风也转而为古朴优雅，却连缀得并不显突兀。未来对于现在，成了一部人吃人的历史。而过去对于现在，又何尝不是呢？

这四个章节诡谲夸张的想象后面是人类沉淀了千百年的血腥和优雅。这种风格与王小波正好构成两极对比：后者是狂欢式语言的冷嘲，他是同样语言的热讽；后者是隔着距离的嬉笑怒骂，却又悲悯这世态人生，他是热辣的卷入，调动各种感官来搅动历史的浑汤。如同一颗青花椒，麻得你瞠目结舌，但长久地记住了这个滋味。至于这种麻味是如何熬制出来的，他自己也不一定说得清楚。"如果有人问他是否有必要在文本中描述如此多的血腥暴力场面，他自己可能也说不出明确的答案。"[①]（是否与布拉德伯雷的看法一样，思想里的潜意识在决定着作家和人物？）他语言上的锋芒毕露，咄咄逼人构成了他尖锐犀利的文本风格，情感和信仰在他那里是进攻的矛，而不是自卫的盾，他要用它们刺

[①] 吴岩主编：《科幻文学理论和学科体系建设》，重庆出版集团2008年版，第299页。

穿光亮的伪文明的泡沫，让疑问从中释放：人类的历史究竟是什么？是权力与反抗，幸存与贪婪的对抗，还是人与自然的较量与平衡？或许，二者皆有？

　　这本小说是非常科幻，甚至可以说是非常奇幻的敌托邦，不同于西方近未来的社会批判敌托邦，然而它同样注重对人性的挖掘，试图勾勒出"未来人类寻求新生的命运全图",[①]是一部很韩松的小说。正如姚海军在评价科幻文学的变化时所议论的，那些因"科"字而显得沉重的界碑一块块地被充满妖异之气与多重意象的语言所熔化，敏锐的读者因而感受到了科幻文学因系统的开放而产生的生命律动。这是对韩松作品的恰当评价。但韩松作品的敌托邦性质还有待读者和批评界重新审视，正如有学者认为他的作品在将来必然会被重读。

[①] 韩松：《红色海洋》（封底简介），上海科学普及出版社2004年版。

结　语

　　雷切尔·卡尔逊于 1962 年出版的环境写实类作品《寂静的春天》开始激起了大众的环境保护意识，结合 20 世纪中期后智识精英的反乌托邦转向，对未来环境危机的想象更频繁地被作家们呈现在文本表达中。

　　不断问世的敌托邦小说在危机的预警中强化着人们对环境保护的关注。在这个潮流中既有主流作家的参与，如玛格丽特·阿特伍德、科马克·麦卡锡、多丽丝·莱辛，也有类型小说作家，如斯蒂芬·金、苏珊·柯林斯等的响应。在这些多多少少有着环境污染、生态灾难场景的有毒文本中，作家谴责人类对自然的忽略和破坏，探讨自然与城市、自然与科技、自然与人类欲望之间的关系，并将这些关系赋予个性的想象和文学的表达。语言媒介与影视媒介之间的相互转换更提供了多样化的视角让人们感受，观察和思考。敌托邦文本的环境书写对危机意识的大众推介作用主要体现在两方面：一是以小说形式呈现，二是被转换成影视媒介。

　　在以小说形式呈现的环境书写中，敌托邦文本并没有将自然一厢情愿地描绘为阿卡狄亚："按照传统的做法，文学作品中的田园设想出一个自然的世界、一个绿色的世界、一个文明的都市人寻求的纯朴的世界。徜徉在林中果园、草地与农夫中间——一个理想化的乡村生活图景，那些久经世故的人们看到了一种美好的、素朴的生活景象，这种景象会赋予他们以力量。"[1] 而是既描绘她的优美壮丽，也提及她的艰苦和险恶；既有对人类的拯救，也有对人类的报复。隐含作者对简朴生活

---

[1] Lawrence Buell. *The Environmental Imagination: Thorean, Nature Writing, and the Formation of American Culture*, p. 55.

方式的肯定，对放弃美学的倡扬，往往伴着人物家园意识的苏醒，在重新思考自然、自我与社会中获得心灵的平静。

文本不仅通过季节、地形的意象构筑出想象的未来环境，描绘五维度地方依附的形成，还从环境对宗教、政治、经济等各方面的反作用力来建构未来世界。这个想象的世界是黑暗的，比现实更糟，但也并非纯属幻想，它是现实不加控制发展下去的可能结果，这种预警与启示正是敌托邦文学的重要功能。不同作家采用不同的叙事策略与语言风格，在读者中唤起环境意识的觉醒和对于自然的关爱。

而影视媒介与环境书写的相互转换，使得人们进一步关注未来的环境。"非小说的自然写作受到了第一人称的限制，对环境的理解具有或多或少的主观性，而小说、电影、戏剧及其他体裁则没有这种性质。"[①] 视觉图像符号有其优势，可以将信息更加生动直接地表达出来，大众喜闻乐见；而文字符号也有其在呈现人物心理性格方面的优势。优秀的敌托邦文本往往会被拍成电影，如《使女的故事》《长路》《华氏451》等，有些还被一再翻拍。不同的媒介表达方式对大众构成叠加的影响，观众在观影后，可能会意犹未尽地重读文本，网上评价《穷途末路》（由《长路》改编而成）这部电影时，就有不少观众提到会买书来细读。另外，从敌托邦本身故事内容的组成来看，也涉及影视媒介对未来社会生活的影响，这既是现实的缩影，也是现实的变形，如在《无水洪灾》《华氏451》《饥饿游戏》中，极权政府安排各种或血腥或无聊的电视节目，麻木思想，硬化情感，折射出未来社会的文化消费观，映衬异世界对自然的忽略与扭曲。从作家创作的角度来看，文本中的一些细节也借鉴了作家从影视渠道得到的信息：阿特伍德在《羚羊与秧鸡》中描写焚烧染病的牛群便是借鉴了英国"疯牛病"和"口蹄疫"爆发时电视上播出的画面。[②]

电影对环境灾难的关注不亚于文学。对灾难片的模式分析很早就开始，苏姗·桑塔格指出冷战早期的灾难片都是这一个模式：一个田野考

---

　　① ［美］劳伦斯·布依尔、韦清琦：《打开中美生态批评的对话窗口——访劳伦斯·布依尔》，《文艺研究》2004年第1期。

　　② Earl G. Ingersoll, "Survival in Margaret Atwood's Novel *Oryx and Crake*", *Extrapolation*, Vol. 45, No. 2, Summer 2004.

察的科学家首先目击或预测灾难的来临,这是第一阶段。然后主人公的报告被一大群见证了灾难的毁灭性影响的目击者确认。这是第二阶段。在第二阶段才开始出现大面积的公众恐慌,而这种公众恐慌更加重了个人的恐惧情绪。[①] 这些灾难主要是环境方面的灾难,它并非危言耸听,往往有其现实逻辑。当然,不管是文字媒介还是影视媒介,对我们的影响毕竟有限,末日危机的意识在现实生活中要来得慢得多,当视线移出屏幕之外,当代世界还是那么忙碌繁华,危机离我们似乎很远,只有先觉者一直在关注作为整体的世界,关注后一代,关注地球另一边的灾难,但是大众读过的那些故事,看过的那些画面,在潜意识中会潜移默化地改变——即便是微弱的改变——自己的价值观和世界观,这便是艺术作品的精神导向作用。

敌托邦语境下的环境书写与当代生态文化建构也有着一定联系。环境书写中蕴含着生态智慧,既有基督教的生态智慧,如从《无水洪灾》中亚当一号布道词和赞美诗体现出的万物平等观念,也有东方宗教和哲学方面的生态智慧,如《天钩》《播种者的寓言》等体现出来的道教、佛教的有机整体观、循环观,前者倡扬柔韧含蓄的生命状态,批判感官欲望和理性至上思想,二者都强调尊重事物的自然生存状态,尽量减少人为干预,让自然实现其内在价值。

除了生态智慧的体现,生态伦理也是敌托邦文学中环境想象的一个重要维度,贯穿于环境书写中的生态伦理精神同样融合了东西方的哲学和宗教观点。佛教生态观认为人类应当以众生和自然界中平等的一员对待生命、对待自然;同体慈悲、众生平等的伦理观的核心就是要宣扬人与人之间,人与其他动植物之间是平等的,我们要平等地对待这个宇宙里的一切生命和非生命存在物,这样才能维持宇宙间平衡。有些敌托邦文本中直接地吸收了这些伦理思想,如《天钩》《无水洪灾》,或还有些间接地吸收了这些伦理思想,如《播种者的寓言》。至于人类科技与自然间的伦理问题,集中体现在基因工程与药品研究方面,前者引起的伦理问题始终没有定论,而各种药品的研发、生产、监制在给药品公司带来丰厚利润的同时,又给人类带来如何深重的灾难,同样是伦理学的

---

① Benjemin Kellen, "Dystopian and the End of Politics", *Dissent*, Fall 2008.

一部分。此外，环境书写与各种思潮相融合，如女性主义、后现代主义等，丰富了写作形式和主题，这也是当代文化建构的一部分。则生态批评的"跨文化和国际化"[①] 也给中国话语体系的发展带来新的思路。

最后需要指出的是，敌托邦语境下的环境书写对文学创作及文学史也有着深层的意义。随着环境危机的进一步发展，环境想象及表达会成为文学创作中一个不断增长的关注点，敌托邦小说作者把对未来环境毁灭的因与果、自己的感性想象与理性逻辑引入文本创作，体现出文学的时代精神，在对自然界内在价值的承认中，表达出对人与自然的平衡关系被破坏后的忧虑。这些文本也是人类对自然、对社会反思精神的体现，在打破了盲目乐观主义的迷梦之后，它们引导我们更清醒地思考世界，思考我们的行为对世界、对自身的影响。

---

① 韦清琦：《方兴未艾的绿色文学研究——生态批评》，《外国文学》2002年第3期。

参考文献

中文理论著作

［英］B. 鲍桑葵：《美学史》，彭盛译，当代世界出版社 2008 年版。

［英］布赖恩·巴克斯特：《生态主义导论》，曾建平译，重庆出版社 2007 年版。

［德］布洛赫：《希望的原理》，梦海译，译文出版社 2012 年版。

曹孟勤：《人性与自然——生态伦理哲学基础反思》，南京师范大学出版社 2006 年版。

曹荣湘选编：《后人类文化》，上海三联书店 2004 年版。

［美］弗雷德里克·詹姆逊：《时间的种子》，王逢振译，江苏教育出版社 2006 年版。

傅俊：《玛格丽特·阿特伍德研究》，译林出版社 2003 年版。

［美］格伦·A. 洛夫：《实用生态批评：文学、生物学及环境》，胡志红、王敬民、徐常勇译，北京大学出版社 2010 年版。

［美］赫伯特·马尔库塞：《单向度的人》，上海世纪出版集团 2010 年版。

［美］赫伯特·马尔库塞：《爱欲与文明》，上海世纪出版集团 2010 年版。

［美］华莱士·马丁：《当代叙事学》，伍晓明译，北京大学出版社 2005 年版。

［美］卡尔·曼海姆：《意识形态与乌托邦》，中国社会科学出版社 2009 年版。

［美］拉塞尔·雅各比：《不完美的图像》，新星出版社 2007 年版。

［美］劳伦斯·布伊尔：《环境批评的未来：环境危机与文学想象》，刘蓓译，北京大学出版社 2010 年版。

［美］勒内·韦勒克、奥斯汀·沃伦：《文学理论》，刘象愚、邢培明、陈圣生、李哲明译，江苏教育出版社 2005 年版。

［美］利奥·马克斯：《花园里的机器》，马海良、雷月梅译，北京大学出版社 2011 年版。

李世涛：《重构全球的文化抵抗空间：詹姆逊文化理论与批评研究》，社会科学文献出版社 2008 年版。

林慧：《詹姆逊乌托邦思想研究》，中国人民大学出版社 2007 年版。

鲁枢元：《生态批评的空间》，华东师范大学出版社 2006 年版。

鲁枢元：《海德格尔分析新时代的科技》，转引自《生态文艺学》，陕西人民教育出版社 2002 年版。

［美］罗伯特·斯科尔斯、弗雷德里克·詹姆逊、阿瑟·B. 艾文斯等：《科幻文学的批评与建构》，王逢振、苏湛、李广益等译，安徽文艺出版社 2011 年版。

［法］罗兰·巴特：《S/Z》，上海人民出版社 2000 年版。

［法］让·加泰尼奥：《科幻小说》，石小璞译，商务印书馆 1998 年版。

［加拿大］诺思罗普·弗莱：《批评的解剖》，陈慧、袁宪军、吴伟仁译，百花文艺出版社 2006 年版。

欧翔英：《西方当代女权主义乌托邦小说研究》，四川大学出版社 2010 年版。

申丹、韩加明、王丽亚：《英美小说叙事理论研究》，北京大学出版社 2005 年版。

申丹、王丽亚：《西方叙事学：经典与后经典》，北京大学出版社 2010 年版。

［美］苏珊·兰瑟：《虚构的权威——女性作家与叙述声音》，黄必康译，北京大学出版社 2002 年版。

谭君强：《叙事学导论》，高等教育出版社 2008 年版。

唐伟胜主编：《叙事》（中国版第 1 辑），暨南大学出版社 2008 年版。

王诺:《欧美生态文学》,北京大学出版社 2003 年版。

王诺:《欧美生态批评》,学林出版社 2008 年版。

王茜:《生态文化的审美之维》,上海世纪出版集团 2007 年版。

[澳大利亚] 薇尔·普鲁姆德:《女性主义与对自然的主宰》,马天杰、李丽丽译,重庆出版社 2007 年版。

汪民安:《身体·空间与后现代性》,江苏人民出版社 2006 年版。

吴国盛编:《技术哲学市场读本》,上海交通大学出版社 2008 年版。

[英] 肖恩·霍默:《弗雷德里克·詹姆森》,孙斌、宗成河、孙大鹏译,上海人民出版社 2004 年版。

谢江平:《反乌托邦思想的哲学研究》,中国社会科学出版社 2007 年版。

徐岱:《小说叙事学》,商务印书馆 2010 年版。

杨通进、高予远编:《现代文明的生态转向》,重庆出版社 2007 年版。

[美] 詹姆斯·费伦:《作为修辞的叙事》,陈永国译,北京大学出版社 2002 年版。

[美] 詹姆斯·冈恩、郭建中主编:《半人半鱼之神:从威尔斯到海茵莱茵》,北京大学出版社 2008 年版。

赵毅衡:《重访新批评》,百花文艺出版社 2009 年版。

张艳玲:《美国乌托邦文学的流变》,天津大学出版社 2013 版。

朱立元:《当代西方文艺理论》,华东师大出版社 1997 年版。

英文理论著作

Atwood, Margaret, *Second Words*, Toronto: Anansi, 1982.

Booker, Keith M., *Dystopian Literature: A Theory and Research Guide*, London: Greenwood Press, 1994.

Buell, Lawrence, *The Environmental Imagination: Thorean, Nature Writing, and the Formation of American Culture*, Cambridge: Harvard University Press, 1995.

Buell, Lawrence, *The Future of Environmental Criticism: Environmental Crisis and Literary Imagination*, Oxford: Blackwell Publishing Ltd, 2005.

Glotfelty, Cheryll, Harold Fromm ed. *The Ecocriticism Reader: Landmarks in Literary Ecology*, Athens: University of Georgia Press, 1996.

Harvey, David, *Seventeen Contradictions and the End of Capitalism*, Oxford: Oxford University Press, 2014.

Kumar, Krishan, *Aspects of the Western Utopian Tradition.: Thinking Utopia*, edited by Jorn Rusen, Michael Fehr and Thomas W, Rieger, Berghahn Books, 2005.

Levitas, Luth, *The Concept of Utopia*, New York: Philip Allan, 1990.

Moylan, Tom, *Scraps of the Untainted Sk: Science Fiction, Utopia, Dystopia*, Boulder: Westview Press, 2000.

Suvin, Darko, *Metamorphoses of Science Fiction: On the Poetics and History of a Literary Genre*, New Haven: Yale University Press, 1979.

Suvin, Darko, *Positions and Presuppositions in Science Fiction*, Kent: Kent State University, 1988.

小说中译本

［美］厄休拉·勒古恩：《倾述》，姚人杰译，新星出版社2007年版。

［美］厄休拉·勒古恩：《变化的位面》，梁宇晗译，新星出版社2007年版。

［美］杰克·伦敦：《铁蹄》，吴劳、鹿金译，上海译文出版社2003年版。

［美］斯科特·维斯特费尔德：《丑人》，袁异译，接力出版社2007年版。

［加拿大］玛格丽特·阿特伍德：《羚羊与秧鸡》，韦清琦、袁霞译，译林出版社2004年版。

［加拿大］玛格丽特·阿特伍德：《使女的故事》，陈小慰译，译林出版社2001年版。

［加拿大］玛格丽特·阿特伍德：《可以吃的女人》，刘凯芳译，上海译文出版社2001年版。

［美］雷·布雷德伯利：《华氏451》，竹苏敏译，重庆出版社2005

年版。

［美］凯特·威廉：《迟暮鸟语》，李克勤译，四川科学技术出版社 2007 年版。

原著

Atwood, Margaret, *Handmaids' Tale*, Toronto: McClelland & Stewart Ltd., 1985.

Atwood, Margaret, *Oryx and Crake*, Toronto: McClelland & Stewart Ltd., 2003.

Atwood, Margaret, *Tent*, Toronto: McClelland & Stewart Ltd., 2006.

Atwood, Margaret, The Year of Flood, Toronto: McClelland & Stewart Ltd., 2009.

Westfield, Scott, *Uglies*, New York: Simon & Schuster Children's Publishing Division, 2005.

Bradbury, Ray, *Fahrenheit 451*, New York: Random House Publishing Group, 1991.

Lowry, lois, *The Giver*, New York: Laurel-leaf Books, 1993.

Butler, Octavia, *Parable of the Sower*, New York: Grand Central Publishing, 1993.

Collins, Susanne, *The Hunger Games*, New York: Schloastic Press, 2008.

Le Guin, Ursula, *The Lathe of Heaven*, Burlington: Harcort Press, 2000.

Harrison, Harry, *Make Room, Make Room*, London: Penguin Books, 2008.

McCarthy, Cormac, *The Road*, New Yofk: Vintage Books, 2007.

Rand, Ayn, *Anthem*, New York; New American Library, 1995.

中文论文

白晓荣：《人类生存的自由悖论——反面乌托邦小说〈发条橙〉的人类生存忧思与警示》，《宁夏社会科学》2008 年第 4 期。

［美］弗·詹姆逊、王逢振：《反乌托邦与后现代》，《南方文坛》1997年第3期。

陈茂林：《质疑和解构人类中心主义——论生态批评在文学实践中的策略》，《当代文坛》2004年第4期。

陈文娟：《生态文学批评述评》，《浙江工商大学学报》2008年第1期。

陈晓兰：《为人类"他者"的自然——当代西方生态批评》，《文艺理论与批评》2002年第6期。

陈后亮：《城市环境的人本之思——试论伯林特的城市美学观》，《广西师范大学学报》2010年4月。

何保林：《论佛教众生平等思想与佛教生态伦理思想之关系》，《河北经贸大学学报》2009年3月。

乐爱国：《道教生态伦理：以生命为中心》，《厦门大学学报》2004年第5期。

胡三林：《生态文学：批判与超越》，《文艺争鸣》2005年第3期。

胡志红：《生态文学——比较文学研究新天地》，《贵州师范大学学报》（社会科学版）2004年第1期。

胡志红：《生态批评与跨学科研究——比较文学视域中的西方生态批评》，《当代文坛》2005年第2期。

傅俊、陈秋华：《从反面乌托邦文学传统看阿特伍德的小说〈女仆故事〉》，《南京师大学报》1999年第2期。

劳伦斯·布依尔、韦清琦：《打开中美生态批评的对话窗口——访劳伦斯·布依尔》，《文艺研究》2004年第1期。

李建军：《论小说中的反讽修辞》，《中国人民大学学报》2001年第5期。

黎婵、石坚：《西方马克思主义科幻批评流派的乌托邦视野》，《四川大学学报》2013年第5期。

李松：《生态批评的身体美学视角》，《中南民族大学学报》2010年3月。

李仙飞：《国内外乌托邦研究综述》，《社会科学评论》2008年第1期。

李晓明：《当代生态批评视阈中的文学研究与生态意识》，《云南社会科学》2008年第4期。

梁工：《生态神学与生态文学的互文性》，《解放军外国语学院学报》2010年第4期。

梁卫霞：《生态神学：对人与自然关系的反思和重构》，《学术月刊》2010年第6期。

刘晓文：《乌托邦精神与忧患意识》，《西南民族学院学报》1998年第4期。

刘英、李莉：《批判与展望：英美女性主义乌托邦小说的历史使命》，《四川外语学院学报》2006年第6期。

鲁春芳：《生态危机时代文学研究新视点——论生态批评的理论与实践》，《学术论坛》2005年第11期。

牟学苑：《"反面乌托邦三部曲"中的性与爱》，《外国文学》2007年第5期。

申丹：《叙事形式与性别政治》，《北京大学学报》2004年第1期。

王莉娜、苗福光：《生态批评述评》，《山东外语教学》2004年第4期。

王蒙：《反面乌托邦的启示》，《读书》1989年第3期。

王宁：《文学的环境伦理学：生态批评的意义》，《外国文学研究》2005年第1期。

王诺：《生态批评：发展与渊源》，《文艺研究》2002年第3期。

王强：《城市生态景观伪生态化的哲学反思》，《自然辩证法》2010年26卷第11期。

王燕：《小说叙事时间词语用特点分析》，《社会科学家》2008年第1期。

韦清琦：《方兴未艾的绿色文学研究——生态批评》，《外国文学》2002年第3期。

韦清琦：《生态批评：完成对逻各斯中心主义的最后合围》，《外国文学研究》2003年第4期。

吴岩：《西方科幻小说发展的四个阶段》，《名作欣赏》1991年第2期。

夏凡：《恩斯特·布洛赫的乌托邦范畴再评价》，《学习与探索》2006年第2期。

阎华飞：《基因工程中的伦理道德探析》，《武汉科技大学学报》2001年第4期。

杨传鑫：《绿色的呼喊——20世纪生态文学略论》，《中南民族大学学报》（人文社会科学版）2004年第1期。

杨莉馨：《"反乌托邦"小说的一部杰作——试论玛格丽特·阿特伍德的新作〈羚羊与秧鸡〉》，《南京师范师范大学文学院学报》2005年第2期。

张念红、王诺：《〈生态批评读本〉述评》，《江苏大学学报》2008年第4期。

朱坤领：《奥威尔的反面乌托邦及其对现实政治的关注——浅评奥威尔和他的代表作〈1984年〉》，《中山大学学报论丛》2000年第6期。

周均平：《乌托邦的二重性：审美乌托邦研究的出发点》，《山东社会科学》2018年第12期。

周围：《生态伦理学的若干热点问题》，《环境教育》2010年第4期。

赵冬梅：《"全球化与生态批评"专题研讨会综述》，《文艺研究》2001年第6期。

谢鹏：《生态女性主义文学批评及其在中国的接受》，硕士学位论文，湘潭大学，2004年。

方丽：《"环境的想象"—劳伦斯·布伊尔生态批评理论研究》，博士学位论文，2009年。

英文论文

Angenot, Marc, "The Absent Paradigm: An Introduction to the Semiotics of Science Fiction", *Science-Fiction Studies*, March 1979.

Atwood, Margaret, "The Road to Ustopia", https://www.theguardian.com/books/2011/oct/14/margaret-atwood-road-to-ustopia.

Bennett, Michale, "From Wide Open Spaces to Metropoitan Places：

The Urban Challenge to Ecocriticism", *ISLE*, 8, 2001, winter.

Canti, Ildney Caval, "Utopias of /f Language in Contemporary Feminist Literary Dystopia", *Utopia Studies*, Vol. 11, No. 2, Spring, 2000.

Clark, Pamela, "Utopian and Dystopian Writing for Children and Young Adults" by Carrie Hintz and Elaine Ostry, *Utopian Studies*, Winter 2004.

Cooke, Grayson, "Technics and the human at zero-hour: Margaret Atwood's *Oryx and Crake*", *Studies in Canadian Literature*. 31. 2, Summer, 2006.

Decker, Mark, "Politicized Dystopia and Biomedical Imaginaries: The Case of 'The Machine Stops.'", *ShortStory Criticism*, ed. Jelena O. Krstovic. Vol. 127.

Dodson, Danita J., "We lived in the blank white spaces: rewriting the paradigm of denial in Atwoods 'The Handmaid's Tale.' (Margaret Atwood)", *Utopian Studies*. Spring 1997.

Hickman, John, "When Science Fiction Writers Used Fictional Drugs: Rise and Fall of the Twentieth-Century Drug Dystopia", *Utopian Studies*, Winter 2009.

Horan, Thomas, "Revolutions from the waist downwards: desire as rebellion in Yevgeny Zamyatin's *We*, George Orwell's *1984*, and Aldous Huxley's *Brave New World*", *Extrapolation*, Summer 2007.

Huntington, John, "Utopian and Anti-Utopian Logic: H. G. Wells and His Successors", *Science-Fiction Studies*, July 1982.

Ingersoll, Earl G. "Survival in Margaret Atwood's Novel *Oryx and Crake*", *Extrapolation*, Vol. 45, No. 2, Summer 2004.

Kellen Benjemin. "Dystopian and the End of Politics", *Dissent*, Fall 2008.

KennonPatricia, "Belongingin Young Adult Dystopian Fiction: New Communities Created by Children", *Explorations into Children's Literature*, Sept. 2005.

Le Guin, Ursula K., "Talking About Writing", *The Writer*, 105.12, Dec. 1992

McKitterick, Christopher, "The Literature of Change", *World Literature Today*. 84.3, May–June, 2010.

Moylan, Tom, "Global Economy, Local Texts: Utopian/Dystopian Tension in William Gibson's Cyberpunk Trilogy", *Minnesota Review*, Fall 1995.

Olsen, Lance, "The Shadow of Spirit in William Gibson's *Matrix Trilogy*", *Extrapolation*, Fall 1991.

Sharpe, Martha, "Margaret Atwood and Julia Kristeva: Space–Time, the Dissident Woman Artist, and the Pursuit of Female Solidarity in *Cat's Eye*", . *Essays on Canadian Writing*, Fall 1993.

Stillman, Peter G., "Dystopian Critiques, Utopian Possibilities, and Human Purposes in Octavia Butler's *Parables* (Essays on Octavia Butler)", *Utopian Studies*. Winter 2003.

Texter, Douglas W., "A Funny Thing Happened on the Way to the Dystopia": the Culture Industry's Neutralization of Stephen King's *The Running Man*", *Utopian Studies*, Winter 2007.

后　记

　　本书是在我的博士学位论文基础上完成。回想写作过程中，既有无处寻找资料、思路陷于困境的艰辛，也有写至兴尽处不舍停笔的愉悦。虽然求索路上常因失语而苦恼，但研究一个新课题的兴奋与成就又让我迫切地想在这个领域继续探索。

　　一直以来，生态思想、敌托邦小说、叙事学这三者都是我感兴趣的话题，难点在于如何将三者归于一体，前两者指涉社会历史语境，按韦勒克的说法，是外部研究。生态问题如今已是一个显在问题，环境保护不只限于行动层面，而是深入到价值观、伦理学层面，同各种思潮的融合均有路径可循。伴随各种环境危机而生的敌托邦小说也冲击着人们的神经，它打破了盲目乐观主义的迷梦，是对唯科学、唯理性主义的预警。另一方面，叙事学注重文本内部的研究，但内外并非浑然不可分，后经典叙事学已将历史文化语境引入到探讨范围内，这说明，当代文学和文学批评不是一个封闭自足的圈子，它与社会之间嵌着许多连接口，本书就是试图在其中找出一个连接口并展开论述。这个连接口就是敌托邦文学中的环境想象及叙事，我希望可以把这三者有机地融合起来，梳理出它们内部纠缠的脉络。

　　敌托邦文学在西方是科幻类属下的一个亚文类。敌托邦文本的语言、思想、结构合成一个虚构的未来世界，这个世界总能激发我的想象和对心灵的审视。解读一部敌托邦文本，如同在作者建造的迷宫中探险，在对智力和思维的挑战中享受阅读的愉悦，了解各方意识形态的冲突，品味语言的精妙，欣赏叙事修辞的灵动。在过去、现在、未来的交错中，颇有视通万里、思接千载之感，引我暂时超越此在，体验另一种人生；甚或可以在一部杰出作品中洞未来之幽、烛人性之微。这些文本赋予文学批评以意义，也营造出我们的价值空间。

　　本书的完成依赖了许多老师、同辈、亲友的帮助，我要真诚表达对他们的谢意：导师靳明全教授，他的谆谆教诲及严谨的治学态度、丰厚的学术素养使我受益匪浅；曹顺庆教授、赵毅衡教授、阎嘉教授等开放的治学观念和宽阔的学术视野让我佩服不已；还有胡志红教授，承蒙胡教授的慷慨相助，获得不少生态批评的相关资料；同门熊飞宇博士等在我思想处于停机状态时，助我及时充电，激活我的思维让我重新开始写作；友人从国外寄来急需的资料和书籍，让我尽可能地获得第一手信息。此外，重庆理工大学外国语学院张绍全院长、周锐副书记、姚璐璐副院长、赵红梅副院长都对本书的出版给予了极大支持。

　　对师长、同门、同事及友人的帮助，我感恩在心，永远铭记！在此，谨向他们表示诚挚的感谢！

2020 年 8 月 26 日